내가 너의 첫문장이었을 때

내가 너의 첫 문장이었을 때

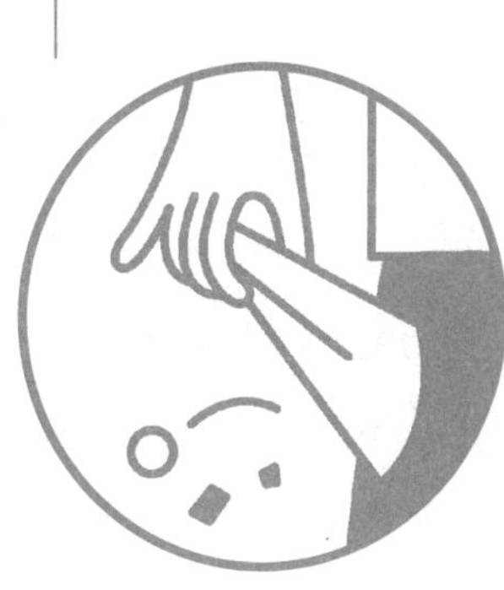

김민섭 김혼비
남궁인 문보영 오은
이은정 정지우

웅진지식하우스

계속 다정하게,
첫 문장의 모습으로 만날 수 있기를-

이 책의 바탕이 된 〈책장위고양이〉는 정지우 작가의 제안으로 시작되었습니다. 독자들에게 글을 전하는 새로운 도전을 해보고 싶은데 혼자서는 민망하니 함께해 보자는 것이었습니다. 그러나 둘이서 시작하기에도 왠지 민망해 일곱 명의 작가가 월요일부터 일요일까지 매일 구독자에게 에세이를 보내면 어떨까, 하고 이런저런 이름을 말하기 시작했습니다. 여기에 김혼비, 남궁인, 문보영, 오은, 이은정, 이 다섯 명의 작가가 있었습니다. 이들은 모두 참 바쁘고 글빚이 많은 사람들이면서도, 이 프로젝트에 흔쾌히 응해 주었습니다. 그건 아마도 이 책의 큰 주제인 '언젠가'라는 단어의 매력 때문이었는지도 모르겠습니다.

문득 떠올린 이 '언젠가'라는 단어에는 이야기를 끌어내는 이상한 힘이 있었습니다. 예를 들어 첫 번째 주제가 된 '고양이' 앞에 자리하고 나면, 언젠가 내가 만났던 고양이에 대해서, 언젠가 내가 반드시 만나게 될 고양이에 대해서, 그렇게 자신의 과거와 미래를 오갈 수 있게 하는 것이었습니다. 정지우 작가는 작가들에게 보내는 제안문에 다음과 같이 적었습니다.

"과거의 언젠가, 미래의 언젠가를 떠올리면서 지금 여기에서 '언젠가'를 이야기하려고 합니다. 언젠가 우리의 삶에 깊이 새겨졌던 기억들, 또 언젠가 도래하리라 믿는 훗날의 어떤 시간들에 관해 각자의 손길을 더해보려 합니다."

그렇게 일곱 명의 작가들은 자신의 삶에 깊게 새겨져 있던 기억들을 하나둘씩 길어 올려 주었습니다. 서로가 꺼내든 이야기에는 모두 자신만의 힘과 매력이 있었습니다. 같은 주제로 매일 쓰다 보니 독자들이 지루해하지 않을까 하는 걱정도 있었지만, 자연스럽게 저마다의 역할이 정해졌습니다. 〈책장위고양이〉의 연재 당시 편집을 담당한 북크루의 주인장 셸리는 이것들을 재미, 감동, 명랑, 반짝임, 시크함, 계몽, 다정함으로 각각 규정했는데, 앞으로 펼쳐질 이야기들에 저마다의 특색을 대입해 보는 일도 재미있을 것입니다.

『내가 너의 첫문장이었을 때』는 작가와 독자가 함께 만들어

낸 책입니다. 서문에서 으레 하는 그런 말이 아니라 정말로 그렇습니다. 사실 한 권의 책은 대개 외롭게 완성됩니다. 작가는 지난한 시간을 감내하며 홀로 쓰고, 그것이 책으로 출간되고 나서야 독자와 만날 수 있습니다. 그러나 이 책은 다릅니다. 독자들의 적극적인 응원과 참여를 통해 만들어졌습니다. 책 한 권 분량의 글이 자신의 이메일함에 차곡차곡 쌓이는 모습을 지켜보았고, 거기서 더 나아가 작가들에게 감상과 제안, 응원을 건네며 적극적으로 참여해주셨습니다. 작가들이 "이 작가에게 이런 면이 있었어?"라는 반응이 절로 나올 만큼 새로운 세계를 보여줄 수 있었던 것도 모두 함께해 준 독자 덕분입니다.

이렇듯 한 권의 책이 만들어지는 과정에 작가의 외로움뿐 아니라 독자의 경험이 추가된다는 건 대단히 멋진 일입니다. 작가와 함께 길을 걸어와 준 독자들께 감사의 인사를 전합니다. 이 소중한 경험에 빗대어 보자면, 『내가 너의 첫문장이었을 때』라는 이 책의 제목은 "작가가 독자의 첫 문장이었을 때", "독자가 작가의 첫 문장이었을 때"로 바꾸어 읽어도 좋겠습니다. 독자들은 자신이 사랑하는 어느 작가의 첫 문장이 완성되는 것을 지켜보았고, 작가는 이에 호응해 자기 삶의 문장들을 끌어냈습니다.

끝으로 이 즐거운 경험이 책으로 출간될 수 있어 기쁩니다. 글이 연재되는 동안 함께해 준 북크루의 셸리, 록담, 에릭, 노턴, 벨라, 웅진지식하우스의 편집자들께 감사를 전합니다. 그리고 무엇보다 함께해 준 일곱 명의 작가와 1000명에 이르는 구독자들에게도 다시 한번 진심으로 감사의 마음을 전합니다. 이 책으로 우리는 서로의 첫 문장이 되어주며 함께 글을 쓰고 읽는, 조금 더 다정한 관계가 될 수 있을지 않을까요? 다시, 계속 다정하게, 당신의 첫 문장이 되어 만날 수 있으면 좋겠습니다. 고맙습니다.

2020년 6월

북크루 대표 김민섭

차례

언젠가, 고양이

언젠가, 작가

언젠가, 친구

언젠가, 방

언젠가, 나의 진정한 친구 뿌팟퐁커리

언젠가, 비

언젠가, 결혼

언젠가, 커피

언젠가, 그 쓸데없는

언젠가,
고양이

김민섭

그때 그 고양이를 구했더라면

나의 대학원생 시절을 처음부터 끝까지 함께한 '토랑이'라는 토끼가 있었다. 내가 석사과정생으로 막 입학했을 때 생후 1개월인 그와 만났으니까, 우리는 인생과 토생의 새로운 출발점에서 만난 셈이다. 나는 집에 들어갈 때 학교 캠퍼스에 핀 토끼풀 같은 것을 조금 뜯어 가서 주기도 했고 가끔은 마트에서 한 개에 몇백 원씩 세일하는 당근을 사서 주기도 했다. 그는 자신의 입을 연두색이나 주홍빛으로 물들이면서 그것을 오물오물 열심히도 먹었다. 그 모습을 바라보고 있으면 발제나 논문에 대한 부담은 사라지고 곧 행복해졌다.

내가 박사과정을 수료하고 대학에서 강의를 하게 되었을 때도, 토랑이는 여전히 나의 집에 있었다. 석사 입학에서 박사 수료로 가는 한 인간의 6년은 긴 시간이었고 한 토끼의 일생은 환갑에 가까워졌다. 토랑이는 이제 초코케이크와 냉동 딸기를 가장 좋아하는

'만렙 토끼'가 되어 있었다. 토랑이가 없었다면 나의 청춘은 조금은 달라졌을 것이다. 반드시 사람이 아니어도 오랜 기간 함께해 온 모든 존재들은 한 개인에게 큰 영향을 미친다. 내가 가장 기쁘거나 슬펐던 어느 순간에 그는 언제나 적당한 거리를 유지한 채 곁에 있었다. 그를 안고 웃거나 울었던 기억들이 여전히 남아 있다. 그에 더해 토랑이는 내가 관계한 여러 사람들에게도 소중한 존재였다. 그는 잘 몰랐겠으나, 그는 그들과의 관계가 유지될 수 있게 계속해서 도와주었다.

그날 나는 운전을 하고 있었다. 주말 점심에, 내가 가장 좋아하는 돈가스 가게에 가고 있던 참이었다. '헤헤, 빨리 가서 오늘도 돈가스 정식에 쫄면 하나 추가해서 무한 리필되는 양배추 계속 섞어가면서 배부르게 먹어야지' 하고, 막 회전교차로에 진입했다. 그때 교차로 중간에 작은 고양이가 보였다. 머그컵만 한 하얀 고양이 한 마리가 차도의 중간쯤에 상체를 일으킨 채 누워 있었다. 어딘가 다친 것처럼 움직이지 못했다. 아주 짧은 시간이었지만, 나는 그가 도움을 요청하고 있다는 것을 알았다. 나는 그 고양이를 구해야겠다고 생각했고 조수석에 앉아 있던 친구도 나에게 차를 세우자고 말했다. 그때 내가 엑셀에서 발을 떼고 브레이크를 밟았더라면, 좋았을 것이다. 잠시 망설이는 동안 나의 차는 고양이를 지나쳤다. 좁은 1차선 도로였고 회전교차로를 지나자마자 버스 정류장이 나타났다.

내 뒤로는 시내버스 한 대가 따라오고 있었다. 나는 브레이크 대신 엑셀을 밟았다. 친구가 "고양이는?" 하고 물어서, 나는 "뒤에 버스가 있어. 지금 차를 세우면 욕먹을 거야, 저 골목에서 유턴을 하면 금방 다시 올 수 있어. 다시 올 거야" 하고 속도를 냈다.

다시 돌아왔을 때, 고양이는 여전히 그 자리에 있었다. 그러나 그를 구할 수는 없게 되었다. 친구는 옆에서 "아까 차를 세웠어야 했어" 하고 몇 번 나를 원망했지만 나는 그에게 버스를 기다리는 사람들에게 불편을 줄 수는 없었다고, 나는 여기에 1분도 되지 않아 다시 온 것으로 내가 할 일을 다했다고 말했다. 회전교차로를 벗어난 우리는 한동안 아무 말도 하지 않았고 다시 그 고양이에 대한 말을 꺼낸 일이 없었다. 그날의 돈가스는 맛이 없었다. 거기에 다시 가지 않게 되었을 만큼, 정말로 별로였다.

그때 내가 비상등을 켜고, 브레이크를 밟아 차를 세우고, 뒤차에 손을 흔들어 양해를 구하고, 고양이를 안고, 다시 차에 타서, 식당이 아닌 병원으로 갔다면, 나의 인생은 지금과 많이 달라졌을 것이다. 아마도 10초면 충분했을 일이다. 그 고양이를 구하는 일이 20대 후반 끝자락의 나를 구하는 일이 되었을 것임을 그때는 몰랐다. 그 이후로 나에 대한 혐오감이 커져 갔다. 그 대상이 고양이라서가 아니라, 한 생명을 구하지 못했다는 자책감보다도, 해야 할 일을 하지 않았다는 자괴감이 찾아왔다. 한동안 내 인생은 회전교차로의 출구를 찾지 못하고 계속 맴돌기만 했다. 그 친구에게도 나의 민낯을 보인 것 같아서 민망했고 그만큼 못난 이유로 멀어지고 말았다.

누구나 크고 작은 선택을 해야 하는 순간이 온다. 저마다의 회전교차로에 진입하게 된다. 20대의 내가 마주한 그 교차로는 아주 컸고 갈림길도 많았다. 그게 반드시 취업이나 진학으로의 길만 의미하는 것은 아니다. 삶의 태도라든가 지향을 선택하는 더욱 중요한 길이 있다. 거기에 어떻게 진입할 수 있는지는 아무도 모른다. 그러나 응당 자기 자신으로서 해야 할 일을 하다 보면, 예를 들어 '고양이를 구한다든가' 하는 일을 한다면, 내가 가야 할 길로 들어설 수 있지 않을까. 토랑이 역시 나의 20대를 아주 오랫동안 지탱해 주었다.

이제 30대가 된 나의 회전교차로는 이전보다 훨씬 작아졌고 그간의 내 선택에 따라 갈림길의 수도 줄었다. 그러나 여전히 나는 내가 구해야 할 고양이가 있음을 안다. 언젠가 그 고양이가 다시 나타난다면, 꼭 구할 것이다. 내가 올바른 갈림길에 들어서기 위해서다. 당신에게도 언젠가 구하지 못했던 고양이가 있을 것이고 언젠가 구해야 할 고양이가 곧 나타날 것이다. 그때 가장 올바른, 자신에게 어울리는 길로 나아갈 수 있기를 바란다.

민섭_과거의 언젠가로 돌아갈 수 있다면 저는 꼭 그때로 돌아가서 그 고양이를 구하려고 합니다. 그 고양이는 20대의 저를 구하기 위해 나타났을 테니까요.

김혼비

잠자는 동안 고양이는

살면서 가장 무서운 고양이를 만난 건, 수술을 받고 나서 얼마 지나지 않은, 시도 때도 없이 잠이 쏟아지는 독한 약에 취해 있던 날들 중 하루였다. 그날도 하루 종일 꾸벅꾸벅, 세상의 경계선 위에 세워진 그네를 타고 있는 것처럼 앞으로 가면 저쪽 세계로 넘어갔다가 뒤로 오면 이쪽 세계로 돌아오기를 거듭하다가, 문득 시선이 닿은 핸드폰 화면에 부재중 전화가 찍혀 있는 걸 보고 그네에서 툭 떨어지듯 현실로 돌아왔다. 미처 다 뜨지 못한 해로 주변 사물들이 아직 어스름에 잠겨 있는 이른 시각에 걸려 온 네 통의 전화. 예감이 좋지 않았다. 친구는 흐느끼고 있었다.

"D가 제주도에 가면서 고양이를 맡겼는데…."

"토토?"

"응, 그래서 요 며칠 계속 토토랑 같이 있었는데…."

"근데?"

"저녁에 토토를 안고 경의선 숲길을 지나가다가…."

"혹시 다쳤어?"

흐느낌이 끼어들어 번번이 말을 잇지 못하는 친구의 말줄임표를 부지런히 채워 가는 내 심장이 세차게 뛰기 시작했다. 토토는 D가 끔찍이도, 정말 끔찍이도 사랑하는 고양이었다. 말하자면 토토는 D의 전부였다. 그래서 토토가 뭔가에 화들짝 놀라 친구를 할퀴고 품 안에서 빠져나가 숲속으로 사라졌다는 이야기를 들었을 때, 밤새 그 일대를 샅샅이 뒤지고 SNS에 '고양이를 찾습니다'로 시작하는 글을 올려 퍼트렸는데도 찾지 못했다는 이야기를 들었을 때, 그 소식을 듣고 제주도에서 바로 비행기를 탄 D가 곧 도착한다는 이야기를 들었을 때 핸드폰을 붙잡고 있는 내 손이 덜덜 떨렸다. 지금 이 순간 친구야말로 세상의 어떤 경계선 위에 서 있다는 걸 직감했다. 저쪽 세계로 넘어가면 이쪽 세계로 돌아오기 힘든, 돌이킬 수 없는, 이 일을 겪기 이전으로 결코 돌아갈 수 없는.

"갈까?"

"아니, 일단 D하고 둘이 만나야 할 것 같아. 나중에 전화할게. 아, 진짜 죽고 싶다."

여간해서는 그런 표현을 쓰지 않는 친구가 비명을 부려 놓듯 말했다. 여간해서는 그런 표현을 안 쓰는 내가 생각해도 죽고 싶을 것 같았다. 없어진 고양이, 누군가의 전부인 고양이, 나 때문에 없어진 누군가의 전부. 살면서 이렇게 무서운 고양이를 만난 적이 있을까? 만약 찾지 못한다면. 끝내 '없어진 고양이'가 된다면. 손이 자꾸만 덜덜 떨렸다. '없음'으로써 끈질기고 집요하게 존재할 고양이를 안고 살아가야 할 미래는 친구에게 너무 가혹했다. 이대로 이별을 하는 건 토토와 D에게 너무 잔인했다. 찾아야만 했다. 제발, 제발, 제발. 누구에게인지 모를 기도를 간절히 하다가 독한 약 기운에 휩쓸려 잠이 들었다.

꿈을 꾸었다. 은유니 상징이니 프로이트적 해석이라고는 전혀 끼어들 여지 없는 고스란한 꿈이었다. 숲속으로 사라지는 토토, 발을 동동 구르며 목에 잔뜩 핏대가 선 얼굴로 통곡하는 친구, 그런 친구의 등이며 팔이며 턱을 주먹으로 때리면서 울부짖는 D. 때리는 D의 마음도 가만히 맞고 있는 친구의 마음도 알 것 같아 그저 울고 또 울다가 잠에서 깼다. 열몇 시간이 지나 있었다. 전화부터 걸었지만 친구는 전화를 받지 않았다. 애가 타서 부재중 전화를 몇 번 더 찍어 놓고 혹시 모를 나갈 채비를 꾸리려는데 전화가 왔다. "찾았어!" 아침보다 더 흐느끼는 친구가 숲길 어느 덤불 아래 겁을 잔뜩 먹은 채 꼼짝 않고 있는 토토를 발견했다고 전했을 때의 내 기분은 설명할 수조차 없다. 그저, 고마워, 토토야, 진짜 고마워, 감사합니다, 정말 감사합니다, 누구에겐지 모를 감사 기도를 드릴 뿐이었다.

토토의 소식으로 가득 차오른 눈물을 결국 쏟게 만든 건, 그날 아침 D와의 대면을 앞두고 못 견디게 괴로운데 괴로울 수만은 없어서 어쩔 줄 몰라 하는 친구에게 D가 건넨 말들이었다. "한잠도 못 잤지? 얼마나 놀랐어…. 여러 생각들로 비행기 안에서 무척 고통스러웠는데 토토도 토토지만 네가 걱정되기 시작하더라. 토토를 못 찾으면 가슴이 찢어지겠지만 그래도 나는 언젠가는 또 어떻게든 겨우겨우 잊고 살 수 있을지 모르겠는데, 너는 절대 잊지 못하고 평생 가슴 치며 살 것 같아서. 그러면 나는 어떡해야 하나…."

내가 D에 관해 꾼 꿈, D가 친구에게 무서운 얼굴로 달려드는 걸로 시작하는 그 꿈이 부끄러웠다. 나의 미래 너의 미래보다 훨씬 중요한, 아니 전부인 토토에 대한 걱정은 애써 언급하지 않은 D의 마음. 가슴 한쪽에 자리했을 끔찍한 슬픔과 원망과 분노를 누르고 친구가 가진 죄책감의 무게와, 그 무게를 유독 혹독히 짊어지고 살 게 분명한 친구의 성정을 헤아리는 사람의 그 깊고 넓은 속. 남는 건 모진 상처와 자괴뿐일 걸 알면서도 감정에 휩쓸려 파탄의 세계에 발을 들이기란 얼마나 쉬운가. 그럼에도 절대 그 경계선을 넘지 않고 그 바깥에 단단하게 서서 호흡을 고르며 다른 걸 볼 줄 아는 사람들이 있다. D는 그런 '어른'이었다.

잠깐의 악몽이었던 '토토 실종 사건'이 일단락되고 몇 년이 지난 지금도 나는 가끔 D를 떠올린다. 누군가 나에게 치명적인 실수를 저질러 기분이 복잡할 때면 특히 그랬다. 그 실수로 내가 무엇을 잃었던들, D가 토토를 잃는 것에 비하면 아무것도 아니었다. 그보다 치명적일 일은 아직 없었다. 그런 생각을 하다 보면 어느새 마음이 누그러져 상대에게 조금은 D의 마음으로, D의 흉내를 내어 볼 수 있었다. 사실 따져 보면 문제의 그날, 나는 하루 종일 잠만 잤을 뿐인데, 그날 이후 내 품이 아주 조금, 아주 조금이지만 넓어진 것이다. 잠자는 동안 고양이가 사라졌다 나타났고, 친구의 운명이 비틀리다가 풀렸고, 나는 '어른'을 얻었다. 아무것도 안 하고 정말 잠만 잤을 뿐인데. '묘'한 잠이었다.

🐾 혼비_영화 <캐롤>에서 캐롤이 "We are not ugly people."이라고 말하며 돌아서는 장면을 좋아합니다. ugly해질 수 있고, ugly해질 수밖에 없고, ugly해지기 마련인 상황에서, 자신과 상대를 구해 낼 수 있는 사람을 존경합니다.

남궁인

기승 고양이 전결

나는 이 연재를 최대한 가볍게 시작하기로 했다. 실제 마음가짐이 가볍다는 말은 아니다. 그동안 무슨 글이든 가볍게 쓰기 어려워서, 조금 가벼운 글쓰기를 시도해 보겠다는 뜻이다.

원래 내 일기장은 블로그였다. 내 블로그는 너무 인기가 없어서 하루 다섯 명이 들어오면 도대체 원인이 무엇이길래 이렇게 붐비는지 분석할 지경이었다. 게다가 악성 블로그로 암암리에 지정되어 검색해도 절대 찾을 수 없었다. 나는 블로그를 일기장처럼 마구 사용했는데 딱 블로그의 인기에 어울리는 글이었다. 세월이 흘러 그 블로그를 모 작가가 운영한다는 소문이 돌았다. 엄밀히 말하면 블로그의 주인이 모 작가가 되어 버렸다. 그래서 이제는 그렇게 사용할 수 없다. 적어도 재미도 감동도 없는 포스팅을 올려 사람들의 의구심을 자아낼 수는 없다.

이후 내 일기장은 사라졌다. 사실 '작가'라고 불리면서 정제되지 않은 글을 쓸 필요가 있을지 자주 고민한다. 글 한 편에 모든 공력과 카타르시스를 쏟아부어야 간신히 세상에 내놓을 수 있을 정도임을 깨우친 지 오래다. 하지만 괜히 키득거리면서 쓴 글이 의외로 좋았던 경험도 몇 번 있다. 또 늘 힘을 주려니 어깨가 무거워져서, 그야말로 소수의 독자만 볼 캐주얼한 글을 쓰고 싶었다. 가볍게 쓰다 보면 왠지 나도 모르게 '어, 재미있는데?' 하는 경험을 다시 하고 싶었다. 그렇다. 일기장 대신 이 지면을 사용하겠다는 말을 돌려 하고 있다. 또 가볍게 쓰면 이렇게 분량도 빨리 늘어난다. 아, 그런데 주제가 고양이였지.

아닌 게 아니라 나는 며칠 전부터 빈둥거리면서 고양이가 주제인 이야기를 생각했다. 장르는 에세이니까 내 인생에서 고양이가 등장해야겠다. 스물두 살, 말레이시아의 이포라는 도시의 밤거리에서 새끼 고양이를 한 마리 만났다. 그 동네 고양이는 길고양이에 대한 편견을 깬다. 당연히 사람에게 밥을 요구하고 받아먹는 걸 넘어서, 조금만 잘해 주면 그냥 집까지 따라온다. 새끼들도 사람을 잘 따르는 것으로 보아 전국적으로 고양이에게 살가움이 학습된 것으로 보였다. 혹자는 한국 고양이가 저렇게 살다간 동물학대범들에게 잡혀 횡액을 치르기 때문이라고 했는데, 국가적 비교생물학에 대해서는 잘 모른다. 하여간 내가 만난 새끼 고양이는 전신이 너무 검어 흡사

눈만 떠다니는 것처럼 보이는 예쁜 고양이었다. 친절함과 살가움이 귀엽기도 신기하기도 해서 따라오는 네로(이름이 붙었다)와 보조를 맞춰 걸었다. 방까지 따라온 네로와 놀다가 잠자리에 들 시간이 되었다. 나는 침대에 올라가고 네로는 자연스럽게 침대 밑에 자리를 잡는가 했는데, 갑자기 네로가 소리 높여 울기 시작했다.

그런데 무서운 것이다. 나는 대단히 허름한 숙소에 묵고 있었다. 벽과 바닥이 모두 뒤틀어진 합판으로 된 좁은 방이었다. 칠흑같이 어둡고 퀴퀴한 냄새가 났으며 침대는 조금만 움직여도 삐걱거렸다. 방문도 팀 버튼 영화 소품 같았다. 그런데 내가 누운 침대 밑 어딘가에서, 피치 높은 괴성을 내는 새끼 고양이라니. 게다가 나는 혈혈단신으로 낯선 도시에 있다. 어둠 속 어딘가에서 울부짖는 고양이는 갑자기 괴기스러운 존재로 느껴졌다. 초조하게 이불을 뒤집어 쓰고 서양 공포영화를 떠올리며 침대 밑을 확인해야 하나 고민했다. 가슴이 쿵쾅거렸다. 결국 나는 갑자기 괴수로 변한 네로가 내 눈알을 콱 후비는 장면까지 상상하며, 침대 밑으로 고개를 넣었다.

네로는 침대 바닥에 얌전히 앉아 울고 있었다. 얼굴도 몸통도 너무 검어 어둠 속에서 두 눈만 빛났다. 생각해보니 네로도 외박을 하기엔 영 낯설었던 것이다. 나는 삐걱거리는 바닥을 밟고 내려와 소름이 가시지 않은 채 황급히 문을 열어 주었다. 네로는 조용히 거리로 나갔다. 이 스토리는 여기서 끝이다.

이 글은 원래 네로와의 추억을 세 줄쯤 언급한 뒤 나는 고양이를 키워 본 적 없으며, 잠시 위탁받아 본 적도 없고, 밥을 주어 본 적은 몇 번 있지만 주기적으로 하지 않았고, 전 애인의 고양이와는 추억이 없고, 친구 집 고양이는 나를 싫어했고, 기타 고양이에 대한 글감이 많지 않다는 것을 강조한 다음, 궁여지책으로 블로그에 고양이를 검색했고 그곳에는 미발표작과 단상까지 2000편이 넘는 글이 있지만 고양이에 관련된 단상은 단 하나도 없었고, 대신 독서 노트에서 고양이를 언급한 책이 한 스무 권이 나오길래 그중에 열 권쯤 뽑아 출연하는 고양이를 언급하며 나머지 분량을 채우려 했었다. 그 책들은 나쓰메 소세키의 『나는 고양이로소이다』, 최제훈의 『일곱 개의 고양이 눈』, 베르나르 베르베르의 『고양이』, 한강의 『노랑무늬 영원』, 김하나의 『힘 빼기의 기술』, 김금희의 『너무 한낮의 연애』, 전경린의 『물의 정거장』, 『염소를 모는 여자』, 장 그르니에의 『섬』, 아모스 오즈의 『나의 미카엘』, 무라카미 하루키의 『바람의 노래를 들어라』 등이었다. 특히 무라카미 하루키의 『바람의 노래를 들어라』에서 허구의 소설가 하트필드가 좋아하는 것은 단 세 가지뿐인데, '총, 고양이 그리고 어머니가 만든 쿠키'였다. 딱 이 대목 하나 때문에 '고양이'를 엮기에는 황당한 이유가 아닌가? 따위 얼버무림으로 글을 마무리하려고 했지만 이미 분량은 충분히 넘쳐 버렸다. 게다가 이 글은 편하게 연재에 임하기로 했다는 서두를 완벽히 실현했다. 그러니 목적은 이제 달성되었다. 앞으로도 잘 부탁한다.

추신: 이 글에서 탄생한, 정말이지 한 톨도 슬프지 않은 문체를 '남궁재간체'라고 부르겠다. 이것은 남궁재간체의 시작이다.

남궁_ 뇌 주름 형태가 선명하게 드러날 만큼 단순하게 써 보겠습니다. 비포장 시골길처럼.

문보영

노력성 호흡

"안녕하세요, 오늘은 어디가 아파서?"

"천식이 좀 심해서요. 벤토린 받으러 왔어요"

"어디 보자, 뒤돌아볼까요?"

"네"

"숨 쉬어 보세요. 기침도"

"후우~ 후우~"

"아직까진 천식은 아닌데?"

"뭐라고요?! 그것도 없으면 전 어떻게 하라고요!"

아주 오래전, 뇌이쉬르마른은 천식을 잃을까 걱정했다. 친구들에게 천식이 있다고 떠벌렸는데, 새 의사 선생님이 숨소리를 듣더니 정상이라고 했기 때문이다. 폐 기능 검사를 다시 했을 때 천식 판정을 받았고 뇌이쉬르마른은 잃어버린 친구를 되찾은 것처럼 안도했다.

그러나 뇌이쉬르마른은 이제 천식으로부터 자유롭고 싶다. 그녀는 너무 오래 숨과 불화했다. 입을 아, 벌린다. 공기를 자기 쪽으로 끌어당긴다. 얻어걸리면 먹이를 찾을 수 있다. 뇌이쉬르마른은 숨에 굶주렸다. 뇌이쉬르마른에게 숨은 우연한 사건이다. 좋은 호흡은 뇌이쉬르마른에게 매일 발생하는 일이 아니다. 호흡은 아무 규칙도 규율도 따르지 않는다. 숨은 불가해하며 저 멀리 있다. 숨은 제멋대로 굴고, 본인이 내킬 때 그녀를 찾아온다. 숨은 무정부주의자이다. 그녀는 숨의 행방을 모른다. 상어처럼 아가리를 벌리고 있다 보면 얻어걸릴 뿐이다. 뇌이쉬르마른은 외친다. 와라, 와라, 와라. 나는 숨 사냥꾼이야.

뇌이쉬르마른이 여행 중인 태국은 공기가 좋지 않다. 천식 환자에게 좋은 환경이 못 된다. 오늘도 뇌이쉬르마른은 님만헤민의 한 카페로 향한다. 카페의 테라스에는 넓은 목재 테이블이 있다. 그리고 고양이가 한 마리가 산다. 고양이는 어느새 옆에 앉아 있다. 뇌이쉬르마른은 고양이가 좋다. 사람이 아니어서 좋다. 고양이가 몸을 비빈다. 올라탄 것도 아니고, 그저 몸을 조금 붙였을 뿐인데 묵직함이 느껴진다. 그래서 뇌이쉬르마른은 고양이에게 '무게감'이라는 이름을 붙여 주었다. 그러니 뇌이쉬르마른은 이곳에 올 때마다 무게감을 찾는다. 무게감은 어느새 그녀의 가방 위에 올라앉아 있다.

둥지에 알을 품고 있는 것처럼. 가방에는 그녀의 일기장이 들어 있다. 일기장이라는 알을 품은 고양이. 무게감은 몇 시간이고 그녀의 곁을 지킨다. 뇌이쉬르마른은 옆에 고양이가 머무는 것이 좋다. 자신이 왠지 선한 사람으로 보이는 것 같고, 선한 사람이 될 수 있을 것 같고, 우리가 몸을 맡기고 있는 시간이 아가리를 다물고 잠시 선해질 것 같기 때문이다. 무게감은 다시 그녀에게 몸을 비빈다. 무게감은 그녀를 다정하게 타이른다. '이 자식, 게으르네. 분발하지 그래?' 뇌이쉬르마른은 무게감을 열심히 쓰다듬는다.

그러나 뇌이쉬르마른은 여러 가지 이유로 놈을 경계한다. 일단, 놈은 뇌이쉬르마른만 사랑하지 않는다. 그 사실은 뇌이쉬르마른을 비참하게 만든다. 뇌이쉬르마른의 친구가 말했다. 사랑에 빠졌을 때, 누군가와 새로운 관계를 시작할 때, 누구나 불안에 빠진다고. 관계가 시작될 때 앓게 되는 불안에 관한 얘기였다. 사랑에 빠졌기 때문에 경험하게 되는 불안. 삐걱이며 정립되는 관계. 그는 말했다. 이때 자신도 모르게 자신의 불안을 인질로 삼게 될 때가 있는데 그게 문제라고. 제 불안을 공포의 형태로 빚어내 상대방에게 투척하는 게 문제라고. 틱틱대고, 못되게 굴고, 심술궂어지는 것으로 상대방 자극하기. 자극을 가하고 상대방의 반응을 보는 것으로 불안을 잠재우는 습관. 뇌이쉬르마른은 무게감에게 틱틱대거나 일부로 무심한 척하려는 경향을 자제한다.

그래도 뇌이쉬르마른은 놈을 경계한다. 털에 대한 공포 때문이다. 뇌이쉬르마른은 카펫이 많은 곳이나 먼지가 있는 곳을 몹시 두려워한다. 털이 천식에 치명적이기 때문이다. 따라서 털이 많은 인형도 무서워한다. 좌우간, 뇌이쉬르마른은 무게감과 놀고 돌아온 날에는 천식이 심해진다. '얘를 사랑해서 내가 아프다. 얘가 내 호흡기와 기관지에 염증을 일으킨다. 얘를 향한 사랑이 나의 기관지에 근육 수축, 점액 분비, 발적 부종, 쌕쌕거림, 기침, 가슴 답답함을 일으킨다. 사랑 때문에 나는 노력성 호흡을 한다.' 뇌이쉬르마른은 중얼거린다.

그러나 고양이란 이상한 동물이다. 고양이는 천식에 취약한 동물 중 하나이다. 동물마다 취약한 장기가 따로 있는데 개의 경우 소화 장기가, 고양이는 호흡기계가 취약하다고 한다. 그런데 고양이 털은 천식을 자극한다. 그러니까 천식을 유발하면서 본인도 천식인 이중적인 존재. 그렇다면 고양이 털은 고양이 본인의 천식에는 아무 영향을 미치지 않을까? 그럴 수도 있지 않을까? 뇌이쉬르마른은 생각한다. '나의 털이, 나의 한 부분이 나에게 치명적인 영향을 미친다면?' 뇌이쉬르마른은 자신의 머리카락을 치운다. 먼지와 털이 천식에 좋지 않으므로. 자신으로부터 자신을 보호하기 위해 머리털과 겨드랑이 털과 정강이 털과 눈썹 털 그리고 온몸의 털을 다 깎아 버려야 한다면? 대머리가 되어서 사랑하게 되는 거지. 야호!

보명_누군가 외치는 "고양이다!"는 내 귀에 "보명이다!"로 들린다. 들뜸과 함께 뒤를 돌아보지만 누군가 고양이를 보며 기뻐하고 있다. 누가 내 이름을 불러서 돌아보면, 열에 아홉은 잘못 들은 경우이다. 그러니까 고양이는 내게 열에 아홉은 아닌 경험이다….

오은

그 고양이는 괜찮을 거야

여느 때처럼 산책을 했다. 여느 때와는 달리 마스크를 낀 채였다. 얼굴의 일부분을 가리고 있으니 눈이 앞을 향하고 있는데도 뭔가 놓친 것은 없는지 자꾸 주위를 두리번거렸다. 여느 토요일과는 달리 거리에는 사람이 없었다. 여느 겨울날처럼 춥고 건조했다. 몸을 잔뜩 움츠린 채 걸었다.

거리에 사람이 없을 땐 자연스럽게 다른 데 더 많은 주의를 기울이게 된다. 나무도 올려다보고 나무 사이로 보이는 하늘에 입을 헤벌리기도 한다. 상점 앞에 놓인 입간판 문구도 유심히 들여다본다. 겨울에도 어떻게든 초록을 유지하고 있는 풀들을 지긋이 바라보는 횟수도 늘어난다. 부디 한 줌의 온기가 전해지기를 바라며.

그리고 고양이. 대문 앞에 웅크리고 있는 고양이, 내 옆을 잽싸게 지나가는 고양이, 쓰레기 더미를 뒤지는 고양이, 혀를 빼물고 나를 물끄러미 바라보는 고양이, 공원 산책로를 유유히 걸어 다니는 고양이…. 하얗고 까맣고 귀여운 것도 모자라 날렵하며 다가올 것 같으면서도 절대 빈틈을 내주지 않는.

오늘은 일곱 마리의 고양이를 만났다. 영동1교를 건널 때 만난 고양이가 유독 기억에 남는다. 다리 한가운데서 고양이는 무엇을 하고 있었을까. 고양이가 바라보고 있던 곳은 양재천이었다. 배가 고픈지 자꾸 갸릉갸릉 소리를 냈다. 문득 송찬호의 시 「고양이가 돌아오는 저녁」의 마지막 부분이 떠올랐다.

나는 처마 끝 달의 찬장을 열고
맑게 씻은
접시 하나 꺼낸다

오늘 저녁엔 내어줄 게
아무것도 없구나
여기 이 희고 둥근 것이나 핥아보렴

_송진호, 「고양이가 돌아오는 저녁」, 『고양이가 돌아오는 저녁』(문학과지성사)

나는 내어줄 것은커녕 접시도 가지고 있지 않았다. 야속하다는 듯 고양이가 나를 빤히 쳐다보다가 나와는 반대 방향으로 다리를 건넜다. 우리는 서로를 이해하지 못하고 있었다.

산책을 마치고 돌아오는 길에는 영춘화迎春花를 보았다. 영춘화라는 이름은 검색을 통해 알아냈다. 아직 개나리가 필 시기가 아니라는 생각에 휴대전화를 꺼내 인터넷 검색창에 '개나리와 비슷한 노란 꽃'이라는 문구를 집어넣었던 것이다. 봄을 맞이하는 꽃답게 잎보다 꽃이 먼저 핀다고 했다. 영춘화 아래서 봄을 기다리듯 고양이가 앉아 있었다. 그러나 아무리 검색을 한들 고양이의 마음을 알 수는 없을 것이다.

집에 돌아와 시드니 스미스가 그리고 쓴 『괜찮을 거야』를 읽었다. 여운이 긴 그림책이었다. 한 아이가 잃어버린 고양이를 찾아 도시를 헤매는 내용인데, 말하지 않으면서 말하는 방식이 실로 인상적이었다. 고양이가 그런 것처럼, 선불리 이해받지 않겠다는 발걸음처럼.

석 장을 넘겨야 등장하는 첫 문장은 이렇다. "나는 알아, 이 도시에서 작은 몸으로 산다는 게 어떤 건지." 이것은 주인공인 아이와 아이가 잃어버린 고양이 둘 다에게 해당되는 문장일 것이다. 작은 존재가 더 작은 존재를 향하는 이야기를 보고 어떻게 마음이 기울어지지 않을 수 있을까. 영동1교에서 마주친 고양이를 떠올리며 "괜찮을 거야"라고 나직이 발음해 보았다.

고양이를 만나는 마음과 고양이를 찾아 헤매는 마음은 분명 다를 것이다. 설렘과 간절함의 중심에는 똑같이 요동搖動이 있지만,

전자의 요동이 맥脈이라면 후자의 요동은 맥박脈搏에 가깝다. 맥이 풀려도 맥박은 뛴다. 어쩌면 나는 상실이 두려워 무의식적으로 반려伴侶를 거부하고 있었는지도 모르겠다.

봄이 오고 있다. 봄의 한가운데에도 고양이가 있을 것이다. 다가오는 봄에 만날 고양이를 떠올린다. 공터에 봄볕이 쏟아지고 배부른 고양이가 바닥을 뒹구는 장면을 떠올리니 절로 입꼬리가 올라간다. 아직 오지 않은 시간이기에 상상할 수 있다. '아직'이라는 말은 미완이지만, '언젠가' 올 시간이기에 일부러 완성하지 않은 것으로 해석할 수도 있다.

그나저나 내가 고양이와 함께 사는 날이 올까? 더군다나 내가 고양이를 이해하는 날이 올까?

오은_이수명의 시집 『고양이 비디오를 보는 고양이』을 다시 읽고, 나는 '고양이 비디오를 보는 고양이'를 보는 사람이 되어 있었다. 보는 일, 그리고 보는 일을 하는 대상을 보는 일, '물끄러미'의 마음으로 썼다.

이은정

고양이 상相

나와 동고동락하는 반려견 장군이(래브라도 리트리버 · ♂)는 노견이기도 하고 원래 얌전한 아이라 좀처럼 짖지 않는다. 가끔 낯선 사람이 집을 방문할 때만 내게 신호를 주느라 짖는 게 전부다. 그런 녀석이 언제부턴가 고양이만 보면 짖는다. 고양이 소리가 나도 짖고 고양이 냄새가 나도 짖는다. 산책하다가 고양이가 휙 지나가면 펄쩍펄쩍 뛰면서 복부에서 올라오는 우렁찬 목소리로 짖는다. 장군이는 왜 짖기 시작했을까.

장군이와 나는 길고양이가 많은 산마을에 산다. 고양이는 매번 나를 골탕 먹였다. 쓰레기봉투를 찢거나 마당에 똥을 싸기도 했는데, 그럴 때마다 고양이 새끼! 고양이 새끼! 하고 화내는 걸 장군이가 보았다. 언젠가, 장군이가 마당에 떨어진 어떤 물체에 코를 박고 킁킁거리고 있길래 살펴 보았더니 고양이 똥이었다. 장군이 코에서 구린내가 났다. 나는 고양이 새끼! 고양이 새끼! 하면서 짜증을 내었고 장군이에게 그런 기억들이 각인되었을 것이다. 결국, 장군이는 고양이를 거부하기 시작했다. 냄새도 소리도 다 싫어했다. 내가 아니었다면 장군이는 그 많은 동네 고양이들과 친구가 되었을지도 모를 일이다.

고백하자면, 나는 애초부터 고양이를 좋아하지 않았다. 과거형으로 말한다고 해서 지금은 좋아졌다는 얘기가 아니다. 자주 만나다 보니 예전만큼 싫어하지 않게 된 것이다. 20년 넘게 개를 키우면서 고양이는 싫어했는데, 동물 편력이 심했다고 할 수 있겠다. 고양이가 큰 잘못을 한 건 아니다. 내게 씻지 못할 상처를 준 것도 아니다. 그저 그 눈빛. 내 모든 것을 들킨 것 같은 얍삽한 눈빛에 매번 기가 죽는다고 할까.

대학 신입생 때 단체 미팅을 한 적이 있었다. 독보적으로 남학생들의 주목을 받았던 여학생이 있었으니, 별명이 양상이었다. 고양이상이라는 뜻이다. 큰 눈은 옆으로 찢어졌고 콧날은 버선코처럼 매끈했으며 동공은 유난히 새까맸다. 눈에 띄지 않을 수 없는 얼굴이었다. 신기하게도 목소리까지 고양이 같았다. 그녀는 항상 남자들한테 인기가 많았고 그런 이유로 같은 여자들에겐 가끔 씹혀야 했다.

"양상은 고양이 상이 아니라 고양이일지도 몰라!"

"생긴 건 그렇다 치고 고양이 같은 눈빛은 뭐지?"

"요물이야. 생긴 것도 목소리도."

그렇게 씹어대던 친구 중 하나는 여름방학이 끝나자 양상과 비슷한 눈을 하고 나타났다. 본인은 안검하수 때문이었다고 했지만, 그것 때문만은 아니었을 거라고, 우리는 뒤에서만 추측했다. 중요한 건 눈이 비슷하다고 해서 양상처럼 예쁜 고양이 상이 되거나 남자들에게 인기가 많지는 않았다. 우리 모두 이유를 알고 있었지만 본인만 몰랐고 그녀에겐 심심한 위로가 필요해 보였다.

"붓기 가라앉으면 괜찮겠네."

"원래 눈도 예뻤어."

그맘때 나도 언니를 따라 성형외과에 간 적이 있었다. 성형수술 목적이 아니더라도 내 얼굴이 어떤 수준인지 듣고 싶은 게 사람 마음이었다. 가는 쇠파이프 같은 걸 들고 내게 다가오는 의사에게 나는 이렇게 물었다.

"혹시 고양이 상처럼 예쁘게 바뀔 수도 있어요?"

곧바로 의사는 심각해졌다. 눈을 그렇게 하면 코가 이래야 예쁘고 눈과 코를 그렇게 하기엔 얼굴형이 어울리지 않는다고 말했다. 이번 생에 고양이 상은 포기하라는 표정으로. 침울해진 내게 위로하듯 던진 의사의 말은 고양이보다 개가 더 어울리겠다는 거였다. 강아지도 아니고 개라고 말했다. 그러니까 나는 개 상. 예쁜 얼굴보다 귀여운 얼굴 쪽에 승산이 있다는 뜻. 개는 키워도 개 상은 사양하고 싶었다. 너무나 솔직한 그 의사에게 그냥 다시 태어날게요,

라고 말한 후 잽싸게 나와 버렸다.

그리하여 지금까지 지극히 평범한 사람 상을 한 채로 살고 있고 평범한 상을 하고도 잘 산다는 걸 보여 주기 위해 그나마 열심히 산다. 여전히 한 가지 갖고 싶은 게 있다면 고양이 눈빛이다. 어쩌면 그 눈빛은 깊은 불안과 불신에서 나오는 건지도 모르겠다. 작고 약한 존재가 자신을 지키기 위한 보호 기제로 눈빛만 한 게 있을까. 냄새나 소리처럼 피해를 주지 않고도 경계하고 제압할 수 있는 눈빛. 그것 때문에 아직도 고양이랑 친해지지 못하고 있지만, 나는 그 눈빛을 얻고 싶다.

어제도 오늘도 길고양이 천국인 마을에서 밥을 먹고 잠을 잤다. 장군이는 어제도 오늘도 짖었고 내일도 짖을 것이다. 장군이가 짖으면 웬만해서는 달아나는데 가끔 대치하는 고양이도 있다. 그러면 장군이는 자못 당황해하며 짖는 걸 멈추고 고양이를 쳐다본다. 둘은 멀찍이 마주 앉아 서로를 주시한다. 위협하지도 곁을 주지도 않은 채. 지금 내가 사는 방식처럼 적정 거리에서 서로를 관찰한다. 관계의 시작은 딱 그 정도가 좋은 것 같다.

그나저나 양상은 잘 살고 있을까?

은정_이건 고백인데, 이 글을 구상하면서 자꾸만 뱉은 말이 있었어요. '고양이 새끼!' 제가 양상은 못 되어도 이제부터 고양이 사랑할게요. 미워하지 마세요. 집사님들!

정지우

한 시절 나의 돌다리였던

삶에서 딱 한 번, 언젠가 고양이와 함께 산 적이 있었다. 대학생이 되어 자취를 시작한 지 얼마 되지 않았을 때였는데, 고양이와의 동거는 타의 반, 자의 반으로 시작되었다. 처음 만났던 여자친구와도 헤어지고, 또 처음으로 휴학을 하고 홀로 시작하던 가을에, 나는 조금은 불안하고 들떠 있었다. 처음 시간을 내 의지대로 쓰겠다는 마음에 들떠 있었고, 그 나날들을 홀로 보내야 한다는 마음에 다소 불안정하고도 위태로운 기분을 느끼고 있었다.

휴학을 결심했던 가장 큰 이유라면, 마음껏 책을 읽을 시간이 없었기 때문이었다. 대학교를 1년 반쯤 다니면서 틈틈이 책을 읽거나 글을 썼지만, 학교에서 요구하는 것들은 점점 늘어 갔다. 과제로 내주는 책을 읽고, 레포트를 쓰고, 시험공부를 하다 보면, 1년의 절반 이상은 금방 사라지는 것 같았다. 그렇게 반자의적으로 이끌려

가면서 시간만 쓰다가는, 영영 나의 삶이랄 것을 가지지 못할 것만 같았다. 나는 내가 원하는 책들을 쌓아 놓고 질릴 때까지 읽고 싶었고, 지칠 때까지 쓰고 싶었고, 아무 의미도 없는 삶 속에서 자유롭게 놓이고 싶었다. 그렇게 첫 자유이자 불안을 선택했다.

고양이를 만난 건 그런 가을의 한가운데였다. 여느 날처럼, 늦은 밤, 나는 노트북을 켜 놓고 무언가를 쓰고 있었다. 대단한 건 아니었고, 그 시절에는 주로 잡념이나 옛 기억, 그날 본 소설이나 영화 같은 것들에 관해 닥치는 대로 날밤 새워 가며 쓰곤 했다. 그렇게 글을 쓰고 있는데, 문득, 내가 한참 전부터, 이를테면, 30분에서 1시간 정도 계속하여 고양이 울음소리를 듣고 있었다는 걸 깨닫게 되었다. 그 소리는 무척 가까워서 평소와는 달랐는데, 그 가까움이 어딘지 낯설게 느껴져서, 아무런 기대나 생각도 없이 방문을 열어 보았다. 그리고 문을 열자마자, 나를 바라보며 울고 있는 어린 삼색 고양이와 눈이 마주쳤다.

내가 약간 당황하고 있는 사이, 고양이는 열린 문틈 사이로 집 안에 천천히 걸어 들어왔다. 뭐랄까, 그 몸짓이 너무나 자연스럽고 당연하다는 듯 느껴져 차마 어떻게 말려 볼 수도 없었다. 나는 어떠해야 하나 당황하다가, 집에 있던 참치 캔을 하나 따 주었다. 그랬더니 고양이는 현관에서 캔 한 통을 비웠고, 나갈 생각은커녕, 방 안까지 들어오려고 했다. 나는 급한 마음에 고양이를 데리고 화장실에 들어가 샴푸로 적당히 씻겼고, 고양이는 그날 밤부터 내 침대에 올라와 동침을 시작했다. 나로서는 다른 도리가 없는 느낌이었다.

다음 날에는 곧장 동물병원에 갔고, 이런저런 검사와 예방접종을 했다. 모래와 사료, 화장실 같은 것도 구매했다. 의사 말로는, 귀 한쪽이 찢어져 있다면서, 아마 길에서 다른 고양이와 싸우다가 그렇게 된 듯하고, 그래서 어디라도 피난처를 찾으려 울고 있었던 것이리라고 했다. 태어난 지도 몇 개월 되지 않았다면서, 이빨도 아직 다 자라지 않았다고 했다. 나는 당시 유기견이나 유기묘를 구조하고 입양 보내는 일을 하던 어머니에게 전화했고, 어머니는 당분간 입양처가 구해질 때까지 내가 돌보면 어떻겠느냐고 했다. 그렇게 내 불안한 자유의 시절은 고양이 '들'과 함께 시작되었다. 어쩌면 각자의 피난처를 찾아 서로를 만난 것만 같았다.

고양이와 살아가는 일은 신비롭고 새로웠다. 어릴 적부터 강아지는 키워 왔지만, 고양이를 그렇게 가까이에서 만져 보고 바라보는 것 자체가 거의 처음이었다. 고양이는 내가 책상에 앉아 글을 쓰고 있으면, 책상 위로 뛰어올라 내 팔에 기대어 그르릉 소리를 내곤 했다. 침대에서 책을 읽고 있으면 이불 속에 자리를 잡았고, 잠을 잘 때도 내 다리 옆을 좋아했다. 한낮에는 창문에서 바깥 구경하는 걸 즐겼고, 비닐봉투 같은 것에 들어갔다 나왔다 하며 혼자 노는 것도 대단히 잘했다. 사실, 그 시절의 절반 이상은 방에서 홀로 글을 쓰고 책을 읽으며 보냈는데, 그럼에도 내 방 안이 외롭거나 쓸쓸하기보다는, 어떤 몽롱한 충만감으로 더 가득 찬 것처럼 느껴졌는데, 그런 묘한 안정감은 아마도 고양이 '들'이 있었기 때문이 아닐까 싶다.

그 시절을 지나보내면서, 나는 묘한 삶의 진실 같은 것을 하나 알게 된 듯한 느낌이 들었다. 사실, 삶이란 누군가를 구하거나 구해지는 일들로 이어지며, 그렇게 여러 시절들이 서로의 둥지 같은 것이 되어 주는 누군가들을 건너가며 이어지는 게 아닐까 싶은 생각을 했다. 돌이켜보면, 삶의 매 시절에 어떤 손길들이 있었다. 그 손길들은 때론 연인이거나 친구, 동료이거나 그저 낯선 사람이기도 했는데 일방적으로 나를 구해 냈다기보다는, 맞잡음으로써 서로를 이해하고 견디며 의지하는 일들을 만들어내지 않았나 싶다. 짧은 나날의 인연들은 인생 전체에서 '사소한 인연'으로 치부되기 쉽지만, 사실 그 시절에는 전부였던 것이고, 그렇게 매시간마다 전부였던 돌다리들을 건너 이곳까지 왔던 게 아닐까 싶다. 그중 어느 하나의 돌덩이가 없었다면, 결국 이곳까지 이르는 돌다리를 건너지 못했을 것이다. 고양이 '들'은 내가 발 딛고 설 수 있었던 한 시절의 돌덩이였다.

군 훈련소로 떠나야 할 날이 다가올 때쯤, '들'을 입양하겠다는 사람이 나타났다. 공교롭게도 그는 캐나다인이었는데, '들'의 사진을 보고는 너무나 사랑스러워서 자신이 이번에 출국할 때 꼭 데려가고 싶다고 했다. 나는 '들'을 작은 가방에 넣어서 지하철을 타고

인천공항까지 갔다. 젊은 서양인 남녀는 고양이를 꺼내 안아보고는, 너무나 귀엽고 예쁘다면서, 나에게 고맙다고 했다. 나는 아직도 그들의 뒷모습과 함께 멀어지던 고양이 가방을 생생하게 떠올릴 수 있다. 그렇게 나의 한 시절도, 내가 사랑했고 나를 구해 냈던 어느 돌덩이도, 모든 시절과 모든 사람이 그렇듯이, 내게서 떠나갔다. 평생 잊힐 것 같지 않은 방 안의 어떤 풍경을 남기고서.

지우_어쩌다 보니, 그 시절의 제 이야기가 되고 말았군요. 제가 가장 사랑하는 고양이 노래 한 곡 남길게요. W의 <만화가의 사려 깊은 고양이>입니다.

언젠가,
작가

김민섭

831019 여비

온라인 중고 서점에서 항상 재고를 찾아보는 책이 한 권 있다. 등록되면 가격을 별로 상관하지 않고 '다 비켜, 저 책은 내 거야!' 하고 달려가서 구매한다. 그만큼 소장 가치가 있는 훌륭한 책이냐고 하면 그렇지 않다. 오히려 세상에 존재해서는 안 된다고 믿기에 그 흔적이 보이는 대로 없애버리고 있다. 『831019 여비』, 2000년에 출간되어 지금은 절판된 이 책은, 내가 고등학생 시절에 쓴 것이다.

나를 작가로 기억하는 대개의 사람들이 『나는 지방대 시간강사다』를 첫 책으로 안다. 사실 그렇게 남고 싶지만, 작가가 되고 싶어 했던 언젠가를 떠올려 보자면 고백해야만 한다. 나는 열여덟 살에 한 권의 에세이집을 출간했다. 지금은 내가 쓴 석사논문과 더불어 인생의 '흑역사'로 남았지만, 그때의 나는 작가가 된다는 설렘과 함께 몹시 진지했다.

작가가 되기로 한 건 아주 어린 시절부터였다. 주변에 책을 읽으라는 사람이 많았고, 그래서 읽다 보니 칭찬을 받았고, 글을 쓰는 일은 참 대단히 대단하게 대단한 일이구나, 하고 자연스럽게 인식하게 됐다. 책만 읽어도 이렇게 모두가 좋아하는데 책을 쓰는 사람이 된다면 어떨까 싶었던 것이다. 게다가 국민학교 시절에 시험을 보면 꼭 '국산사자(국어 · 산수 · 사회 · 자연)'의 순이었다. '아하, 국어는 제일 중요한 공부이고 국어를 잘하면 모든 게 해결되겠구나' 하고, 정말로 믿었다. 그만큼 단순한 인간이었다.

이러한 믿음은 놀랍게도 고등학생이 된 이후에도 계속되었다. 대학을 가는 데는 국어보다 수학이나 과학이 중요하다는 사실을 모의고사 이후 배치표를 받아 보고서야 알았다. 친구에게 "야, 왜 국문과보다 의대 입학 점수가 더 높아?" 하고 물어봤던 일이 아직도 기억난다. 심지어 내 뒤에 앉은 녀석은 옆자리 녀석의 지원 가능 대학에 '강남대'가 있자 "와, 얘 공부 못하는 줄 알았는데 강남에 있는 대학교에 갈 수 있대" 하고 외쳤고, 주변의 모두가 와 좋겠다, 하고 축하를 보내기도 했다. 강남대는 서울 강남이 아니라 경기도 용인에 있다. 아무리 교장이 전인교육을 내세우며 야자 없는 학교, 사설 모의고사 없는 학교를 만들었다지만, 다들 좀 심했다. (여기서의 킬링 포인트는 강남대 진학 가능 평가를 받은 그 녀석이 "헤헤, 내가 이번에 시험을 좀 잘 봤나 봐" 하고 웃고 있었다는 것이다.) 결국 나의 단순함과 이런 저런 환경들이 작가를 꿈꾸게 만들었다. 그러나 그보다는 중학교 3

학년 때 길을 걷다가 받은 '천리안 3개월 무료 이용권'이 아니었다면 지금 나의 인생은 많이 달라졌을 것이다.

1990년대 후반에는 PC통신이라는 것이 있었다. 천리안, 나우누리, 하이텔, 유니텔, 이러한 플랫폼을 통해 게시판에 글을 쓰고 채팅을 하고 동호회 활동을 할 수 있었다. 접속하려면 전화선을 뽑고 거기에 컴퓨터의 모뎀 선을 이어야 했다. "띠디디디- 띠이-" 하는 그 스타카토 같은 기계음은 참 마음을 설레게 하는 것이었다. 나는 14.4Kbps의 속도로 채팅방이라든가 자료실이라든가 이런저런 게시판을 유영했다. 그때 천리안의 판타지 소설 게시판에 처음으로 글이라는 것을 써서 타인에게 보이게 된다. 사실 내가 쓴 것이 아니라 같은 반 짝꿍이었던 D가 쓴 것이었다. 그는 내가 처음으로 만난 글쓰기 친구이자 나의 여자친구였다. D가 자신이 하이텔에 연재하고 있다는 판타지 소설을 나에게 보여 주었고, 그와 친해지고 싶었던 나는 별로 취향이 아닌 글이었음에도 아주 재미있다고 말해 주었다. 그때부터 나는 그의 요청으로 그가 쓴 판타지 소설을 천리안에 연재하기 시작했다. 그렇게 처음으로 '읽는 사람'에서 '쓰는 사람'이 되었다.

D와는 서로 다른 고등학교에 진학하게 되면서 헤어졌지만, 게시판에 무언가 쓰던 나의 습관은 그대로 남았다. 판타지 소설 게시판에서 나온 나는 '유머 게시판'으로 갔다. 거기에는 단순히 '최불암

시리즈'나 '만득이 시리즈'가 올라오기도 했지만 말하자면 '종합 문학 게시판' 같은 곳이었다. 당시 창작 글을 연재해서 수십 개의 추천을 받는 스타 작가들이 많이 있었고, 나는 NAMYLOVE라는 나의 아이디로 글을 쓰기 시작했다. "[NAMYLOVE] 고딩이 매점에서 겪은 일" 같은 제목으로, 나의 일상을 각색해서 올렸다.

꾸준히 글을 올리는 동안 나의 글을 읽어주는 사람들이 생겼다. 나는 아침이면 일찍 일어나서 잠시라도 천리안 게시판에 접속했다. 간밤에 올린 글의 반응을 확인하기 위해서였다. 누군가는 악플을 달았고 누군가는 "천재 고등학생 작가"라고도 했고 어느 날엔 아무런 반응이 없기도 했다. 그 시간에 공부를 더했더라면 어땠을까 싶기도 하지만 다시 돌아가도 나는 그렇게 할 것이다. 그게 얼마나 큰 기쁨과 자존감을 주는지는 해 본 사람만이 안다. "NAMYLOVE는 제가 아는 고등학생 중에 가장 특별한 사람이에요"라는 댓글을 보고 나면, 누구라도 행복해질 수밖에 없을 것이다. 나는 그때 정말로 행복한 고등학생이자 개인이었다. 물론 악플 몇 개를 보고 절필 선언을 했던 기억이 떠오르면 지금도 이불을 뻥뻥 차게 된다.

그러는 동안 나의 삶이 조금씩 바뀌었다. 나는 여전히 평범한 고등학생이었지만, 이전과는 조금씩 다른 몸이 되어 갔다. 쓰는 사람이 된다는 것은 자기 자신의 언어를 가진 사람이 된다는 말과도 같다. 그러면 그 누구도 그 사람을 함부로 대하지 못한다. 타인의 세계 안에서 타인의 언어로 자신이 규정될 수 있다는 것은, 모두에게 조금 더 '좋은 사람'이 되어야겠다는 두려움을 준다. 등단의 과정이 없더라도, 대형 출판사에서 책을 출간하지 않아도, SNS에든 블로그에든 자신의 언어로 자신의 일상을 기록해 나가는 모두는 작가다. 출판사의 제안으로 연재하던 글들을 『831019 여비』라는 책으로 묶어 내고서, 선생님과 친구 들 모두가 나를 '작가'라고 불렀다. 거기에는 동경 비슷한 것도 있었지만 무엇보다도 자신의 언어를 가진 개인이라는 존중과 두려움이 함께했던 것 같다. 나 역시 나의 몸에 새겨진 글을 언제든 나의 언어로 옮겨 적을 수 있고 지금을 기록할 수 있는 사람이라는 자신감을 가지게 됐다. 그때부터 나는 언젠간 작가가 되어야겠다고, 작가라기보다는 계속 글을 쓰는 사람이 되어야겠다고 마음먹었다. 존중받는 개인이 되고 싶었기 때문이다. 그래서 국어국문학과에 지원하면서 대학 입시 자기소개서의 마지막 줄에 다음과 같이 적었다.

"(언젠간) 글을 써서 밥을 먹고 살 수 있으면 좋겠습니다."

나는 모두가 쓰는 사람으로서의 삶을 살아가기 바란다. 당신의 일상은 이미 몸에 깊게 새겨져 있다. 누군가는 별것 아니라고, 누가 읽어 주겠느냐고 그것을 옮겨 적지 않지만, 그건 이 세계에서 당신만이 길어 올릴 수 있는 가장 가치 있는 무엇이다. 나는 계속 쓰는 사람으로 남고 싶다. 당신도 그럴 수 있으면 좋겠다.

🐾 민섭_친구 D에게는 얼마 전 연락이 왔습니다. 화가가 되어 '개인전'을 열게 되었다고요. 함께 판타지 소설을 나누던 중학생 커플이었는데 한 사람은 그리는 사람이, 한 사람은 쓰는 사람이 되었습니다. 멋진 일입니다.

김혼비

마트에서 비로소

매사에 두괄식이기보다 미괄식인 인간이었다. 이를테면 ○○○이 되고 싶다, ○○가 되어야겠다, 같은 목표를 첫 문장으로 두고 그에 맞춰 정진하기보다는, 그때그때의 흥미와 처한 상황과 결코 무시할 수 없는 우연들을 따라서 시간의 보폭대로 걷다가 '○○○가 되었다'라는 마지막 문장을 맞닥뜨리곤 하는 식이었다(이 뒤로 새로운 문단이 시작되면 더 이상 마지막 문장도 아니겠지만). 미괄식의 나쁜 점은 뚜렷한 목표가 없어서인지 종종 생각이 없어 보인다는 것이다. 남에게만 그렇게 보이면 모르겠는데, 내가 나를 그렇게 바라보기 시작하면 무척 피곤해진다.

첫 번째 책이 세상에 나오기 3년 전쯤이었다. 글 쓰는 게 재미있어서 팬픽이나 블로그 포스트를 꾸준히 써 왔고, 그것이 몇몇 매체에 고료를 받고 게재하는 원고로 이어졌던 터라 나는 당시 나를

'글 쓰는 사람'이라고 조심스레 정체화하고 있었다. 그러다가 문득, 그렇다면 '작가가 되고 싶다', '작가가 돼야지'까지는 아니더라도, 적어도 '이러저러한 글을 쓰고 싶다'(예: 사람들의 마음을 울리는 감동적인 글을 쓰고 싶다, 이 세상의 모든 차별에 맞서는 글을 쓰고 싶다) 같은 목표는 있어야 하지 않을까, 이마저 없는 건 너무 나태한 게 아닐까 하는 반성을 하게 되었다. 이런 종류의 나태는 결국 비윤리적인 선택으로 이어지기 쉬운 나이브함과 자유로운 척하는 비겁함이 자라기 좋은 토양이기에, 나는 좀 초조하고 절박한 마음으로 이 문제에 관해 고민했다. 이것만큼은 두괄식이고 싶었다. 첫 문장을 꼭 찾고 싶었다. 쉽지 않았다. 첫 문장을 찾는 건 언제나 어렵다.

이사하고 얼마 지나지 않아 T와 동네의 중형 마트에 들렀을 때였다. 원체 마트 구경하는 걸 좋아해서 외국 여행에서도 박물관에 간 것마냥 마트 탐방(사실 인류가 멸망하지 않는다면 먼 미래의 박물관 전시품들이라고 봐도 좋을 것이다)에 시간을 아낌없이 쓰는 우리는 앞으로 자주 애용하게 될 마트와 낯을 트기 위해 구석구석을 꼼꼼히 살폈다. 그러다가 발견했다. 한구석에 걸려 있는 처음 보는 물건을. 작은 솔이 수직으로 꽂혀 있는 작은 플라스틱 통으로, 이름은 '김솔통'이었다. 김솔통?? 마치 '5학년 2반 11번 김솔통 학생'이라고 해도 어색하지 않을 이 이름을 우리는 처음 들었는데, 김에 기름을 바를 때 쓰는 '김솔'을 담아 두는 통이었다.

손으로 직접 음식을 만들거나 손질하는 데에 전혀 취미가 없어서 요리, 조리 다 피하면서 살아오느라 요리용품이나 조리도구의 세계에 무지한 나는 물론이고, T에게도 생소한 물건이라고 했다. 나는 김솔통을 보고 아주 작은 충격을 받았다. 일단, 온갖 물건이 다 있는 대형 마트도 아니고, 한방용품숍이라든지 복싱숍처럼 전문적인 물건을 파는 가게도 아니고, 응당 이질적인 물건이 섞여 있는 외국의 어느 소도시에 있는 마트도 아닌, 지극히 일상적인 물건으로 가득한 동네 마트에서, 그래도 내가 장장 삼십몇 년을 살았는데, 생전 처음 보는 물건을 발견했다는 게 신선했다. 게다가 그 물건이 하이브리드하거나 4차 산업혁명의 기색을 살짝 뿌려 놓은 현대적 무언가가 아니라 이렇게 모양새도 용도도 단출한 김솔통이라는 것도.

이 생활감 넘치고 묘하게 합리적인 작은 물건은 나의 인식의 몇 단계를 한꺼번에 꿰뚫었다. 단지 몰랐던 물건을 처음 알게 된 것 이상이었다. 아주 오래전에 외할머니가 이따금씩 네모난 김들을 한 상 펴 놓고 김솔로 기름을 바르던 모습이, 엄마가 소풍 전날 김밥 위로 김솔을 왔다 갔다 문지르던 모습이 고소한 들깨 냄새와 함께 떠올랐다. 그때 그 옆에 김솔통 같은 게 있었던가? 모르겠다. 있었던들 딱히 눈여겨보지 않았을 것이다. 김솔의 존재를 기억해 낸 것도 십몇 년 만인데 심지어 그것을 담는 전용 통이라니. 오직 김솔이라는(평소 이 물건의 일상 노출도를 생각했을 때 너무나 마이너하게 느껴지는) 물건을 보관하기 위해 따로 만든 통이라는 게 존재한다니. 그 사실이 무척 신기하고 재미있으면서도 정답게 느껴졌다. 게다가 김솔통을 보고 나니 김솔을 효율적으로 보관할 수 있는 다른 방법이 전혀 떠오르지 않았다. 쓰고 나서 이 통에 꽂아 두면 진짜 딱이네! 김솔통에 기름을 부어 넣고 솔을 찍어 가며 써도 좋겠다! 어쩐지 신이 난 채로 김솔통 앞에 서서 T와 이런 말들을 주고받다가 문득 이 미괄식 인간의 머리에 두괄식 문장이 새겨졌다. 아니, 마음에 새겨졌다.

"김솔통 같은 글을 쓰고 싶다."

그래, 이거였다. 나는 갑자기 김솔통 같은 글을 쓰고 싶어졌다. 지구상의 중요도에 있어서 김도 못 되고, 김 위에 바르는 기름도 못 되고, 그 기름을 바르는 솔도 못 되는 4차적인(4차 산업혁명적인 것도 아니고 그냥 4차적인) 존재이지만, 그래서 범국민적 도구적 유용성 따위는 획득하지 못할 테지만 누군가에게는 분명 그 잉여로우면서도 깔끔한 효용이 무척 반가울 존재. 보는 순간, '세상에 이런 물건이?'라는 새로운 인식과 (김솔처럼) 잊고 있던 다른 무언가에 대한 재인식을 동시에 하게 만드는 존재. 그리고 그 인식이라는 것들이 딱 김에 기름 바르는 것만큼의 중요성을 가지고 있는 존재. 김솔통. 드디어 찾았다. 내가 쓰고 싶은 글. 두괄식을 만들어 줄 첫 문장.

지금 와서 생각해 보면 살면서 이때가 가장, 어쩌면 유일하게 작가라는 정체성에 가까워진 순간이었던 것 같다. 그렇게 첫 문장을 덜컥 써 놓은 뒤로 5년 남짓한 시간이 흘렀고, 그동안 써 온 글들이 과연 김솔통과 비슷한지는 잘 모르겠지만(너무 대단한 물건을 목표로 잡았는지도…), 그래도 일단 오늘도 쓴다. 잘 보이지 않고 잊히기 쉬운 작고 희미한 것들을 통에 담는 마음으로. 오늘도.

혼비_김솔통 같은 사람도 되고 싶습니다.

남궁인

'남궁 작가'가 사인하러 갔다

남궁인 '작가'는 2020년 3월 10일 출판사에 방문했다. 신간 『제법 안온한 날들』의 사인본 배송을 위해서였다. '작가'의 세계에는 책을 주고받는 관습이 있다. 내가 '작가'라고 불리기 전에는 이 사실이 그야말로 췌장 앞뒤가 뒤집힐 정도로 부러웠다. 아무것도 하지 않았는데 작가들이 신간에 직접 친필 사인을 해서 친절하게 집 앞에 보내 주는 것이다. 원래 사인본은 직접 서점에 가서 책을 산 다음 작가가 사인을 하는 자리에 찾아가서 기어코 부탁을 해야 얻을 수 있는 것인데 말이다. 그래서 당시에는 '작가'라는 사람을 만나는 것도 드문 경험이었고, 그들에게 "누구 신간 나온 것 보셨어요?"라고 물었을 때, "아. ○○형. 아마 사인본 보냈을 거야. 집에 있을 텐데 아직 안 읽었네"라고 말하는 모습이 비장 앞뒤가 뒤집힐 정도로 부럽고 멋있었다.

하여간 지금은 첫 문장부터 나를 '작가'라고 소개하고 있으니, 나도 사인본을 주고받는다. 일단 '작가'들은 피차 줄 것이 책밖에 없고 일단 받았다면 내 책이 나왔을 때 챙겨 드리는 게 도리이며 기왕 줄 것이면 사인과 넉넉한 덕담을 적어야 예의가 되겠고 솔직히 신간 나오면 홍보도 조금 해야겠으니 작가들은 필사적으로 책을 주고받는다. 약간의 곱셈을 보태면 사인본만으로 책장 몇 줄은 넉넉히 채울 수 있을 것 같다. 그래서 요즘은 나도 이렇게 말한다. "아. ○○형. 아마 사인본 보냈을 거야. 집에 있을 텐데 아직 안 읽었네." 이 말은 정말 ○○형이 사인본을 보냈을 것이며, 정말 집에 있을 것으로 추정하나, 아직 바빠 못 읽었다는 뜻이다.

하여간 막상 '작가'라고 불리니 내 '사인본'이란 것은 참 흔한 것임을 누차 깨닫는다. 순전히 내 기준에서 사인본은 '내가 그 책을 한 번 펼쳐 평생 해 오던 사인을 한 번 더 해 놓은 물품'이다. 그래서 나에게 조금 어렵게 사인을 요구하는 분들에게 나는 이렇게 말해 왔다. "괜찮습니다. 저는 시간이 많고, 세상에서 두 번째로 흔한 게 제 사인입니다. 사실 첫 번째로 흔한 게 뭔지는 잘 모르겠지만 무엇이든 첫 번째가 되면 안 될 것 같아서 두 번째라고 했습니다." 이번에는 출판사도 그 사실을 눈치챘는지, 아예 신간 맨 첫 장에 내 사인을 인쇄해 버렸다. 덕택에 책이 매우 잘 팔린다면, '첫 번째로 흔한 존재'도 할 수 있을 것 같지만, 그건 그냥 희망 사항이다. 하여간 그리하여 나는 신간 두 번째 페이지에 재차 사인을 해서 내 사인을 더욱 흔하게 만들려고 출판사에 갔다. 일명 '더블 사인본' 작업이었다.

출판사마다 홍보용 도서 방침은 다르다. 서적마다도 그때그때 달라서 어떻게 말할 수가 없다. 2016년 『만약은 없다』를 냈을 때, 나는 책을 보낼 사람이 엄마, 아빠, 동생, 과장님, 고등학교 동창 정도밖에 없었다. 모두 홍보에 도움이 되는 사람은 아니었다. 그래서 출판사에서 명단을 주었다. 그 명단은 눈을 씻고 다시 확인해야 할 정도로 놀라워서 나는 계속 이런 질문을 했다. "이 사람이 내가 아는 그 사람이 맞나요?" "네. ○○ 노래 부른 사람이요." "이 사람도 내가 아는 그 사람 맞죠?" "네. 그 소설 쓰신 분이요." 나는 그 '명사'들에게 누추한 사인본을 전달하고, 그것이 높은 확률로 그들의 서재 한 자리를 차지할 것임이 왠지 부끄럽고 민망했다. 그땐 정말이지 모든 것이 새롭고 어색했다.

지금은 2020년이 되었다. 나는 배본 명단을 직접 정리하며 약간의 격세지감을 느꼈다. 딱 5년 전만 해도 사인회에 다녔어야 할 명단이었다. 지금은 이분들에게 도움을 받았거나 책을 직접 받았기에 보답을 드려야 했다. 새삼스럽게 멀리 와 버린 느낌이었다. 그 생각을 하며 출판사에서 정한 수량만큼 정성스럽게 사인을 하고 메시지를 적었다. 사인을 하는 이야기는 여기서 끝이다. 사인을 하는데 무슨 이야기가 더 있겠는가.

문득 출판사 대표님이 이 연재를 궁금해하셨다.

"선생님 구독 서비스 시작하셨다면서요."

"네. 김○○ 작가가 시켜서…."

"주제가 무엇인가요?"

"첫 번째 주제는 '고양이'였고요, 두 번째 주제는 '작가'에요."

"참 주제가 뻔하네요. '고양이' 하면 내용이 다 예상될 것 같고요. '작가'도 그렇고요."

"그래서 저는 최대한 특이하고 예측할 수 없게 쓰려고요."

"주제는 누가 정하는데요?"

"돌아가면서 하나씩 정합니다."

"나머지 주제는 무엇인가요?"

"친구, 방, 비 같은 게 있어요."

"재미없네요. 선생님은 조금 특이한 주제 정하세요."

"안 그래도 저는 '나의 진정한 친구 뿌팟퐁커리'로 하려고 합니다."

"그거 좋네요! 그냥 무슨 이야기든 술술 나올 것 같은 느낌."

그래서 나는 지금 선정 주제를 '나의 진정한 친구 뿌팟퐁커리'로 하면 담당자에게 크게 혼날 것인지 정중하게 혼날 것인지 고민하면서 이 글을 쓰고 있다.

며칠 전까지 나는 '작가'라는 주제로 다른 이야기를 구상했다. 사실 두 시간 전까지만 해도 그랬는데 이틀 전 출판사 다녀온 이야기가 생각나서 도입부에 쓰다 보니 분량이 다 찼다. 처음 구상한 이야기는 '남궁 작가' 시절의 일화였다. 그러니까 진짜 '작가'가 아니고 추구하는 바만 '작가'라서 '작가'가 멸칭이던 시기다. 그 시절 나는 싸이월드에 근본 없는 시를 마구 적었는데, 친구들이 "남궁 작가님 멋있네"라고 리플을 달면 진짜 멋있는 줄 알고 밤에 잠 못 이루곤 했었다. 도입부부터 정신이 없고 두서도 없었으니 일관성만은 유지하는 의미에서 갑자기 '남궁 작가' 시절의 시 한 편으로 마무리하겠다. 2010년 12월 18일 새벽, 귀멸의 칼날에 맞닥뜨린 '남궁 작가'가 단 한 시간 만에 적었던 시다. 제목도 없다. 그는 단어조차 만들어 쓴다. 그러면, 모두 마지막으로 '남궁 작가'의 호흡에 맞춰 이불킥 할 기세로 흡-하 흡-하.

불현듯 찾아온 날
서걱거리는 심연 낮게 엎드려
너를 온팔 벌려 재고 가늠할 때
아득하게 어디에 잠들어 있을까 너는
눅눅한 공기 속에서 저물어가는
어둠은 망가진 깃털 하나하나 다듬으며
무서운 불행들을 창조하신다
낯선 자들, 벌판을 베어나가는 굉음
어디일까 더듬더듬 피어오르던 먼 땅

마음을 배반하려면 죽음을 염두에 두고 흘러야 하네

기척을 죽이고 나는

죽음의 말을 배우고

티미하게 사라지는 듯 삶으로 섞여가고 있었네

마지막 문들이 벌판을 향해 열리고

쉽게 침몰하는 것이 허공에 걸린 마음이던가

무서운 얼굴들, 하지만 죽음과 같은 삶은

동일한 줄기가 틔우는 이파리일 뿐 그리하여

살아남으리라 짧은 넋이 되어

못생기고 추한 불행이 되어 끓어 오르는

곳에 두 다리가 심겨진

고행자가 되어

남궁_뇌 주름 쓰기는 아직도 유효합니다. 그런데 10년 전에 썼던 시 왜 은근히 좋죠? 저 감각 이상한가요?

문보영

네가 한 뭉치의 두툼한 원고 뭉치로 보일 때

사람들은 나를 대개 시인이라고 부른다. 그래서인지 소설을 쓰면 '시인이 쓴 소설', 에세이를 쓰면 '시인이 쓴 에세이'가 되어버린다. 내가 만약 소설가가 되더라도 내 소설은 '소설가가 된 시인이 쓴 소설'이 될지도 모를 일이다. 처음부터 시인이라는 호칭이 붙었기 때문에 작가라는 호칭은 내게 어색하고 송구스럽다. 그런데 내가 먼저 작가라는 명칭을 이용할 때가 있는데 다음과 같은 경우이다.

나의 가족과 친구들은, 타인들에게 나를 소개할 때 비슷한 난처함에 직면한다.

내 친구 땡기나발: 내 친구 시인이야.

땡기나발의 친구: 시인?

내 친구 땡기나발: 응.

땡기나발의 친구: 직업은?

내 친구 땡기나발: 아마 시인이 직업일걸?

땡기나발의 친구: 그게 직업인 거야?

내 친구 땡기나발: 그럴걸. 아! 아닌가? (예기치 않은 혼란) 잠시만… 물어볼게.

나 몰래 세간 사람들이 꼴통은 직업에서 제하기로 국민투표 같은 걸 한 걸까? 언젠가 모 신문사에서 직업별 소득 순위를 매겨 소득 성적표를 공개한 적이 있다. 꼴찌는 시인이었다. 그래서 시인이 직업으로 널리 인식되지 않는 듯하다. 게다가 시인, 하면 사람들의 머릿속에 떠오르는 이미지는 (이건 나의 피해 의식일 수도 있다) '폐병에 걸렸는데, 치료는 거부하고, 골방에 틀어박혀, 창밖의 별을 바라보며 감상적인 이야기를 지껄이는, 담배와 술에 찌들었는데 영롱한 사람' 정도가 아닐까? 친구가 지인에게 나를 시인이라고 소개하면 나는 왠지 초라하다. "시인이라고 왜 말했어…." 달려가 해명하고 싶다. "시인, 하면 뭐가 떠오르는지 저도 잘 아는데, 나 그런 사람 아닙니다." 요컨대, 시인으로 사는 건 '나 그런 사람 아닙니다'라는 억울함에 끊임없이 시달리는 경험, 혹은 '나 그런 사람 아닙니다'라고 적힌, 보이지 않는 명찰을 차고 다니는 경험 같은 것이다. 그래서 나는 친구들에게 이렇게 애원하며 부탁한다. "시인이라고 말하지 말고 그냥 작가라고 얼버무려…. 그리고 뭐 쓰냐고 물으면, 에세이도 쓰고 소설도 쓰고, 아 참, 아마 시도 쓸걸? 하고 시 쓰는 건 부수적으로 끼워 팔구….”

원래는 사실 작가의 사랑에 관해 쓰려고 했는데 이야기가 새어 버렸다. 나는 글 쓰는 사람이라서 기억에 유리하다고 생각한다. 그리고 기억에 유리하므로 사랑에는 불리하다고. 사랑에 빠지면 모조리 글로 써 버린다. 글로 남기지 않았다면, 적당히 알아서 휘발될 과거도 기록이라는 행위로 인해 자연스럽게 박제되어 버린다. 기억에 방부제 처리를 해놓고, 매일매일 꺼내 읽는 식이다. 그래서 불안했다. 나는 이렇게 세세토록 기억하는 동안, 너는 나와의 기억이 조금씩 옅어지겠지, 하고 말이다.

어떤 사람에게 빠져, 그 사람이 한 뭉치의 두툼한 원고 뭉치로 보일 때 일기를 썼다. 그런데 이 순간을 경계한다. 사람이 사람이 아니라 글로 보일 때. 이때, 글을 통해 내가 얼마나 쉽게 위선적인 사람이 되는지 깨닫고 놀란 적이 많다. 더불어 의도치 않게 상대방에게 상처를 입힐 수도 있다. 나는 사랑하는 사람이 나의 뮤즈가 되기를 바라지 않고, 나 또한 누군가의 뮤즈가 되기를 원치 않는다. 그래서 사랑하는 사람이 나로 하여금 연필을 잡게 할 때, 일기를 쓰고 싶게 할 때, 이 충동에 적당히 대응하는 것과, 사랑하는 사람을 보호하는 것, 사랑을 소중히 지켜 내는 것, 이 모두를 고려하려고 노력한다. 하지만 늘 어렵다.

내가 싫어하던 나의 모습들은 이런 것이다.

◦ 역설에 관한 예시 1
내가 사랑하는 자: 뭐해?
나: (너에 관한 일기를 쓰느라 바빠서 답장을 안 하고 있음)

◦ 역설에 관한 예시 2
내가 사랑하는 자: 어! 안녕!
나: 어, 하이.(너에 관한 초안을 짜느라 너랑 인사할 시간적 여유가 없음)

이따금 이런 역설이 발생한다. "왜 나랑 안 놀아? 왜 맨날 글만 써?" 사랑하는 자가 항의한다. "나는 더 본질적으로 너랑 놀고 있는데?" 따위의 말을 하는 쓰레기가 되는 일이 없길 빈다…. 사랑하는 사람에 관해 글 쓰는 일을 멈추기 어렵다. 대신 다른 것에 관한 글을 쓰고 그 글을 보여 준다. 나는 사랑하는 인간의 집에 놀러 갔을 때, 나의 글을 집 이곳저곳에 숨겨 두는 놀이를 좋아한다. 냉장고에 있는 썩은 고기 아래, 옷장 맨 위 칸 아니면 변기통 뒤 같은 곳에 일기를 숨겨 둔다. 그리고 유유히 집으로 돌아온다. 폭발 버튼은 내 손에 있으니 원격으로 집 폭파가 가능하다.

면전에서는 비석처럼 굴면서 글 속에서 활개 치는 나의 사랑법을 상대방이 이해하고, 참아 주고, 받아들이기까지는 공동의 노력이 필요해 보인다. 아멘.

보영_버튼 누르기 5초 전.

오은

작가의 말

언젠가 작가가 되겠다고 생각한 적이 있었다. 아홉 살 때였다. 장래 희망과 그 희망을 갖게 된 이유를 적어 내라는 선생님의 말씀에 반 전체가 일순 술렁였다. 내일까지 제출하면 된다는 말에 모두들 안도했지만, 하교할 때 우리의 책가방은 사이좋게 무거웠다.

"그냥 손 들고 발표하라고 시켰으면 좋았을걸."

"한 명씩 돌아가면서 말했으면 금방이잖아."

"번호순으로 시키면 다른 친구가 말한 거 듣고 따라 말할 수도 있었을 텐데."

친구들이 하는 얘기를 듣고 연신 고개를 끄덕였다. 바로 1년 전, 1학년 때 나는 4반이었다. 1학년 4반에는 장래 희망이 대통령인 아이가 무려 열한 명이나 있었다. 선생님이 꿈인 아이도 아홉 명이었고 요리사가 꿈인 아이도 다섯 명은 훌쩍 넘었다. 우주비행사가 되겠다는 아이도 자그마치 세 명이나 있었다. 선생님은 대통령이 되고 싶은 열한 명의 아이들에게 웃으면서 말씀하셨다.

"너희가 5년씩 돌아가면서 대통령 하면 되겠다."

"그런데 돌아가면서 하면 누군가는 아흔 살이 넘어서 대통령이 되는 거 아니에요?"

조숙했던 한 친구의 말에 선생님만 크게 웃었다. 아무도 그 말이 무슨 뜻인지 몰랐던 것이다.

집에 돌아와서 학습장을 펼쳤다. 온몸이 경직되는 것 같다가 배배 꼬이기 시작했다. 받아쓰기 틀린 것을 열 번씩 쓰는 숙제가 얼마나 마음 편한지 몸이 증명하는 것 같았다. 대체 무엇을 써야 할까. 틀린 것도 없는데, 맞은 것은 더더욱 없는 것 같은 요상한 기분에 휩싸였다.

그때 눈에 들어온 것이 셜록 홈스였다. 당시 나는 셜록 홈스에 푹 빠져 있었다. 작년에 장래 희망을 묻는 질문에 나는 탐정이라고 답했었다. 2년 연속 같은 꿈을 말하면 재미없다는 생각에 나는 '작가'라고 또박또박 적었다. 셜록 홈스라는 인물을 만든 것은 코넌 도일이라는 작가니까. 책날개에 있는 코넌 도일의 사진을 보니 카이저수염을 기르고 있었다. 작가가 될 수 있느냐보다 콧수염을 길러야 할지도 모른다는 게 내게는 더 큰 걱정이었다.

그날 밤 꿈에 나는 연단에 서 있었다. 당시의 나는 작가가 되면 무슨 연설 같은 것을 해야 하는 줄 알았던 모양이다. 꿈속에서 나는 어엿한 어른이었다. 행인지 불행인지 얼굴에 콧수염은 없었다.

"저는 작가가 되었습니다. 아홉 살부터 품었던 꿈이죠. 그 뒤로 저 꿈이 변한 적은 단 한 번도 없어요. 셜록 홈스가, 아니 정확히 말해 코넌 도일이 저를 여기로 이끌었죠…."

연단 뒤편에서 나를 비추는 장면이 꿈의 마지막 장면이었다. 객석에는 사람이 한 명도 없었다. 아홉 살의 나는 고성을 지르며 이불을 발로 차며 그 와중에 부끄러워서 두 손으로 얼굴을 가린 채 잠에서 깨어났다. 꿈의 마지막 장면을 그렇게 스스로 만들어 버렸다. 꾹 참고 끝까지 꿨으면 반전이 있었을지도 모르는데.

어찌어찌 작가가 되어도 주목받기는 힘들다는 사실을 그때 어렴풋이 알아차렸던 것일까. 꿈속에서 했던 호언과는 달리, 나는 매해 장래 희망이 바뀌었다. 남들처럼 검사, 의사를 적어 내기도 하고 선생님이나 기자가 되겠다고 마음먹은 적도 있었다. 〈대항해시대〉라는 게임에 빠져 있을 때에는 무역상이 되고 싶다는 열망에 사로잡혔다.

2006년, 고등학교 동창들과 바닷가에 놀러 간 적이 있었다. 물놀이도 하고 공놀이도 하다 보니 배가 고파졌다. 바다가 훤히 보이는 식당에 들어갔는데, 친구 중 하나가 식당 주인에게 나를 가리키며 말했다. "재 시인이에요." 식당 주인은 살짝 놀란 것 같았지만, 그게 뭐 대수냐는 듯 이렇게 말했다. "저도 한때는 작가였어요." 그러고 나서 우리는 두 시간 넘도록 그의 파란만장한 일대기를 들어야만 했다.

나를 시인이라고 밝힌 친구는 다음 날 우리로부터 엄청난 비난을 받아야만 했다. 그는 억울하다는 듯 이렇게 말했다.

"아니, 두 시간 넘게 자기 이야기만 한 건 그렇다 쳐. 어쩜 서비스 안주를 하나도 안 주냐. 처음부터 쪼잔해 보이긴 했어. 그래도 어떻게 그럴 수 있냐. 먹은 게 얼만데."

작가에 대한 편견이 있는 친구가 숙취를 호소하면서 대꾸했다.

"작가라 그런가 보지."

작가에 대한 편견을 막 갖게 된 다른 친구가 그 말을 받아쳤다.

"작가들이란."

뒤늦게 일어난 회계 담당 친구가 눈을 비비며 말했다.

"무슨 소리야? 우리 어제 계산 안 하고 나왔어. 걷은 회비로 내려고 했는데, 아저씨가 극구 사양하시더라."

그 순간, 한 줄기 빛이 비치더니 감쪽같이 숙취가 사라지는 것이었다. 나는 친구들을 둘러보며 의기양양하게 말했다.

"작가들이란… 통이 크네. 품도 넓네. 언젠가 꼭 내가 이 일을 작가의 말에 쓴다."

그게 바로 오늘이다.

오은_서울 서초구에 있는 '책방 오늘,' 속 공중전화 부스에선 번호를 누르면 수화기를 통해 작가의 육성을 들을 수 있다. 남아 있어서 실로 다행인 목소리들. 그중 나는 비스와바 쉼보르스카의 목소리를 가장 많이 듣는다. 내가 시인이 된 이유다.

이은정

다만, 꿈을 꾸었다

"글 씁니다."

"어머! 작가예요?"

"아직은 아니에요."

"아…."

주로 이런 식이었다. 뭐 하는 사람인지 묻지를 말든가, 대놓고 말문 막히지나 말든가. 아…,로 끝나는 대답은 언제나 나를 초라하게 만들었다. 20대에는 그나마 반응이 괜찮았다. 100퍼센트 허망하게 느껴지는 꿈일지라도 그럴 만한 나이라고 생각하는 모양이었다. 그래, 열심히 해 봐, 까지는 들어 본 것 같다. 30대가 되어도 꿈을 놓지 못하는 나를 사람들은 한심하게 보기 시작했다. 소설가 아무나 하는 거 아니라는 둥, 지금까지 안 됐으면 안 되는 거라는 둥,

기타 둥둥둥. 내가 발끈할 수 없었던 이유는, 비참하게도, 틀린 말은 아닌 것 같아서였다. 심지어 생업도 놓은 채 사타구니에 욕창이 생기도록 글만 썼던 30대 후반에는 나 자신조차도 나를 이해할 수 없었다.

가족들은 단 한 번도 내가 무슨 글을 쓰는지 묻지 않았다. 당연히 내 글을 읽어 보지도 않았다. 출근하지 않는 날엔 밥도 먹지 않고 방에만 처박혀 있는 나를 엄마는 가끔 걱정했고, 걱정하는 엄마의 문장은 언제나 시크했다. "니 속엔 돌뗑이가 들어차 있나!" 나와서 밥 먹으라는 뜻이었다. 나가면 밥만 먹일 게 아니었다. 내 꿈과 열정을 비하하는 단어들도 쌀밥 위에 곁들여 먹일 게 분명했으므로, 가족들이 모두 나갈 때까지 기다렸다가 혼자 밥을 먹곤 했다. 그렇게 나는 안팎으로 한숨만 부르는 쓸모없는 인간이었다.

가수가 꿈이었다면 목이 쉴 때까지 노래라도 불렀을 텐데, 요리사가 꿈이었다면 맛있는 냄새라도 풍겼을 텐데, 개그우먼이 꿈이었다면 사람들을 웃겨 주었을 텐데, 내가 내 꿈을 위해 노력하는 모습을 보여 준 건 책상 앞에 앉아 있는 것밖에 없었다. 그래야 하는 일이었고, 나는 분명 최선을 다했다. 얼마나 한심하게 보였을지 이해하지 못하는 건 아니다. 그렇지만 단 한 명이라도 내 꿈을 지지해 주었더라면 얼마나 든든했을까. 사람이 그쯤 독하게 앉아 있으면 도대체 뭘 쓰는지 궁금해야 하는 게 아닌가. 내가 쓴 글을 읽어라도 보고 무시했으면 좋았을 것이다. 사람들은 내 미래가 마치 정해져 있는 것처럼 내 꿈을 무시해 버렸고 나는 그런 취급을 받을수록 포기할 수 없었다. 내가 포기해 버리면 무시당했던 말들과 서러웠던 순간들이 고스란히 상처로만 남을 터였다. 생업을 놓고 본격적으로 글만 쓰기 시작했을 때, 사람들은 집에만 있는 나를 궁금해했고 나는 나를 설명하지 않기로 했다.

"뭐 하시는 분이세요?"

"백수예요."

"아…."

이러나저러나 사람들은 내 대답에 말문이 막혔지만, 나는 그런 반응에 익숙해져 갔다. 무시, 비아냥, 동정, 비난 등을 견디는 힘은 글에서 나왔다. 꿈이 글이고 글이 꿈이었으니 참 다행이었다.

비로소, 정말이지 비로소, 등단이라는 빌어먹을 관문을 통과했다. 그제야 사람들은 과거에 자신이 했던 말을 까맣게 잊은 채 태도를 바꾸었다. 첫 출간을 하고 그 책이 베스트셀러가 되었을 때는 10년 넘게 연락이 끊겼던 사람들의 톡이 날아들었다. 한때 내 삶을 비난했던 그들의 톡을 나는 가볍게 읽씹 했고 뭔가 희열을 느꼈다. 그 뒤로 조금씩 복수를 하고 있다. 나를 무시했던 자들을 소설 속에 등장시켜 죽이거나 불행하게 만드는 것이다. 그 복수를 다 하기 위해서라도 나는 열심히 소설을 쓴다. 지금처럼 등단한 무명 작가로 얼마나 오래 머물지 모르겠지만, 괜찮다. 나는 언제나 계단 두 개씩은 오르지 못했으니까.

애초에 신데렐라가 될 팔자는 아니었다. 그나마 잘하는 과목이 국어인 만큼 주제 파악은 잘하고 살았기에 나는 난쟁이부터 시작해야 했다. 난쟁이1은 작은 백일장에서 입선했고, 난쟁이2는 지역 공모전에서 장려상을 받았다. 난쟁이5는 우수상을 받았고, 난쟁이7은 금상을 받았다. 상금이 아예 없는 곳도 있었고 모두 등단과는 거리가 먼 대회였다. 그렇지만 나는 그 상들이 자랑스럽다. 단번에 신데렐라가 되어 문단을 놀라게 하지는 못했지만 쉬지 않고 조금씩 성장하는 나를 느낄 수 있었다. 그렇게 나는 작가가 되었다. 아주아주 천천히.

백상예술대상 축하 공연을 보면서 목이 쉬도록 울었던 기억이 난다. 〈꿈을 꾼다〉라는 노래를 한 소절씩 부르면서 무대 위로 배우들이 한 명씩 등장한다. 한 사람이 나올 때마다 화면에는 그들을 소개하는 자막이 나왔다. 손님3 역, 스텝1 역, 피자 배달원 역, 정신병원 간호사2 역…. 그 작은 역할이 그들에겐 얼마나 소중했을지 나는 알겠고, 그들이 딛고 선 자리가 얼마나 좁고 흔들리는지도 너무 알겠어서, 나는 내내 울었다. 쉽사리 멈추지 않을 그들과 나의 꿈은 절대 가난하지 않다는 것도 알고 있었다. 지금도 나는 한 걸음씩 꿈을 꾼다.

출간 준비로 밤을 새운 다음 날, 쓰레빠를 끌고 단골 편의점에

갔더니 여자 점주가 물었다.

"실례지만 무슨 일 하세요?"

반가운 질문이었고,

"소설가입니다."

또박또박 대답했다.

"아!"

아…, 가 아니라 아!

"이제 와 말인데, 지금까지 술집 여자인 줄 알았어요."

나는 아주 배포 큰 사람처럼 껄껄 웃어 주었다. 아! 라고 해 준 보답으로.

은정_'언제가, 작가'를 주제로 글을 쓰면서 오랜만에 울었습니다. 글 쓰면서 우는 게 오랜만이네요. 때론 지나가는 당신의 한 마디로 누군가 꿈을 꿀 수도 있고, 꾸던 꿈을 버릴 수도 있다는 걸 기억했으면 좋겠습니다. 당신이 걷는 그 길을 응원합니다.

정지우

작가가 되는 일에 관하여

작가에 대해 말하거나 생각할 일이 있을 때마다, 가장 먼저 떠올리게 되는 건 '타자' 이영도이다. 그는 언젠가 자신이 '작가' 같은 거창한 존재가 되지 못한다면서, 자신은 어디까지나 타자기를 두들기는 타자에 불과하다고 말하곤 했다. 그래서 스스로를 항상 '타자'나 '글쟁이'라고 칭했고, 자기 자신을 저자나 작가라고 말하지 않았다. 이영도를 알고 그의 소설을 열심히 읽던 청소년기 무렵, 우리나라 판타지 소설의 대부라 불리는 그의 겸손함이 무척 인상 깊었고 그 인상이 오랫동안 남아 있었던 것 같다. 이미 몇십 년쯤 전의 일이라 기억이 가물가물하지만, 그가 '작가'라 생각하는 사람은 소설가 최인호 정도라고 말했던 듯하다. 그에 영향을 받아서인지, 아니면 우리나라 특유의 '겸손함'에 대한 문화 때문인지는 몰라도, 요즘에는 많은 작가들이 스스로를 글쟁이라 칭하곤 한다.

한편, 근 몇 년간 내가 가장 자주 '작가님'이라 부르는 사람들이 있었다면 주로 방송작가였다. 라디오에 1년 정도 패널로 참여하면서 매주 연락을 주거나 먼저 만나는 사람은 늘 담당 라디오 작가였다. 한번은 예능 프로그램에 고정 패널로 참여한 적이 있었는데, 그때도 가장 많이 소통하던 사람들은 작가였다. 메인작가가 있었지만, 주로 이야기하게 되는 건 보조작가들이었다. 보조작가들은 방송과 관련된 거의 모든 일을 다 하는 것 같았다. 방송의 구성과 대본뿐만 아니라 타지에서 촬영할 일이 있을 때는 그곳의 식당, 숙소, 동선, 전체적인 스케줄 등을 모두 작가들이 담당했다. 패널들을 안내하고 챙기고 불만을 들어 주는 것도 모두 작가의 몫이었다.

그 외에 내가 만나는 작가들이란, 대개 책을 몇 권쯤 쓴 사람들이다. 그럴 때도, 물론, 꼬박꼬박 작가님이란 명칭을 붙여 부른다. 그러나 또 시인이나 평론가, 소설가한테는 작가라고 하기보다는 시인님, 평론가님, 소설가님이라고 부르곤 한다. 책을 몇 권 썼더라도, 교직에 있다면 선생님이나 교수님이라 부르는 게 일반적이다. 다른 직업이 있다면 대개 그 직업을 우선하여 부르고, 작가님이란, 작가 외에 다른 직업이 없는 이들에게 부르는 명칭에 가깝다. 당연히 나도 불릴 일이 있으면 주로 작가님으로 불린다. 종종 평론가님이라고 부르는 경우도 있는데, 평론가라는 명칭을 달고 출연하고 기고할 때 정도로 한정적이다. 아무래도 나는 작가가 맞나 보다, 생각한다.

사실, 나는 스스로를 '작가'라고 칭하는 데 별다른 거부감이 없다. 겸손하지 못해서일 수도 있지만, 사실 나로서는 작가라는 게 그리 대단한 명칭이라고 느껴지지 않기 때문이기도 한 듯하다. 작가란 그저 글을 쓰는 사람이고, 글을 쓰는 것 외에는 뚜렷하게 부를 만한 이름이 없는 사람이고, 또 한편으로는 온갖 잡다한 일들을 하는 사람이기도 하다. 실제로 내가 아는 한, 작가들이 글만 쓰는 경우는 거의 없다. 대부분은 글을 쓰면서 사업을 하거나, 요리를 하거나, 장사를 하거나, 학생을 가르친다. 실제로 보통 작가들은 글을 써서 버는 돈보다 부수적인 일로 버는 돈이 더 많다. 글을 쓰고 책을 쓰면 작가가 되는 것이겠지만, 그렇게 작가가 되면, 강연을 하고 수업을 하고 방송에 출연하면서 생계를 유지하게 된다.

그렇게 이제 와 작가가 된 마당에 예전의 '작가' 이야기를 떠올려 보면, 과연 작가보다 더 겸손한 어떤 명칭이 있는지 의심스럽기도 하다. 과거에는 글을 쓸 수 있는 지면이 무척 한정되어 있었고, 글을 써서 발표를 하거나 책을 내는 일도 일종의 특권이었고, 그들은 그런 권력과 발언권 속에서 멀리 있는 어떤 존재로 받아들여졌다. 그러나 이제는 그야말로 모든 사람들이 글을 쓰는 시대가 되었다. 독립 출판물이나 단행본 종수도, 출판사도 어마어마하게 많아졌다. 유튜브나 팟캐스트를 비롯한 수많은 콘텐츠들은 항상 작가가 기본으로 필요하기도 하고, 저마다 각자의 SNS에 끊임없이 글을 쓰는 시대이기도 한 것이다. 그렇게 보면 작가란 대단하고 멀리 있는 존재라기보다는, 요리를 하거나 운전을 하는 사람처럼 가까이에 일상적으로 있는 존재가 아닐까 싶다. 사실, 자신을 작가라 칭하는 것보다 '글쟁이'나 '타자'라 칭하는 게 어쩌면 더 특별한 존재임을 뜻하는 명칭이 되었을지도 모른다.

그런데 나는 그렇게 모두가 작가가 되어가는 시대야말로, 더 좋은 시대라 믿고 있다. 예나 지금이나 모든 사람은 자기를 표현하고 싶어 한다. 그런데 그렇게 표현하고, 그로써 누군가 들어주고, 또 서로 공감하는 일이란 모든 사람에게 마땅히 주어져야만 하는 권리인 것이고, 일부의 사람들이 특권으로 향유할 만한 것은 아닐 것이다. 나는 아마도 모든 사람이 서로의 작가이자 독자가 되어주는 시대야말로, 그렇지 않은 시대보다 더 인간다운 시대라고 생각한다. 사실, 작가란 우리 모두이기도 하며, 모든 사람의 이야기에는 귀 기울일 만한 가치가 있는 것이다. 그렇게 모두가 작가가 되어 가는 이 시대에 태어난 것이, 어쩌면 모두에게 더 나은 축복일지도 모른다.

지우_작가에 대해 쓰고 나서, 작가의 말을 쓴다는 것이 약간 묘한 기분이 드네요. 작가에 대한 노래 한 곡, 에픽하이의 <백야> 남길게요.

언젠가, 친구

김민섭

나를 읽어 주세요

위로받고 싶었던 어느 날, 핸드폰 주소록과 카카오톡의 친구 목록을 아래위로 한참 살폈지만 결국 마땅한 친구를 찾지 못했다. 그리고 문득, 나에게는 친구가 별로 없구나, 하고 외로워지고 말았다. 아마도 누구에게나 한 번쯤 이런 경험이 있을 것이다. 사실 이제는 핸드폰에 저장된 수백 개의 이름 중 친구의 이름이 얼마나 될지 두려워 주소록이나 친구 목록을 살펴보는 일도 잘 하지 않는다.

나처럼 가볍다 못해 개벼운 사람들에게만 해당되는 일일지도 모르지만, 작가들은 첫 책을 출간하고 나면 그간의 친구 사이가 어느 정도 정리되고 만다. 사실 내가 만난 작가들 거의 모두가 동의한 내용이기도 하다. 그러니까 단순히 요약하면, 그들이 나의 책을 사 주는가 그렇지 않은가 하는 문제다.

꼭 첫 책이 아니더라도 여러 권의 책을 쓴 작가라고 하더라도 신간이 나오고 나면 정말이지 외롭고 두려운 마음이 되고 만다. 이번 책은 얼마나 팔릴까, 2쇄를 찍는 데 며칠이 걸릴까, 아니 과연 중쇄를 찍을 수는 있을까, 하고 며칠 동안은 인터넷 서점의 판매지수를 검색해 보게 된다. 그러다가 판매지수가 올라가고 있으면 '나 계속 글을 써도 되겠구나' 하는 안도감이 찾아오고, 그렇지 않으면 '출판사에 끼친 손해를 어쩌면 좋지'라든가 '나는 이제 글을 쓰면 안 되는 건가' 하고 무너진다.

이때 '친구'들이 떠오르기 마련이다. 대한민국의 출판시장이 그렇게 큰 것도 아니어서 초기에 몇 권만 더 팔려도 판매지수가 올라가고 정말로 몇 권의 차이로 분야 베스트셀러 진입이 결정되기도 한다. 한두 권씩 사 주는 그 역할이 작지 않다. 그러나 친구들에게 단순히 그런 소모적인 도움만을 원하는 것은 아니다. 책 한 권을 쓴다는 것은 대개 그 시기 자신의 모든 것을 거기에 집중하고 담아낸다는 의미다. 저마다의 차이는 있겠지만 자신이 만들어 낼 수 있는 가장 소중한 무엇이다. 그래서 '나 책이 나왔어' 하고 말하는 그 마음은 '내 책을 사줘'라기보다는 '나를 사줘'라든가 '나를 읽어 줘'라는 말로 번역되어야 한다.

그러나 작가들은 곧 '나, 책이 나왔어' 하고 말할 수 있는 타인들이 몇 되지 않는다는 사실을 곧 깨닫는다. 나의 책을 사 줘, 나의 글을 사 줘, 나를 사 줘, 라고 말하기가 정말로 민망하고 초라해지는 것이다. 그러나 곧 그 감정을 꾸역꾸역 밀어 넣고 엄선한 친구들 몇에게 청첩장을 돌리듯 출간 소식을 알리다 보면, 결국 다음과 같은 말을 듣는다. 이건 내가 직접 들었던 말이기도 하다.

"나, 책 나왔어."

"어, 축하한다. 그런데 내가 책을 안 읽어. 그냥 술 한 잔 살게."

그 순간만큼 내가 초라해진 일이 별로 없었다. 책 한 권의 가격은 1만 5000원. 술 한잔의 가격은 아마도 거기에서 0이 하나 더 붙을 수도 있겠다. 그래서 그의 제안은 오히려 더욱 고마운 것이 될 수도 있겠지만, 그때의 나는 내가 부정당한 것 같아 답할 말을 찾을 수 없었다. 그 이후에도 "영업 뛰는 거냐", "책을 뭐 이리 자주 내냐"라는 등의 말을 듣다가, 언젠가부터는 책이 나왔을 때 아무에게도 연락하지 않게 되었다. 정확하게는 '친구'에게 연락하지 않게 되었다. 거절당하는 일이 두렵기도 하지만 책, 글, 나의 모든 것, 결국 이것을 두고 영업을 한다는 기분이 되고 나면, 긴 초라함이 찾아온다.

그러고 보니 대학에서 문학을 연구하고 있을 때도 그랬다. 소논문 한 편을 쓰는 데 짧게는 3개월, 길게는 1년이 꼬박 걸렸다. 오래된 자료를 찾기 위해 먼 데 있는 소장처를 찾아가 사진을 찍거나 복사해 오기도 했고 그것을 탐독하며 며칠 밤을 새는 일도 많았다. 그렇게 쓴 논문을 학회에 보내고 나면 얼마 후 '게재 불가', '수정 후 게재', '게재', 이렇게 셋 중 하나의 답신이 온다. 첫 투고 논문이 '수정 후 게재' 회신을 받았을 때의 기쁨을 아직도 잊을 수가 없다. 아마도 메일을 확인하고서 연구실에서 나와 늘 가는 그 연구동 앞 벤치에 앉았을 것이고, 내가 나오는 것을 보고 괜히 따라 나와 담배를 한 대 피우던 친한 선배에게 "나 논문 됐대!" 하고 외쳤을 것이고, 결국 그에게서 "와씨, 오늘 그럼 술 한잔 해야지!" 하는 말까지 끌어냈을 것이다. 학회의 수정 권고를 받아들여 이것저것 고치고 첫 논문이 정식으로 게재된 날, 그리고 그 별쇄본이 우편으로 학과 사무실에 도착한 날, 나는 그 표지의 뒷면에 정성껏 "○○○학형께, 김민섭 드림" 하는 서명을 해서, 모든 선후배의 연구실 자리에 놓아두었을 것이다.

그때 나는 친구들에게도 그 논문을 건넸다. 그들에게 들은 말은 "야 축하한다, 근데 이거 내가 읽어서 뭐 알겠냐"였다. 그러나 나는 그들이 그것을 라면 받침으로 쓰든 책장 어딘가에 두었다가 잃어버리든 별로 상관이 없었다. 그 자체로 내가 연구자가 되었다는 것을 증명받는 일 같았기 때문이다. 그런데 어느 친구에게서 연락이 왔다.

"민섭아, 논문 정말 잘 읽었어. 사실 나는 읽어도 잘 모르겠지만 잘 쓴 것 같아. 그런데 몇 쪽에 오타가 하나 있었어. 나중에 다시 찍게 된다면 여기를 바로잡아 주면 좋겠어."

나는 그의 말을 들으면서, 정말로 고마워졌다. 얼마나 고마웠냐면 '너는 나의 가장 소중한 친구이고 평생 함께 가고 싶은 친구야'라는 심정이 될 만큼 고마웠다. 그가 나를 친구로 생각해서 그랬는지, 아니면 받은 것에는 어떤 방식으로든 보답한다는 훌륭한 삶의 태도를 가지고 있어서 그랬는지는 잘 모르겠다. 그러나 그는 그 논문이, 그 글쓰기가, 나의 모든 것이었음을 아마도 알고 있었을 것이다. 한 편의 글이 아니라 한 사람을 읽는다는 기분으로 그 재미없는 논문을 꾸역꾸역 읽었을 것이다. 그러한 마음은 있는 그대로를 넘어 더욱 큰 감동으로 전달되고 만다.

나의 친구들은 저마다 자신의 일을 하며 살아간다. 오래된 친구들 중 작가는 없지만 그들 역시 자신의 모든 것을 일상에서 만들어 내고 있을 것이다. 언젠가부터 나는 그들에게 어떠한 친구인가, 내가 그들에게 친구이기만을 강요하지 않았나, 돌이켜보게 됐다. 그러고 보면 나는 별로 좋은 친구는 아니었다. 나 역시 그들이 외로울 때 곁에 있지 않았고 그럴 여지를 주지도 않았다. 카카오톡의 친구목록을 넘기는 외롭고 절박한 순간에 나의 이름도 가볍게 화면에서 멀어졌을 것이다.

우리 모두는 '나의 모든 것'을 써 나가는 존재다. 누군가가 그것을 나의 앞에 가져오는 여정은 아주 길고 힘들고 무엇보다도 외롭다. "나 ○○ 했어" 하고 말하는 그의 마음을 "어, 축하한다" 라는 한 마디로, 혹은 그의 삶을 폄하하는 가벼운 한 마디로 맞이해서는 안 된다. 그의 어색한 다가옴을 우리는 두 팔을 벌려 환영해야 한다. 축하한다, 어디에서 그걸 살 수 있니, 어디로 가면 그걸 볼 수 있니,

라는 말에 더해, 나는 너를 읽었어, 나는 너를 보았어, 나는 이 부분이 좋았어, 다음에도 꼭 너를 나에게 보여 줘, 라고 말할 수 있어야 한다. 나는 그런 친구를 많이 두고 싶지만, 언젠가는 꼭 '그런 친구'가 되고 싶다. 누구라도 나에게 자신의 모든 것을 내어 보일 수 있고 나는 그것을 그의 자존감을 훼손하지 않는 방식으로 끌어안을 수 있는, 언젠가는 정말로 그런 삶의 태도를 가진 친구가 되고 싶다.

민섭_좋은 사람이고 싶습니다. 멀리서 나를 보는, 무대 위의 나를 보는 관객들 말고, 무대에서 내려온 나를 바라보는 내 주변의 사람들에게 좋은 사람이고 싶습니다.

김혼비

문 앞에서 이제는

초등학교 5학년부터 고등학교 2학년까지 내리 반장을 했다. 딱히 리더십이 남달랐던 건 아니었다(겸손하려고 하는 말이 아니라 정말 그렇다. 지금도 나는 유독 '~십'이라고 끝나는 것들이 부족하다. 물론 나이는 사십이지만). 그것은 나의 큰 키와 작은 동네가 빚어낸 연쇄작용의 결과였다. 최종적으로 갖게 된 키의 8분의 7만큼이 초등학교 때 성질 급하게 자라 버렸고, 당시 초등학생들은 키가 큰 아이가 성숙할 거라고 지레 짐작하는 경향이 있었기에 나는 어느 날 갑자기 반장으로 뽑혔고, 한번 반장이 되니 '재 작년에 반장 → 오, 반장감!' 같은 단순한 논리로 그다음 해에도 반장이 되었고, 작은 동네라 소문도 잘 나서 중학교에 진학한 후에도 '재 초등학교 때 늘 반장 → 오, 반장감!'이 고대로 이어졌고, 그렇게 쌓인 반장 경력이 또 다른 반장 경력을 불러 어쩌다 보니 늘 반장을 하고 있었다.

반장으로서 내가 반에 끼친 영향력은 미미했다. 굉장한 리더십으로 단결을 이룬 것도 아니고(일단 나부터가 '단결'을 별로 좋아하지 않았다는 반장으로서의 존재적 아이러니가 있다), 굉장한 모범생으로 면학 분위기를 조성한 것도 아니고, 굉장한 재능으로 환경미화 대회나 합창 대회 같은 데에서 발군의 기량을 뽐낸 것도 아닌, 어떤 '한 방'이 전혀 없었다. 그래도 7년간 고수해 온 한 가지 원칙은 있었다. 내가 속한 반에서만큼은 겉돌거나 따돌림당하는 사람이 없을 것(물론 '자발적 단독자'들의 의사는 존중했다). 이렇게 말하니 좀 거창해 보이지만 사실 아주 간단했다. 그냥 가서 같이 놀면 되는 거였다. 그러면 자연히 나와 친한 애들도 따라왔고 금세 다 친구가 되었다.

M과도 그렇게 해서 친해졌다. M은 '유난스럽다'는 주변의 핀잔에 개의치 않고 책을, 특히 하버마스 같은 독일 철학자들의 책을 수시로 읽는 아이였다. 독특했고 해박했다. 공부는 잘 못했지만 나쁜 성적은 오히려 M의 똑똑함을 더욱 빛내 주었다. 그에게는 '성적 따위 엿 먹어! 난 그따위 지표로 측정 불가한 사람이야!' 같은 포스가 있었다. 그것은 M이 또래들과 잘 어울리지 못하고 겉도는 이유이기도 했다. 아이들은 곧잘 M을 두고 "난 걔가 무슨 말을 하는 건지 잘 모르겠어"라고 말하곤 했다. 한번은 M이 나에게 이런 말을 툭 던진 적이 있다. "나는 내가 외톨이여도 아무렇지 않아. 단지 시각적으로 초라한 게 질색이야." 문학적 소양이 부족했던 당시의 나에게

'시각적으로 초라하다'는, 눈치껏 이해는 했지만 제대로 이해한 게 맞는지 확인이 필요한 표현이었고, 역시 그럴 줄 알았다는 표정으로 M은 친절하게 쉬운 말로 풀어 주었다. "내가 아무도 옆에 없이 혼자 있으면 초라해 보일 거잖아? 애들이 내가 초라한 기분으로 있을 거라고 오해하겠지? 그 오해를 견디기 힘들다는 뜻이야."

그런 그를 완전히 감당할 수는 없어서 때론 그를 실망시켰지만(내 지력과 감수성이 턱없이 달리는 걸 어쩌겠는가), 우리는 다른 두 명의 친구와 함께 넷이서 즐겁게 한 해를 보냈고, 해가 바뀌고 반이 갈리면서, 그리고 내가 운동을 좋아하는 친구들을 만나 점심시간마다 운동장에 나가면서, 자연히 조금씩 멀어졌다. 지금처럼 핸드폰이 필수품이지도 않았고(핸드폰은 내가 고3이 되어서야 학생들 사이에서 상용화되기 시작했다), PC통신을 애용하는 사람도 거의 없어서, 아주 끈끈한 사이이거나 둘 중 한쪽이 아주 적극적인 사이가 아니면 물리적 거리에 따라 관계의 거리도 멀어지기 쉬운 시절이었다.

어느 날 M의 교실 앞을 지나던 길이었다. 점심시간이었는데 그날 왜 운동장에 나가지 않았는지는 기억나지 않는다. 열려 있는 뒷문으로 1분단 맨 끝줄에 앉은 M이 곧바로 보였는데 보자마자 저절로 걸음이 멈췄다. 어쩐 일로 책도 읽지 않고 가만히 앉아 있는 M은 그렇게 쓸쓸해 보일 수가 없었다. 한 손으로 턱이라도 괴고 있었으면 좀 나았을까. 그저 등받이에 등을 기댄 채로 책상 위 어디쯤을 멍하니 보고 있는 M은 '시각적으로 초라해 보였다'. 내가 이런 마음으로 M 옆의 빈자리에 가서 슬쩍 앉은 걸 알면 M은 질색했겠지만, 그는 갑작스러운 나의 등장에 놀라느라 그걸 헤아릴 새가 없어 보였다. 정말 반갑다며 활짝 웃었다. 가로등에 일제히 불이 들어오는 순간의 한강변 같은, 일순간 얼굴 전체가 환해지는 웃음이었다. 서로 할 이야기가 뭐 그리 많았는지 정신없이 웃고 떠드느라 예비종이 지나고 5교시 시작종이 울리고 나서야 "갈게!"라는 다급한 작별 인사를 건네고 교실을 향해 허겁지겁 뛰었다. 등 뒤로 M 특유의 끼룩끼룩대는 웃음소리가 들리다 사라졌다. 넌 어쩜 웃는 것도 독특하냐. M과 나눴던 이야기가, M의 웃음소리가 생각나서 5교시 수업 중에도 괜히 혼자 피식피식 웃었다. M은 잘 지내고 있는 것 같았다. 갑자기 판타지 소설을 읽기 시작했고 이집트가 배경인 판타지 소설을 쓰기 시작했다며 언젠가 완성하면 보여 주겠다고 했다. 분명 재미있을 거라고 확신했다(다만 내가 M의 글을 잘 이해해야 할 텐데!). 그렇게 또 두세 달이 흘렀다.

청소 시간에 대걸레를 밀고 있는데 누가 다가와서 편지를 내밀었다. M이 나에게 꼭 전해 달라고 맡겨 놓고 갔다고 했다. "M, 오늘 전학 갔어." 뭐? 깜짝 놀라는 나에게 그 애는 M이 조회 시간에 앞에 나와 인사를 한 뒤 복도에서 기다리고 있던 어머니와 곧바로 부산으로 떠났다고 말해 주었다. 급작스러운 사실들이 머릿속을 어지럽게 떠도는 채로 대충 청소를 마무리하고 당장 봉투를 뜯었다. 책의 한 구절을 인용하며 편지를 시작하는 게 M다웠다. 하긴 말 대신 편지만 남기고 간 것도 M답지, 뭐. 'M다움'이 곳곳에 묻어 있는 편지를 읽어 내려갈수록 머릿속에서만 찰랑거리던 사실들이 점점 마음으로 흘러내려 눈물이 핑 돌았다. M, 진짜 갔구나. 이제 못 보는구나.

그렇게 여섯 장짜리 편지의 후반부쯤에 이르렀을 때였다. 다음 장을 넘기다가, 첫 줄을 읽기도 전에 먼저 눈에 들어온 중간의 어떤 문장에 갑자기 숨이 멎는 듯했다. 거기엔 석 달 전 점심시간에 관해 적혀 있었다. 그날 얼마나 반가웠는지, 또 얼마나 기뻤는지. 올해 들어 가장 즐거웠던 시간이었다며 M은 이렇게 말을 이었다. "그 후로 어쩐지 점심시간마다 너를 계속 기다리게 됐어. 혹시 또 안 오나 해서." 다시 읽어도 숨이 멎을 듯해서 바닥에 잠시 주저앉았다. 펑펑 울었다. 편지의 나머지 부분을 읽으면서도 문득문득 뒷문을 쳐다봤을 M이 자꾸만 상상돼서, 그때마다 실망하는 M의 표정과 아무렇지 않은 척 실망을 추스르며 맞곤 했을 M의 오후가 자꾸만 생각나서, 그날처럼 크게 터져 나올 일이 더 많았다면 좋았을 M의 끼룩끼룩대는 웃음소리가 자꾸 떠올라서 가슴이 미어졌다. 그리고 후회했다. 그 후로도 수백 번은 더 하게 될 후회였다. '몇 번 더 갈걸. 더 자주 갈걸' 하는 후회는 아니었다. 가지 말걸. 그날 가지 말걸. 그냥 지나갈걸. 그럴걸.

나는 원래부터도 점심시간에 다른 반에 놀러 가는 편이 아니었다. 대부분 운동장에 있거나 그렇지 않을 때는 그냥 내 자리에서 공부를 하거나 그도 아니면 같은 반 친구들이랑 시간을 보냈다. 그날 M의 교실에 간 건 1년에 한두 번 있을까 말까 할 정도로 드문 일이었다. 그런 내 성향과 행동패턴을 고려했을 때 내가 M에게 자주 가야겠다고 먼저 알아서 생각했을 확률은 전혀 없었고, 생각했다고 한들 어차피 지키지 못했을 것이다. 그러니 가지 말았어야 했다. 책임지지 못할 일은 시작하지 말았어야 했다. 사실 나는 그게 '시작'인 줄도 모르고 있었다. 내가 백지에 별생각 없이 점 하나를 찍고 말 때, 누군가는 그 점에서부터 시작하는 어떤 긴 선을 그리려고 한다는 걸 알아채지 못했다. 알았어야 했다. M은 끝내 오지 않은 내가 너무 미워서 전학 가는 걸 미리 알려 주지 않는 것으로 복수한다며 '메롱'을 의미하는 혓바닥 그림을 그려 넣었는데, 그 그림은 편지 전체에서 유일하게 M답지 못한 부분이었다. 그게 또 오래 가슴에 걸렸다. 작은 기대일지라도 번번이 좌절될 때 조금씩 바스러지는 마음에 대해, 이루어지지 않는 무언가를 바라는 순간 받게 되는 상처에 대해 나 역시 잘 알고 있었기에 M의 아픔은 다시 나의 아픔이 되었다. 정말 미안해. 미안해, M.

M의 편지 속에서 와르르 쏟아졌던 산산조각 난 기대들은 지금까지도 일부 내 가슴에 박혀 있다. 과속방지턱처럼 존재하는 그것들로 인해 나는 관계 앞에서 무척이나 머뭇대는 어른이 되었다. 관

심이란 달짝지근한 음료수 같아서 한 모금 마시면 없던 갈증도 생긴다는 것을, 함께 마실 충분한 물이 없다면 건네지도 마시지도 않는 편이 좋을 수 있다는 것을 항상 기억한다. 순간의 기분으로 문 너머 외로운 누군가에게 다가가려다가도, 가장 따뜻한 방식으로 결국에는 가장 차가웠던 그때의 내가 떠올라 발을 멈춘다. 끝까지 내밀 손이 아닐 것 같으면 이내 거둔다. 항상성이 없는 섣부른 호의가 만들어 내는 깨지기 쉬운 것들이 두렵다. 그래서 늘 머뭇댄다. '그럼에도' 발을 디뎌야 할 때와 '역시' 디디지 말아야 할 때 사이에서. '친구'라는 주제어를 받고 수많은 얼굴들 중에 M이 가장 먼저 떠오른 것을 보면 나는 지금까지도 M 생각을 꽤 자주해 온 것 같다. 문득문득 뒷문을 쳐다보며 나를 찾았던 M처럼.

혼비_M이 뉴질랜드로 이민 갔다는 소식을 스치듯 들은 적이 있는데요. 어디에 있든 건강히 잘 지냈으면 좋겠습니다. 마음껏 끼룩끼룩대면서.

남궁인

시인 K와 시인 A와 뮤지션 P의 출연

어제 나는 시인 K와 술을 마시고 있었다. 시인 K는 나와 알고 지낸 지 10년도 넘은 대학 선배다. 둘은 오랜만에 만나 소소하게 소맥을 말았다. 나는 요즘 퇴근하면 특별한 일 없이 집에서 놀다가 가끔 집 근처 한적한 술집에서 적당히 술을 마신다. 시인 K는 요즘 퇴근하면 보통 특별한 일이 없이 집에서 노는데 가끔 한적한 술집에서 술을 마신다고 했다. 모든 작가들 처지가 대동소이해 근황은 더 나눌 말도 없었다. 그는 문득 '대형 작가'가 찾아와 술을 마셔 주어서 영광이라면서, 네 책이 출판사 상반기 '역점 사업'이었을 텐데 한가하게 나랑 술이나 마시고 있어도 되냐며 돌려서 조롱했다. 나는 나야말로 문학사에 길이 남을 시인 L의 시 세계를 이어받는 '문단의 적자'이자, 시인 P 다음가는 '초대형 블록버스터 흥행 최고 존엄' 시인이 이렇게 만나 주어 대단한 영광이라고 답했다. 영 시답잖고 핵심 없는 대화였다. 딱 우리가 먹고 있던 1만 2000원짜리 삼겹살과 6000원짜리 청국장에 잘 어울리는 대화였다.

갑자기 시인 A에게 전화가 왔다. 그는 나와 동갑 친구다. 그렇다. 오늘의 주제어는 '친구'니까, 선배만 나오면 안 되는 것이다. 오늘의 주인공 시인 A는 첫 마디부터 같이 저녁을 먹자고 했다. 나는 시인 K와 같이 있다고 했다. 시인 A와 시인 K는 대학 선후배로 잘 아는 사이였다. 시인 K는 술김에 얼른 오라고 했고 시인 A는 뮤지션 P와 함께 택시를 타고 바로 날아왔다.

시인 A와 뮤지션 P는 전혀 친하지 않았다. 시인 A는 재작년 시집을 냈으나 철저히 자신과 친하거나 적어도 지인 관계인 소수의 독자에게만 사랑을 받았고, 자기에게 그나마 독자가 있었다는 사실조차 잊어버릴 즈음, 시 세계에 조예가 깊은 뮤지션 P가 합동 공연을 진행하자고 연락을 해 왔다. 나는 뮤지션 P가 시인 A를 개인적으로 알지 못했음에도 시를 읽어 보았다는 점에서 큰 충격을 받았는데, 내가 시인 A를 알고 지낸 5년 동안 처음 만나 보는 종류의 사람이었기 때문이다. 시인 A는 대단한 귀인을 만난 연유로 뮤지션 P에게 잘 보이고 싶어 했고, 미팅이 끝나고 밥을 먹을 상황이 되자 자신의 '작가' 친구를 선보이고자 나에게 전화한 것이다. 그렇다. 그에게 나는 원픽인 것이다. 하지만 솔직히 그는 나에게도 원픽이다. 근래 너무 자주 만나서 괜히 연락을 피하지만 결국은 서로 만날 사람이 없어 또 만나게 되는 친구다.

시인 A를 처음 만나려면 5년 전 축구장으로 거슬러 올라가야 한다. 후덕한 몸매로 남들보다 몇 배로 땀을 흘리며 딱 붙는 타이츠를 입고 발바닥으로 거칠게 트래핑을 하며 주변 동료들에게 화를 내는 모습이 인상적이었다. 그때만 해도 시인을 본 적이 많이 없어, 약간 시인에 대한 동경이 있었다. 몇 번 축구를 하자 우리는 동갑이고 같은 학교 같은 학번이라는 사실을 알았다. 그즈음 시인 A는 일방적으로 나에게 말을 놓았다. 그때만 해도 이런 사이가 될지 전혀 짐작할 수 없었다.

그 무렵 나는 일본 여행을 위해 항공권을 끊어 놓았다. 축구장에서 그 얘기를 꺼내자 아직 안 친하던 시인 A는 갑자기 따라오겠다고 했다. 나는 안 될 것도 없어 승낙했다. 사람들은 동갑내기 둘이 4박 5일이나 여행을 하면 중간에 다투지 않을까 걱정했지만, 나는 직업상 누구와도 안 싸우는 법을 배워 놓은 사람이었다. 대신 나는 늘 혼자서 여행을 다녔는데, 하필 '시인'과 함께 여행하면 시상이 떠올라 같이 마주 앉아 시를 쓰거나, 시에 대해 토론하면서 여행할 것이라고 생각했다. 당시 우리는 모두 첫 책이 나오려면 멀었으며, 내가 막 신문에 글을 싣기 시작할 때였다. 둘은 정말 안 싸우고 매우 잘 다녔으나 시 얘기라고는 한마디도 안 했다. 오히려 시인 A는 글이라고는 절대 한 줄도 안 쓰기로 작정하고 온 사람 같았다. 여행 내내 글은 나만 썼다.

대신 우리는 하루에 1만 칼로리 섭취가 목표였다. 나는 원래

금식을 잘하지만 폭식에도 일가견이 있다. 그와의 여행에서 가장 크게 느낀 점은, 이 사람과 함께라면 적어도 입에 맛없는 밥 들어갈 걱정이 없겠다는 것이었다. 나는 원래 숙소 반경 1킬로미터 안에서 생활하며 대충 눈에 띄는 식당에서 밥을 먹고 책이나 읽지만, 그는 맛있는 음식이 있다면 반나절이 걸려도 가야 했다. 덕택에 모든 일정과 동선은 최대한 맛있는 음식을 많이 섭취하기 위해 짜여졌다. 게다가 그는 내 주변에서 거의 유일하게 나보다 밥을 빨리 많이 먹는 사람이었다. 보고 있으면 나 또한 식욕이 절로 돋았다. 여행을 마무리하는 그 순간까지 그는 먹은 밥에 순위를 매겼다. 돌아오는 비행기에서 혼자 한 시간 정도 고뇌하다 "역시 살아 있는 오징어가 가장 맛있었어" 라고 말했던가. 요약하자면 글 안 쓰는 시인과 다녔던 식도락 여행이었다. 그리고 나중에서야 시인은 대부분 여행 가도 시 안 쓴다는 사실을 알았다.

우리는 점차 친해졌다. 시간이 흘러 나는 『만약은 없다』를 출간했다. 시인 A는 나에게 글쓰기 선배로서 충언했다. "책은 네가 생각하는 만큼 안 팔려. 아마 절대 안 팔릴 거야. 마음을 비워. 사람들이 책은 당연히 안 알아주는 거라고 생각해." 부끄럽지만 『만약은 없다』는 현재 23쇄를 찍었고 리커버 에디션이 출시되었으며 베트남, 대만, 중국에 판권이 팔리거나 번역되었다. 『지독한 하루』를 출간할 때도 그는 기성 문단의 시인으로 충언했다. "이번 책은 저번 책의 연장선이잖아. 사람들은 비슷한 책을 또 찾아 읽지 않아. 그냥 이건 묻힌다고 생각해." 다시 부끄럽지만 『지독한 하루』는 현재 13쇄를 찍었다. 근래 『제법 안온한 날들』이 나올 때도 그는 충언을 빼놓지 않았는데 "이제 너는 글로 새로 보여줄 것이 별로 없잖…"으로 시작하길래 그 뒤는 듣지 않았다.

나중에 우리는 또 일본 여행을 갔다. 이번에 나는 아예 하루에 하나씩 마감을 했고 그는 하루에 라멘을 네 그릇쯤 먹었다. 이후 그는 툭하면 집에 피자를 들고 찾아오거나 삼겹살을 먹자고 하거나 곱창을 먹자고 하거나 순대전골을 먹자고 하거나 다른 친구들을 부르는 자리에 초대되어 요리와 청소를 하거나 지방 강연까지 따라와 지방 맛집 투어를 했다. 같이 뭐 먹은 이야기를 더 나열하려면 따로 특집이 필요하다.

그래서 그는 결국 『제법 안온한 날들』 한 꼭지에 출연했다. 역시 시인 A로 나오는데, 세 페이지 되는 분량에서 술을 먹고 전화를 건 다음 기절하는 역할을 맡았다. 그 원고는 끝까지 삭제 논의에 있었지만 간신히 살아남았다. 시인 A는 한 권밖에 없는 자기 시집에 네가 세 차례나 출연하는데, 자기는 네 책 네 권 중에서 딱 한 번만 나오니 자기가 손해라고 했다. 그래서 나는 시인 A의 시집을 두 번이나 읽었으나, 현대시의 특성상 내가 어디에 나오는지 설명을 듣지 않으면 도저히 알 수가 없었다. 결과적으로 내가 손해인지 이익인지 그게 무슨 논리인지 잘 알 수가 없다. 시인 A는 대략 그런 친구다.

술자리로 돌아가야 글이 마무리될 것이다. 자리는 역시 평화

로웠다. 술집에 우리뿐이어서 우리는 뮤지션 P의 음악을 요청해서 틀었다. 뮤지션 P는 인류학을 공부했고 러시아문학에 심취했으며 좋아하는 한국 작가로 시인 C를 꼽았다. 자리에 작가가 셋이나 있었으나 그가 꼽은 러시아 작가와 한국 시인에 대해 정확히 아는 사람이 드물었고, 사실은 나 혼자 잘 몰랐다. 그는 참 똑똑한 사람인데 어쩌다가 시인 A의 시를 좋아하게 되었을까 생각하며 집에 돌아와서 잤다.

이쯤 되면 원래 이 글을 어떻게 구상했다는 말이 나와야 할 것이다. '친구'에 대해 쓰려고 주변을 둘러보면, 가까운 친구가 대략 세 명쯤 된다. 중학교 동창 L1, 고등학교 동창 L2, 시인 A 가 그들이다. 모조리 미혼으로, 중학교 동창 L1은 직장도 애인도 없고, 고등학교 동창 L2는 직장은 있지만 애인이 없으며, 시인 A는 명함뿐 아무것도 없고, 나는 직장이 있지만 마음이 워낙 궁핍하므로 우리는 즐거운 만남을 할 수 있다, 는 식으로 주변 친구들을 다 불러 세워 차근차근 털고 뻔뻔하게 끝내려고 했다. 하지만 시인 A만 털어도 이 정도의 분량이 나오다니, L1, L2는 나중에 기회가 되면 또 털어야겠다. 나는 이 연재가 참 좋다. 마감이 기다려질 정도다.

남궁_주위를 둘러보자 참 써먹을 소재가 많다. 앞으로 더 사소한 것까지도 한 번 써 보겠다. 하지만 다시 생각하니 솔직히 마감이 기다려지는 것 같지는 않다.

문보영

슬픈 사기꾼

1. 공모자

어렸을 때, 뇌이쉬르마른의 집에는 상주 보모가 있었다. 그녀의 어머니는 돌아가신 할아버지로부터 물려받은 중국집을 운영하느라 뇌이쉬르마른을 돌봐 줄 시간이 없었다. 뇌이쉬르마른에게는 총 세 명의 보모가 있었는데 모두 사기꾼이었다.

첫 번째 보모는 도벽 때문에 잘렸고, 두 번째 보모는 뇌이쉬르마른에게 고스톱을 가르쳤다. 그녀의 이름을 임시로 '피 흘리는 마음'이라 불러 보겠다.

'피 흘리는 마음'은 할머니가 없는 뇌이쉬르마른에게 친할머니나 다름없었다. 뇌이쉬르마른은 하루의 대부분을 그녀와 보냈다. 뇌이쉬르마른은 친구가 없었고, 그녀 또한 친구가 없었는데, 뇌이쉬르마른은 친구를 가져 본 적이 없어서 친구가 없는 괴로움을 느끼지 않았지만 그녀는 외로워했다. 그래서 그녀는 뇌이쉬르마른을 키워서 친구로 만들어야 했다.

그러나 친구가 되기에 그들의 놀이 문화는 너무 달랐다. 그녀에게 친구란 고스톱을 같이 치는 인간인데 뇌이쉬르마른은 고스톱을 칠 줄 몰랐다. 뇌이쉬르마른(6세)은 이름 석 자도 쓸 줄 몰랐다. 하지만 보모는 고스톱이 하고 싶어서, 친구가 필요해서 뇌이쉬르마른을 고스톱 하는 인간으로 키웠다. 그들은 오목부터 시작했다. 뇌이쉬르마른은 규칙을 빨리 익혔다. 그다음은 바둑, 그다음은 장기였다. 그녀는 뇌이쉬르마른이 커서 수학을 잘할 거라고 말하곤 했다. 뇌이쉬르마른은 칭찬받는 게 좋았다. 뇌이쉬르마른은 그녀가 왜 어린아이의 두뇌 회전을 위한 학습 도구들을 담요로 싸 엄마가 보지 않는 청소 도구함이나 신발장 깊숙한 곳에 넣어 두는지 몰랐다. 엄마가 출근하면 (그러나 엄마는 당시 사귀던 애인 때문에 집에 들어오지 않는 날이 많았고, 그들의 유대는 더욱 공고해져 갔다) 피 흘리는 마음은 뇌이쉬르마른을 깨워 게임을 가르쳤다. 게임을 하고서 그녀는 빨래를 하고, 뇌이쉬르마른은 빨래를 갰다. 둘은 손발이 척척 맞았다.

피 흘리는 마음은 뇌이쉬르마른의 고스톱 실력이 늘 때마다 기뻐했다. 그녀는 뇌이쉬르마른을 아끼고 사랑해 주었다. 처음엔 뇌이쉬르마른이 아주 조금만 잘해도 감탄했다. 그들은 점점 더 많은 것을 바랐다. 뇌이쉬르마른은 그녀를 만족시키기 위해 분발해야 한다는 것을, 더 많은 노력을 해야 한다는 사실을 알았다. 점점 더 큰 것을 보여 주어야 감탄했기 때문이다. 그리고 드디어 뇌이쉬르마른이 피 흘리는 마음과 고스톱을 칠 수 있게 되었을 때, 그러니까 그녀와 대결할 수 있게 되었을 때, 뇌이쉬르마른은 사랑보다 더 큰 감정을 느꼈다. 뇌이쉬르마른은 누군가 사랑을 베풀어야 하는 존재로부터 풀려나 상호성의 영역으로 편입되었던 것이다. 그것은 동등함이라는 감각이었다. 봐주지 않아도 되는, 동등한 플레이가 가능한 인간이 되는 것. 그것은 친구라는 감정이었다.

이따금 피 흘리는 마음은 걸레질을 하다가 멍하니 벽을 바라보고 있을 때가 있었다. 한바탕 고스톱을 칠 때의 생기와 활력, 그리고 그 후의 걸레질. 고스톱과 걸레질. 고스톱과 걸레질. 걸레질과 고스톱. 둘 다 바닥에서 하는 일이므로 그녀에게 인생은 늘 바닥과 가까운 무엇이었는데, 아무런 표정 없이 벽을 바라보며 자기 자신으로 되돌아가버린 그녀는 영락없는 50대 여성이었다. 뇌이쉬르마른보다 먼저 태어나 아주 오랫동안 이곳에 있었던 사람. 벽을 바라보고 있는 그녀는 인생이 이렇게까지 길 줄 몰랐다는 듯, 작은 체념과 한숨으로 이루어진 뒷모습을 하고 있었다. 그녀에게 인생은 일종의 뒤풀이 같아 보였다. 이미 삶이란 건 저쪽에서 다 끝내 버리고 한바탕 놀려 온 사람의 모습. 기묘한 허탈함. 태어나기 전에 이미 삶을 살아 버린 존재들이 "이제 뒤풀이하러 가자" 해서 갓난아기의 모습으로 지구에 태어나 지독한 뒤풀이를 하고 다시 그들의 별로 돌아가는 거라면…. 그러니까 그녀의 삶이 일종의 뒤풀이라면 최소 3차….

그러던 어느 날이었다. 그녀가 뇌이쉬르마른에게 말했다.

"오늘은 내 친구들이 온단다"

뇌이쉬르마른은 친구라는 말에 약간 위기감을 느꼈다. 보모는 뇌이쉬르마른을 믿기 때문에 첫 번째 미션을 내렸다. 이 사실을 엄마에게 알리지 않는 것. 미션을 수행함으로써 뇌이쉬르마른은 어른이 된 것만 같았고, 피 흘리는 마음과 공모자가 된 기분이 들었다. 뇌이쉬르마른은 은밀히 고대했다. 자신이 그녀의 친구들에게 소개되는 것, 그리고 그녀의 친구인 자신과 그녀와 그녀의 친구들이 다 함께 고스톱을 치는 것. 어떤 낯선 세계에 끼는 일.

날이 왔다.

화창한 어느 날, 머리가 뽀글한 아주머니 셋이 집으로 들어왔다. 피 흘리는 마음은 그날을 위해 아름다운 차를 준비했고, 그들은 집을 품평했다. 그녀들은 뇌이쉬르마른의 볼을 꼬집고, 그녀에게 과자를 주었고, 심하면 용돈도 주었다. 뇌이쉬르마른은 사양하고 싶었다. 그녀들은 우리 모두가 친구라는 사실을 알지 못하는 듯했다. 뇌이쉬르마른이 그들의 볼을 꼬집고, 과자를 주고, 용돈을 주는 것이 이상한 것처럼, 그들이 그녀에게 그렇게 하도록 내버려 두어선 안 되었다. 그러나 뇌이쉬르마른은 피 흘리는 마음을 생각해, 그들이 자신을 함부로 대하도록 내버려 두었다. 고스톱이 시작되면 알아볼 것이므로.

뇌이쉬르마른은 의식적으로 허리를 꼿꼿이 세웠다. 여섯 살 꼬마 아이라는 외피와 허물 때문에 그들이 그녀를 알아보지 못하는 일을 방지하기 위해서. 뇌이쉬르마른은 허리를 꼿꼿이 세우고 어른스럽게 굴었고 긴장의 끈을 놓지 않았다.

그들이 차를 마시며 날씨 이야기나 남편 이야기를 주고받는 동안, 뇌이쉬르마른은 게임판에서 앉을 자리를 고민했다. 피 흘리는 마음 옆에 앉는 것은 뇌이쉬르마른을 더 여섯 살처럼, 그러니까 애처럼 보이게 할 것이므로, 피 흘리는 마음에게서 떨어진 곳에 자리를 잡음으로써 독립된 사람으로 보이기로 했다.

그녀들의 티타임이 끝나고
고스톱이 시작되었다.

2. 나 또한 오십이라고

안타깝게도 그들과 고스톱 치는 일은 벌어지지 않았다. 그들은 뇌이쉬르마른을 방에 들여보내려 했다. 우는 것이 전혀 도움이 되지 않는다는 사실을 알았지만 뇌이쉬르마른은 엉엉 울고 떼를 썼다. 그래서 그들은 뇌이쉬르마른을 방에 들여보내는 대신 더 큰 형벌(그들의 의도는 선했다)을 내렸는데 그것은 게임에 참여하되 깍두기를 시켜 준 것이었다. 뇌이쉬르마른이 낸 패는 투명 패로, 게임에 영향력이 없었고, 그들은 뇌이쉬르마른이 어떤 플레이를 해도 무조건적인 격려와 본질적인 무관심을 행사했다. 그러니까 깍두기는 투명인간이 되는 것을 의미했고, 잔인한 자선 행위가 낳은 소외를 합리화하고 결론적으로 뇌이쉬르마른을 친구로 삼지 않는 것을 뜻했다. 링에 서거나 필드에서 뛸 기회를 박탈하는 것이었다. 뇌이쉬르마른은 생각했다. '그러면 나는 그녀에게 무엇이었나.' 피 흘리는 마음은 뇌이쉬르마른을 무릎에 앉히고 친구들과 신나게 고스톱을 쳤다. 뇌이쉬르마른은 항의하고 싶었다.

'오! 친구여! 저들에게 내가 나이가 같다는 사실을 알려 다오. 나 또한 오십이라고.'

좌우간, 그녀 또한 어느 날 잘리게 되는데, 그 이유는 그녀가 현장학습을 다니는 게 좋을 것 같다며 뇌이쉬르마른의 어머니에게서 돈을 받아 뇌이쉬르마른을 경마장에 데리고 다녔기 때문이었다. 나중에는 피아노 학원에 보낸다는 거짓말로 회비를 뜯어내 더 본격적으로 경마장을 다녔고, 어느 날 이 모든 사실을 들킨 것이다.

아, 뇌이쉬르마른은 기억한다.

경마장에서 잔치국수에 핫도그를 먹으며 만났던 아이를. 피 흘리는 마음의 친구였던 다른 보모의 아이였다. 그 보모 또한 경마장에 아이를 데려온 것인데, 그 아이는 사슴 같은 눈에 늘 떡진 머리를 하고 있었다. 나중에 그 아이에게서 이가 옮아서 피 흘리는 마음이 이를 잡느라 하루에 서너 번씩 뇌이쉬르마른의 머리를 감겨야 했다.

그 아이는 뇌이쉬르마른에게 이름을 물었었다.

"너 이름이 뭐야?"

"뭘 봐, 넌 뭔데."

뇌이쉬르마른은 자신의 이름을 불었으며, 그 또한 자신의 이름을 내놓았다. 아. 그의 이름이 뭐였더라. 그래그래. 뇌이쉬르마른은 기억한다.

그의 이름은

친구.

🐾 보영_이상한 꿈을 꾸었습니다. 꿈속 테이블 위에 놓여 있는 제 검은 시계를 친구들이 돌아가며 차고 학교에 갔어요. 내 눈에도 그게 자연스러워 보였어요.

오은

벗이라고 부르자.

얼마 전에 잡지 인터뷰를 했다. '단짝'과 '오늘의 기분'을 주제로 진행되는 인터뷰였다. 브로콜리너마저의 보컬과 베이스를 담당하는 윤덕원과 연남동에서 만났다. 덕원은 라디오를 통해 알게 된 친구다. 우리는 배우 강성연이 진행하는 라디오 프로그램 〈시 콘서트〉의 게스트였다. 출연하는 요일이 달랐으므로, 한 번도 마주친 적은 없었다. 마주칠 기회가 없어도 만날 사람은 어떻게든 만난다. 그 시기는 생각보다 일찍 찾아왔다.

〈시 콘서트〉 회식이 있는 날이었다. 진행자와 출연자, 제작진이 한데 모여서 가게가 꽉 차 있었다. 벽을 향해 테이블이 일렬로 늘어서 있는 곳이라 들어가는 것도, 나가는 것도 쉽지 않은 상황이었다. 그때 윤덕원이 들어왔다. "덕원 씨 왔어요? 여기는 자리가 없으니까 저쪽에 자리를 하나 만들죠." 담당 PD의 안내로 덕원은 내가 있는 곳과 제법 떨어진 곳에 자리를 잡았다. 이쪽과 저쪽은 여간해서는 만나기 힘들 것 같았다. 인사를 나눌 가능성조차 현저히 낮아 보였다.

덕원의 말에 따르면 그날 나는 막걸리가 든 사발을 들고 호기롭게 테이블을 넘어 자신이 있는 자리로 다가왔다고 한다. 그러고는 아마 특유의 넉살을 발휘했겠지. 첫 만남이라는 어색함과 막걸리로 인한 취기가 뒤섞여 실없는 말들을 쏟아 냈을지도 모른다. 진중하고 조심스러운 덕원에게 나는 분명 호들갑 그 자체였을 것이다. 동갑내기라는 사실, 마주친 적은 없었으나 같은 건물에서 수업을 들었다는 사실, 무엇보다 브로콜리너마저의 음악을 좋아한다는 사실이 나만의 내적 친밀감을 마구 부풀렸다. 막걸리를 빚을 때 발효제로 쓰는 누룩처럼, 나는 한동안 그 자리에 있었다. 살짝 떠 있는 상태로, 기꺼이 들떠 있는 상태로.

그날 이후, 우리는 친구가 되었다. 하루가 멀다 하고 연락을 주고받는 사이는 아니었지만, 몇 개월 만에 만나게 될 때조차 늘 반가웠다. 적당한 거리가 우리 사이를 보호해 주는 느낌도 들었다. 각자가 하는 작업에 대한 지지와 신뢰가 관계를 더욱 끈끈하게 만들어 주었다. 같이 보낸 시간만큼이나 중요한 것은 상대를 알려는 태도, 이해하려는 마음가짐이다. 짝은 그렇게 단짝이 된다. 문득 단짝이라고 부르자, 곁을 내주는 느낌이 들었다. 안심할 수 있는 사람, 익숙한 자리, 따뜻한 분위기… 이런 것들이 짝에 '단單'을 달아줬을 것이다.

비슷한 시기에 친구 김신식의 첫 단행본 『다소 곤란한 감정』이 출간되었다. 신식 또한 덕원처럼 나와는 많이 다른 사람이다. 그러나 그 '다름'을 '틀림'으로 받아들이지 않았기에 우리는 친구가 되었다. 우리 둘 다 마음을 어떻게 들여다볼 수 있는가, 그것을 어떻게 써야 하는가에 대해 골몰한다. 신식의 첫 책을 축하하러 만난 날, 나는 그만 허물어지고 말았다. 면지에 적힌 문장을 보는데 별도리 없이 민낯이 되었다. "오은 시인 덕분에 글맛, 말맛의 소중함을 알았습니다. 오은이란 벗 덕분에 사전을 찾고, 사람을 찾는 소중함을 알았습니다. 오은이란 사람 덕분에 사람을 포기하지 않기로 했습니다."

한동안 나는 멍하니 앉아 있었다. 사라지고 있던 감정이 선명하게 나타나고 있었다. 흉흉한 시절에 찾아온 기쁨, 가뭄에 내리는 단비, 마감 기간에 깃든 망중한忙中閑 같았다. 신식이 택한 단어는 친구가 아니라 '벗'이었다. 벗이라는 단어를 들어본 게 얼마 만인지 모르겠다. 나는 그 단어가 주는 '가까움'에 놀라고 나에게 없었던 어떤 '사이'가 생기는 느낌에 무작정 설렜다. 틈을 내주지 않는 이, 바늘로 찔러도 피 한 방울 나올 것 같지 않은 이를 무장 해제시키는 단어, 벗. 그럼에도 불구하고(but) 나를 감싸 줄 것 같은 단어, 벗.

벗이라고 부르자, 곁이 생기는 느낌이 들었다. 옆이 자꾸 다가와 마침내 곁으로 자리 잡은 순간이었다. 친구의 어수선함과 복작거림을 거쳐 뭉근한 어떤 것만 남은 것 같았다. 알고는 있지만 일상

생활에서 쓰지 않는 단어처럼, '벗'은 내게 어떤 희망을 가져다주었다. 신식이 했던, 사람을 포기하지 않겠다는 결심도 이와 비슷할 것이다. 사람은, 사람이기를 그만두지 않는다. 사람은, 사람에게 자꾸 기울어진다. 살피는 일은 마침내 보살피는 일이 된다.

오은_덕원은 나의 시를 가지고 노래를 하나 만들었다. 나는 그 노래의 데모 버전을 들으며 이 글을 썼다. 아직은 나와 덕원만 아는 노래다. 발매될 때까지는 친구 사이의 비밀처럼 잘 간직할 것이다.

이은정

한때 나의 친구였던 소녀들아

다재다능하고 명랑하고 예쁘장한 소녀가 있었다. 소녀의 주위에는 늘 친구들이 많았고 덕분에 우정에는 배고프지 않았던 유년기를 보냈다. 사실, 말하고자 하는 감정이 충만했던 시절에 대해선 특별한 얘기가 없다. 뭉뚱그려진 눈부심으로 가득하기 때문이다. 그래서 소녀는 다음 문단에서 급하게 청소년이 된다.

몸도 마음도 건강하게 자라 중학생이 된 소녀는 초경을 했고 그 무렵 아버지 하던 일이 망했다. 소녀는 모든 게 부끄러웠다. 생리를 시작한 것도 아버지가 망한 것도 다 비밀로 하고 싶었다. 소녀는 친구들을 멀리하기 시작했다. 정확하게 말하면 존재하는 모든 것들이 싫었다. 소녀는 자발적으로 혼자가 되어 갔다. 반항과 혐오를 즐기면서 불면과 우울이 찾아왔고 자해와 자살 충동으로 이어졌다. 그런 소녀를 반긴 무리도 있었다. 비행 집단이었다. 소녀는 잠시 그들과 어울리기도 했으나 다시 혼자를 택했다. 그들이 저지르는 유치한 비행들이 소녀의 성에 차지 않았던 것이다. 어설프게 타락하고 싶지는 않았다. 소녀는 당시 일진들만 간다던 실업계 고등학교에 진학하겠다는 의사를 밝혔으나 엄마와 언니, 담임의 담합으로 인문계를 가게 되었다.

여고는 여중과 확연히 달랐다. 다들 아침부터 밤까지 로봇처럼 문제집만 풀었고 나는 로봇이 되기 싫어서 시를 외웠다. 그 시절에는 소속된 친구 무리가 중요했는데, 마침 도시락을 같이 먹게 된 친구들이 생겼다. 모두 학교에서 알아주는 미모의 친구들이었다. 안타깝지만 우리는 결이 달랐고 서로를 깊게 신뢰하지 못했다. 고3 수험생이 된 소녀는 다시 혼자가 되었고 아침부터 밤까지 로봇처럼 문제집만 풀었다. 아무렇지 않게 혼자 밥을 먹었고 혼자 등하교를 했다. 이따금 다가오는 친구들에게 마음을 열지 않았다. 자의적 왕따, 타의적 은따 정도로 그 시절을 마감했고 소녀는 대학생이 되었다.

신기한 일이 벌어졌다. 대학생이 되니 다시 발랄해지기 시작했다. 스스럼없이 친구들을 사귀었고 그 수가 많아져서 일주일이 부족했다. 한동안 부재했던 친구라는 대상과 밤낮없이 우정을 쌓았다. 가족보다 친구가 소중했고 사랑보다 우정이 중요했기에 할 수 있는 모든 의리를 장착했고 줄 수 있는 모든 걸 주었다. 머지않은 미래에 겪을 배신을 의심할 겨를이 없었다. 다시 소녀가 된 것 같았고 마지막 학창 시절에 사귄 친구들을 놓치고 싶지 않았다. 여러 차례 마음을 다치고 나서야 깨달았다. 친구란 그저 매 시절 유행했던 대중가요 같은 거라는 사실을. 유행할 때는 질리도록 듣고 흥얼거리고 떼 지어 부르다가도 유행이 바뀌면 시들어 버리는 그런. 오래 들은 카세트테이프처럼 느슨해지는 그런. 세월이 흐른 후에 소주 한 잔 들어가면 이따금 생각나는 게 전부인 그런.

모든 학창 시절을 아울러 머릿속을 긁어 보았지만, 이 글에 주인공으로 등장시킬 만한 친구는 없었다. 우리 우정 영원하자고 혈서까지 쓰며 맹세했던 유치한 기억들이 몽상이 아닐까 의심될 정도로 모두 사라졌다. 우리 엄마 밥을 나보다 많이 먹고 다녔던 친구도, 가족의 아픈 비밀을 공유했던 친구도, 나한테 돈을 꾸러 오던 친구도, 생애 첫 여행을 함께했던 친구도, 연기처럼 날아갔다. 내가 버린 건지 버림받은 건지 모르겠다. 떠난 쪽인지 남겨진 쪽인지 알 수 없다. 안녕이라는 말을 언급하지도 않았고 서로 적이 되지도 않았는데 당연하다는 듯 서서히 잊혔다.

어디 학창 시절 친구만 친구일까 싶기도 하겠지만 오래 묵은 된장 같은 친구가 없다는 게 신나는 일은 아니다. 가끔 궁금하고 더 가끔 그리운 나의 소녀들. 세상에는 숱한 우연이 있으니 언젠가 다시 만날지도 모르겠다. 애쓰지 않아도 흐르는 세월처럼 예정되지 않은 만남. 뜻밖의 재회. 그런 일이 우리에게도 일어날까?

만나게 된다면 반갑게 인사하고 서로의 안부부터 묻겠지. "어며, 야! 어떻게 지냈어?" 순진하거나 어리석었던 그 시절의 너와 나를 잠깐 회상할지도 몰라. "그땐 너무 어렸어. 그치?" 의미 없는 말을 주고받으며 헤어지겠지. "언제 밥 한번 먹자." 너도나도 인파에 휩쓸려 다시 멀어질 테고 일상의 고단함이 굴러오면 또 잊히겠지. 필터 속 찌꺼기처럼 삶의 무언가를 버려야 할 때가 되어야 뜬금없이 떠오를 테고.

괜찮아. 사는 게 다 그래. 우린 각자 열심히 살고 있을 뿐.

서로를 잊고 어디서 무얼 하며 살아가든 한때 내 친구였고 때론 내 슬픔이었던 소녀들아, 나보다는 행복해라. 내가 만져 보지 못한 유아차도 끌어 보고, 내가 가져 보지 못한 행복한 가정 안에서 평화롭길 바란다. 지긋지긋한 가난에 찌들지도 말고, 예고 없이 가족을 잃지도 말고, 밥 먹는 시간이 외롭지도 않길 바란다. 정말 우연히 다시 만나게 된다면 옛 친구와의 악수나 포옹이 버겁지 않을 만큼 별일 없이 늙었으면 좋겠다. 누가 먼저 떠났건 누가 먼저 잊었건 그건 그 시절의 사정일 테고, 부디 서로의 부고로 만나지는 말자. 언제든 파전에 막걸리는 내가 살 테니, 너희는 한 잔 술 받아 마실 멀쩡한 간만 챙겨 오너라.

은정_여고 시절의 야자 시간, 교실에서 한 소녀가 김광석의 〈사랑했지만〉을 선창하자 학교 전체가 그 노래의 후렴으로 가득 찼지요. 선생님 몇 분도 아마 속으로는 따라 부르고 있었을 거예요. 그냥 그랬다고요. 아, 술 땡겨.

정지우

친구관

나에게는 매일같이 연락하며 우정을 나누는 동년배의 친구라는 존재는 없다. 물론, 이따금 고등학교나 대학교 시절 친구들과 연락하는 일은 있지만, 일상을 공유하는 존재에서 '또래'는 사라진 지 오래다. 대신 내가 요즘 가장 자주 일상을 공유하며 가깝게 지내는 사람들은 모두 나보다 나이가 몇 살 많거나 적다(아내도 나보다 한 살이 많다). 여전히 그렇게 나이가 한 살이라도 차이 나는 사람을 '친구'라 부르긴 어색하지만, 아마도 나에게 친구가 있다면, 그런 형이나 누나, 혹은 동생일 것이다.

어릴 적에는 친구들의 나이가 모두 같았다. 나이가 같다는 이유로 같은 학년의 같은 반에 배정받았고, 이런 '같은 나이' 중심의 관계는 대학교까지도 이어졌다. 그런데 대학교에 입학했을 때는 이런 관계에 인생 최초의 위기 같은 것이 한 번 찾아왔다. 같은 학번에 입학한 대학 동기들 중에서 재수생이나 삼수생이 있었기 때문이다. 그들을 형이나 누나라고 불러야 할지, 아니면 그냥 이름으로 불러야 할지를 놓고, 거의 몇 달간 고민이 이어졌다. 누구는 학번이 같다는 이유로 나이랑 상관없이 이름을 불렀고, 누구는 그래도 나이가 중요하다며 형이나 누나, 혹은 오빠나 언니를 고수했다.

그러다 보니 학과 내에서는 다소간의 혼란 아닌 혼란이 벌어졌다. 예를 들어, 내가 누군가를 '형'이라 부르는데, 나와 같은 나이의 다른 동기는 그를 '야'라고 부르는 것이다. 그러다가 셋이서 모여 있으면, 서로의 호칭이 엉망이 된다. 누군가에게는 형인 존재가, 같은 나이의 누군가에게는 동년배처럼 불린다. 이런 혼란이 몇 달간 이어지다가, 결국에는 선배들까지 동원되어서 동기끼리는 '이름'을 부르고, 형이나 누나라는 명칭은 학번이 높은 '선배'에게만 쓰자는 대합의가 이루어졌다. 그 뒤로는 나에게도 '한 살 많은' 친구가 생겼다. 나보다 나이가 많은데 형이나 누나라고 부르지 않는 사람들은 그때 만난 사람들이 유일하다.

그런데 그렇게 또래 혹은 한두 살 차이 나는 사람들과만 함께 지내던 집단도 살아가면서 점차 와해되었다. 점점 만나는 사람들은 나이보다는 내가 속하게 된 '영역'과 관련이 있게 되었다. 언론사 취업 준비를 위해 모인 스터디라든지, 국문학을 공부하기 위해 모인 대학원이라든지, 소설 창작을 목표로 모인 합평회라든지, 고전을 읽고 싶은 사람들을 만난 독서 모임이라든지 하는 곳에서는 '같은 나이'의 누군가를 찾는 건 쉽지 않았고 의미도 없었다. 사실 같은 나이라는 공통점이란 것은, 아무것도 아닌 것에 가까웠다. 나의 취향이나 목표, 내가 사랑하고 관심을 기울이는 것, 내가 진정으로 마음에 두고자 하는, 내 인생에서 중요한 것들에 비하면, 나이는 내 머리카락이 검은색이라든지 내 이름의 끝 글자가 '우'라는 것만큼이나 별 의미가 없었다.

그럼에도 나이는 단순한 친구 관계를 넘어서 인생 전체의 기준이 되곤 했다. 내 나이대의 누군가와 나를 비교하는 일은 거의 평생에 걸친 습관이었고, 그런 비교를 통해 내가 '잘하고 있는지' 혹은 '잘 살고 있는지'를 판별할 수 있다고 무의식적으로 믿어 왔다. 내 또래들이 다 취업을 했는지, 결혼을 했는지, 돈은 얼마나 모았는지, 자식은 몇 살인지, 자동차는 무엇을 타는지 같은 것이 인생에서 대단한 기준인 양 내 마음을 뒤흔들며 다가오곤 했던 것이다. 그러나 갈수록 주변에서 또래를 찾아 보기도 힘들어지고, 또 이제 30대 중반에 이르러서는 사람들의 삶이 저마다 제각각이라는 것을 알게 되면서 그런 비교 같은 것, 나이라는 숫자도 다 별반 의미가 없는 것이라는 걸 알게 되는 듯하다.

그러므로 역시 친구란, 나이 같은 건 아무래도 상관이 없는 것이고, 내가 살아가는 속도, 그리고 내가 있게 된 세계, 내 마음을 깊이 두고 있는 것과 관련된 어느 존재들이 아닐까 싶다. 나처럼 어린 아이와 함께 살며 좌충우돌하는 어느 아빠나 엄마, TV나 유튜브를 보는 밤보다는 고전문학이나 인디밴드의 음악이 있는 새벽을 좋아하는 사람, 화려한 패션보다는 오늘 걷는 산책길의 느낌에 더 관심이 많은 사람은 역시 그가 마흔이든 일흔이든 친구가 될 수 있다고 믿는다. 문득, 생각나는 건 늘 다양한 연령대의 사람들이 모이곤 했던 독서 모임과 글쓰기 모임이다. 한 달에 몇 번씩 만나 문학과 글과 삶에 관해 이야기하던 그분들은, 그 당시 내 인생의 어떤 또래보다 나의 친구에 더 가까웠다는 생각이 든다. 그렇게 어느 시절들의 친구들을 만났다 헤어지면서, 나는 더 내게 어울리는 곳으로 가고 있을 것이다. 내게 친구란, 역시 그런 게 좋다고 생각한다.

지우_친구에 관해 쓰면서 내내 떠오른 음악이 있습니다. 이 곡을 진심으로 깊이 나눌 수 있다면, 당신과 나도 역시 친구가 되기에 참 어울리는 사람들인지도 모르겠습니다. 델리스파이스의 <동병상련> 남겨 봅니다.

언젠가, 방

김민섭

하루를 사는 연어처럼

강원도 원주와 서울을 오가는 생활을 한 지가 5년쯤 되었다. 평일에는 서울에서 일을 하고 주말에는 원주에서 가족들과 함께 지낸다. 그러니까, 아내와는 주말부부이고 아이들에게는 주말아빠다. 일곱 살과 네 살이 된 어린아이들은 "아빠 몇 밤 자면 와?"라고 자주 묻는다. 얼마 전에는 다녀오겠다고 인사하는 나에게 "아빠는 우리 팀이 아니야, 이제 오지 마!" 하고 함께 외쳤다. '아니 선생님들 저도 팀인데요. (부글부글) 심지어 제가 팀장은 못 되어도 부팀장은 됩니다….' 알미우면서도, 그럴 때마다 가슴 한쪽이 아려 오는 것이다. 이 역시 수많은 삶의 방식 중 하나겠으나 이게 정상적인 삶인지, 혹은 올바른 삶인지, 나는 잘 알 수가 없다. 사실 몇 년 전에 서울에 가족과 함께 지낼 집을 구해 보다가 내가 감당할 수 있는 금액이 아니어서 그만두었다. (알아보았던 아파트의 금액이 두 배로 올라 있어 '아

그때 어떻게든 살걸' 하고 후회했는데, 몇 년 뒤에 아마 똑같은 후회를 할 것이 분명하다. 아, 「언젠가, 방」 원고 그거 쓸 때 제3금융권 대출이라도 받아서 살걸! 그리고 몇 년 뒤에 또 후회하는 일을 반복하다가 죽을 때쯤 되어서 아 죽기 전에 살걸…. 아 이런 생각 그만두어야지.)

삶을 영위할 수 있는 수단은 대개 서울에 있다. 4인 가족의 생계를 영위하려면 원주에서 얌전히 글을 쓰는 것만으로는 안 된다. "작가님과 함께 이런저런 것들을 해 보고 싶습니다"라는 요청들에 모두 응해야 하고, 이런저런 부업들도 끊임없이 해 나가야 한다. 한동안은 대리운전을 하기도 했다. (그때 쓴 책이 『대리사회』다.)

요즘 나의 본업은 작가라기보다는 강연자인 것 같다. 인세 수입이야 원래 몇 푼 안 되지만 강연 수입이 더 많아진 것이다. 첫 책인 『나는 지방대 시간강사다』를 썼을 때는 1년 동안 다섯 건 정도의 강연 요청이 왔다. 30만 원 내외의 강연비를 준다는 말에 나는 내색하지는 않았지만 '이래도 되나' 하는 심정이 되고 말았다. 당시 내가 맥도날드에서 오전 7시부터 오후 12시까지 주 4회 물류 상하차 일을 하고 받는 월급이 대략 40만 원이었다. 그런데 2시간 동안 나의 책을 읽은 독자들과 만나면 그만한 돈을 준다니. 함께 감자 박스를 옮기던 대학생 크루에게 "너라면 이런 강연 요청이 오면 어떻게 할래?" 하고 물어보니까 그는 말했다. "아니 형님, 세상에 그런 일이 어딨어요. 거짓말일 거예요." 그래서 나도 "응, 그러게 말이야" 하고는, 다시 냉동 창고로 들어갔다. 세상에 정말로 그런 일이 있다면 지금 우리의 노동이 너무 슬픈 것이다. 그 이후 두 번째 책인 『대리사회』를 쓰고 나서는 1년 동안 스무 건 정도의 강연 요청이 왔다. 그러던 것이 세 번째 책을 쓰고 나서는 100여 건으로 늘었고, 급기야, 작년에는 220건이 들어오고 말았다. '급기야, ~하고 말았다'라는, 이런 요란한 부사를 사용해야 할 만큼 엄청난 숫자였다. 나는 '감사합니다, 정말 감사합니다, 거기가 어디든 무조건 가겠습니다' 하는 마음으로 그 요청에 거의 응했다. 생계를 영위하는 데 큰 도움이 된 것은 물론이고 나를 불러 주는 사람들이 있다는 그 자체로 감격하게 되는 것이었다.

그러는 몇 년 동안 나는 정말이지 전국을 돌아다녔다. 작년 12월의 캘린더를 보면 대전-이천-통영-김해-양산-경주-서울-원주-광명-성남-대구-서울-천안-홍성-울산-서울-대구-원주-익산-서울-전주-거제도-김해, 강연한 지역을 기준으로 순차적으로 나열해 보면 한 달 동안 스물세 군데를 오갔다. '방'이라는 것이 그다지 필요하지 않은 삶이었던 것이다. 나는 어느 지역에 갈 때마다 근처의 게스트하우스를 검색해서 그곳에 머물면서 글을 썼다. 물론 아주 가끔만 그렇게 모범적이었고 근처의 맛집을 찾아가 보기도 하고 남들 좋다는 곳도 가 보면서 꿈만 같은 시간을 보냈다. 집과 대학의 연구소만 오가던 나에게는 말도 안 되는 나날들이었다. 역시 '이래도 되나' 하는 심정으로 지난 2년을 보냈다.

그리고 얼마 전부터, 전에 없이 나의 몸이 망가지고 있는 것을 알았다. 어떤 증상이 있었다고 하기에는 모호하다. 나도 잘 모르겠다. 나는 언제나 그럭저럭 건강한 인간이었다. 그러나 자신의 몸은 결국 자신이 가장 잘 알기 마련이다. 나는 나의 몸이 결코 이전으로 돌아올 수 없게 되었음을 알았다. 그건 맛있는 것을 먹고 멋진 것을 본다고 해서 고쳐질 수 있는 게 아니었다. 사실 몸보다 먼저 망가진 것은 마음이었다. 몇 년 동안 나만의 공간에서 '안온함'을 느껴 본 일이 없었던 것이다. 나는 몇 년 동안 오늘이 지나면 떠나고 다시 찾지 않을 방에서 주로 잠을 잤다. 주말에 '집'으로 가더라도 아이들의 방이 있을 뿐 나의 방은 없다. 나는 주말 내내 함께 놀다가 (사실은 놀아 주다가) 일곱 살 큰아이가 안방에서 잠이 들면 그제야 아이의 방에서 한글 공부용 책상을 주섬주섬 펴고 원고 마감을 하다가 쪼그라져 잠들곤 했다.

집과 방은 다른 공간이다. 집이 몸을 두는 공간이라면 방은 몸과 마음을 함께 둘 수 있는 공간이다. 다시 돌아와야 할 자신만의 방이 없는 사람의 몸과 마음은 조금씩 소진되어 간다. 몇 채의 집을 가진 사람보다도 안온하고 완전한 하나의 방을 가진 사람이 더욱 행복할 것이다. 집은 돈으로 살 수 있지만 방을 구하는 데는 (당연히 돈도 필요하겠지만) 조금 더 많은 삶의 조건들이 필요하다.

나의 가장 큰 목표는 나 말고는 아무도 모르는, 정말로 가족도 모르고 친구들도 모르고 독자들도 모르는, '나만의 방'을 얻는 것이다. 네 평이나 여섯 평쯤 되는 아주 작은 곳이어도 괜찮다. 그러면 나는 그 어디에 잠시 몸을 두더라도 나의 마음을 회복하기 위해 그 방으로 돌아갈 것이다. '돌아감'이라는 단어는 '방'에 가장 잘 어울리는 단어다. 어쩌면 방과 어울리기 위해 태어난 단어처럼도 보인다. 하루를 사는 연어처럼 반드시 돌아가 안온함을 찾을 수 있을 나의 방, 그러한 상상을 하는 것만으로도 나의 몸과 마음은 조금씩 회복되는 듯하다. 언젠가 꼭, 나의 방을. 당신도, 당신의 방을.

민섭_저는 주택가에 자리 잡은 조용한 방보다 자동차 경적이나 사람들의 고함이 아련히 들려오는 도로변의 방이 좋습니다.

김혼비

안방극장

예전에 살던 집은 방음에 매우 취약했다. 그 건물을 지은 사람은 '방음'의 개념을 '방+(소)음', 즉 '방마다 소음을 더해 주는 것'이라고 잘못 알고 있는 게 틀림없었다. 지금이 90년대이고 대남 정보 수집이 목적인 간첩이 있다면 그 빌라에 가서 살기를 추천해 주고 싶을 정도였다. 그곳에 살면 윗집, 대각선 윗집, 옆집, 아랫집, 대각선 아랫집, 최소 다섯 세대의 정보를 바탕으로 남한 사람들이 평소에 뭘 하면서 살고, 무슨 대화를 나누고, 무엇이 주요 관심사인지 대충 파악할 수 있을 것이다. 나도 그 집에서 지낸 2년간, 대각선 윗집 부부가 어떤 은행에서 대출을 받았는지, 아랫집 할머니네 자녀가 어느 동네에 살고 그중 누가 이혼했는지, 옆집 여자의 전 직장 상사가 얼마나 나쁜 놈인지, 윗집 남자의 〈프로듀스 101〉의 '원픽'이 누구인지 같은 시시콜콜한 것들까지 다 알게 되었다. 정말, 정말 알고 싶지 않았다….

그에 비하면 지금 살고 있는 집은 한결 낫다. 물론 윗집에서 큰 목소리로 말하면 내용이 식별될 때가 있긴 하지만, 그래도 오직 윗집 소음만 넘어오다니! 소음의 세계에서 다섯 집 중 네 집이 사라지다니 장족의 발전이었다. 윗집에는 부부와 유치원에 다니는 아이 둘이 살고, 이 근처 어딘가에 할머니와 고모가 살고 있어 종종 부부 대신 아이를 봐주러 온다. 가끔은 고모의 대여섯 살 정도 되는 딸도 같이 온다. 이 또한 윗집에서 들리는 소리만으로 파악한 가계도이다. 다행히 내가 주로 머무르는 방 바로 윗방은 부부의 방인지 꽤 조용하다. 만약 아이들 놀이방이었거나 텔레비전방이었다면 좀 힘들었을 것이다. 윗집의 탁월한 방 배치에 감사한다.

하지만 이 방도 시끄러워질 때가 있다. 일주일에 한 번꼴로, 주로 목요일 밤에, 윗집 남자가 윗방에 아이들을 모아 놓고 구연동화 한마당을 펼치기 때문이다. 어찌나 구성지고 목청이 좋은지 내용이 쏙쏙 들리는 건 물론이고 아이들 반응은 또 어찌나 열광적인지 몇 번 겪은 뒤로는 천장 너머로 아이들이 우르르 들어오는 소리가 들릴라치면 거실로 도망 나가거나 잠깐 쉬는 셈치고 침대에 드러누워 캐디크러쉬사가를 했다. 차라리 윗집 남자가 기존에 있는 동화를 읽어 주는 거였다면 오디오북을 듣는 마음으로 나 역시 그 시간을 조금 즐겨 봤을지도 모르겠다. 하지만 그는 꽤 근성 있는 창작자로서 늘 즉석에서 이런저런 이야기를 지어냈고, 그 이야기들은 조금… 심란했다.

그가 만들어 내는 동화에는 일정한 패턴이 있다. 일단 눈부시게 예쁘고 새침한 소녀 '루비'가 등장한다. 때로는 '예쁘고 새침하고 마음씨 고운 루비', '예쁘고 새침하고 연약한 루비', '예쁘고 새침하고 잘 웃는 루비'로 등장하는데, '예쁘다'야 동서고금을 막론하고 동화 속 여주인공에게 지겹도록 갖다 붙여 온 속성이니 그렇다 치고, '새침하다'에 대한 그의 집요한 집착은 좀 의아할 정도였다. 예쁘고 새침한 루비는 늘 숲을 거닐며 동물 친구들을 만난다. 과일도 따고, 꽃에 물도 주고(숲에서 꽃에 물을 주는 독특한 아이이다), 노래도 부른다(여기서 남자와 아이들의 막간 싱어롱 타임이 있다). 그러다가 루비는 느닷없이 악당이나 괴물에게 쫓기는데, 이 대목이 이 동화에서 가장 중요한 부분이다. 아니, 이 동화는 오직 이 대목을 위해서 존재한다. 이쯤에서 윗집 남자가 다음에 이어질 극적 효과에 강한 대비를 주고자 유난히 낮고 은근한 목소리로 아이들에게 "너희드으으을~ 루비 친구지?"라고 묻고는 "너희도 가만두지 않겠다!"라며 우와 하고 덤벼들면 아이들이 자지러질 듯 비명을 내지르며 밖으로 도망가고 거실에서 한바탕 우당탕쿵탕 신나는 미니 술래잡기가 이어지기 때문이다. 남자가 아이들을 다 잡는 것으로 대서사의 막이 내리면 아랫집 관객1인 나는 커다란 감동에 젖어 내적 박수를 힘껏 친다. 이제부터 조용해질 것이므로.

'예쁘고 새침한'에서도 살짝 눈치챌 수 있듯이 그의 동화는 (수

많은 기성 동화나 디즈니 만화가 갖고 있는 유구한 문제이기도 하지만) 루키즘을 지나치게 부추기는 경향이 있었다. '착한 사람들'은 다 예쁘고, 잘생겼고, 매력적이지만, '나쁜 사람들'은 못생겼고, 뚱뚱했고, 못생기고 뚱뚱해서 악랄해졌다. 여자 악당들은 오로지 루비의 외모를 질투해서 그를 괴롭혔고, 남자 악당들은 오로지 루비의 외모에 반해 그를 괴롭혔다. 한 여자 악당에게서 살이 찌는 벌을 받은 루비가 더 이상 예쁜 드레스를 입지 못하게 됐다며 통곡한 적도 있었다(동물 친구인 치타가 루비에게 "매일 너와 같이 달려 줄게"라고 제안해서 결국 살을 뺐다…). 극 속 인물들의 성역할 구분도 '엄마는 앞치마, 아빠는 넥타이', '여자는 얌전, 남자는 씩씩'만큼이나 시대착오적이고 차별적이었다. 게다가 작년 가을부터는 동화가 눈에 띄게 선정적이고 자극적으로 변했다. 악당들이 괴롭히는 걸 넘어 너무 쉽게 누군가를 죽이기 시작한 것이다. 점점 센 걸 원하는 관객의 입맛에 부응하려는 창작자의 몸부림인지, 그냥 화가 많아지신 건지 모르겠지만, 지난달에는 이야기를 듣다가 정말 깜짝 놀랐다.

"루비가아~ 어느 날 물가에서 울고 있었어요오~ 그런데…."

"아빠, 루비 왜 울어요?"

"응? 아, 그게, 루비랑 친한 언니가 죽었어. 그래서 슬펐던 거야. 자, 그래서어~"

"왜 죽었어요?"

"응? 아, 그건… 마을에 나쁜 놈이 있었는데 그놈이 죽였어."

"왜 죽였어요?"

"응? 아, 못생겨서."

나도 모르게 하던 일을 멈추고 천장을 올려다봤다. 뭐라고? 천장 너머에서는 "그놈은 못생긴 사람을 골라 죽이는 사람이었어"라는 설명이 이어지고 있었다. 더 이상 질문이 없어 그 뒤부터는 이야기가 죽죽 전개되어 루비는 무사히(?) 악당 앞에 당도했고, "너희들도 잡으러 간다~" 놀이가 시작되어 아이들이 깔깔대며 방 밖으로 도망치는 소리가 들릴 때까지 난 어쩐지 안절부절못하며 방 안을 서성댔다. 저런 걸 듣고도 가만히 넘겨도 되나? 근데 가만히 안 넘기면 어쩔 건데. 인터폰을 해서 "안녕하세요. 저 아랫집 사는 사람인데요, 귀하의 옛날이야기 잘 듣고 있습니다. 그런데 오늘 이야기는 좀 위험한 것 같아서요…"라고 있지도 않은 '청취자 의견 코너'에 글 남기듯 말할 수는 없지 않은가. 그렇다고 가만히 있을 일도 아닌 것 같았다. 아니, 지금 사람이 죽었다지 않는가. 사람이. 그것도 못생겨서. 못생겨서 사람이 죽었는데 이렇게 가만있어도 되나.

또 마음에 걸린 점은 "못생겼는데 왜 죽여요?"라는 질문이 안 나왔다는 것이다. 이미 질문을 연달아 세 개나 한 터라 아빠 말을 자꾸 끊는 것에 눈치가 보여서 넘어간 걸 수도 있고(그랬길 바란다), 그동안 아빠가 만들어 온 동화 속 세계에서 못생긴 건 나쁜 거니까 저 대답이 납득이 가서였을 수도 있다(그런 거면 진짜 어떡하지). 뭐가 됐든 내가 개입할 문제는 아니었다. 대신 그날 나는 자꾸 진지하게 엉뚱한 상상들을 했다. 윗집에 가정교사로 취직해서 아이들에게 좋은 동화를 들려줄 방법은 없나? 윗집 문 앞에 부모들이 읽으면 좋을 만한 책들(이를테면 내가 무척 좋아하는 김소영 작가가 쓴 『어린이책 읽는 법』 같은 것들)을 몰래 놔두고 올까? 아, 몰라. 그냥 아이들이 그가 해주는 이야기들을 돌아서자마자 잊어버렸으면 좋겠다고, 무슨 뜻인지 거의 이해하지 못했으면 좋겠다고 생각했다가, 그렇다고 남의 집 애들이 기억력이나 이해력이 떨어지기를 바라도 되는 건가 싶어 심란해하며 잠들었다.

나는 이제 윗방의 소란스런 기척을 느끼면 미적대지 않고 거실로 도망친다. 청취자를 한 명 잃었다는 것을 알지 못한 채 안방극장은 요즘도 절찬리에 상영 중이다. 루비가 계속 예쁘고 새침한 소녀로 존재할 거라면, 여자들이 자꾸 말도 안 되는 이유로 죽을 거라면, 아이들이 어서 그 이야기에 흥미를 잃어 청취율 0퍼센트를 찍고 프로그램이 폐지되기를 간절히 바라고 있다. 폐지가 되는 걸 봐야 방음이 잘되는 집을 찾아 마음 편히 이사 갈 수 있을 것 같다.

혼비_퇴촌 전원주택에 사는 친구네 놀러 갔다가 그 고요함에 반해 잠시 혹했었는데요, 소음보다 벌이 더 무서워서 그건 포기했습니다. 언젠간 찾을 수 있겠죠, 벌 없는 고요.

남궁인

그냥 오달지게 추웠다

나는 절실히 방이 필요했다. 내 학창 시절은 독립된 방을 얻기 위한 연속된 투쟁이었다. 굳이 버지니아 울프를 들먹이지 않더라도, 집 문을 열고 들어갔을 때 티브이를 크게 틀어 놓은 어머니가 큰 목소리로 "인아 밥 먹었냐?"라고 외치면 품고 있던 시상이 깡그리 휘발되었다. 나는 모든 물건이 내가 두고 나온 그대로 놓여 있고, 밥을 먹고 싶지 않으면 한없이 굶을 수 있고, 울고 싶으면 한없이 통곡할 수 있는, 그야말로 나만이 존재하는 고요한 내 방을 원했다. 그게 없어서 나는 시인이 되지 못한다고 생각했다. 하필 방이 없어서, 시인이 될 수 있는데, 못 되고 있다니.

그 꿈은 상당히 오래되었다. 고교 졸업 후에는 줄곧 독립된 방에서 독거를 꿈꿨다. 혼자 방에 있을 수 있다면 아무리 곤궁한 삶도 견뎌 낼 수 있을 것 같았다. 그러면 이듬해 랭보나 기형도가 될 것 같았다. 하지만 아쉽게도 나는 입시 한 번에 서울 소재 대학에 합격했고, 집은 교통의 요지라서 통학하기에 참 편리했다. 결국 명분이 부족했다. 집에 잘 안 들어가긴 했어도 나만의 방을 가지는 데 실패했다. 그때는 새벽까지 문을 여는 학교 앞 술집이 사실상 내 방이었다.

의학과에 진급하자 학습량이 많아졌다. 물론 나는 그 학습량을 굳이 따라가지 않고 나만의 길을 잘 가고 있었지만, 공부가 힘들다는 핑계를 댈 수 있었다. 그래서 학교 앞에서 자취하겠다고 우겼다. 대신 경제적 지원은 크게 필요 없다고 했다. 천성이 너무 가난해서 이미 중국과 인도 등지의 게스트하우스를 싸돌아다니며 석 달이나 살다 온 참이었다. 게다가 내 목표는 시인이 되는 것이라서 가난하고 비참한 삶을 견뎌야 했다. 철없기 짝이 없는 논리였다.

그리하여 나는 학교 근처 가장 저렴한 고시원을 수소문했다. 절 옆에 있는 수련원같이 생긴 건물이었다. 관리실에 가서 다짜고짜 가장 싼 방을 보여 달라고 했다. 엘리베이터 없는 5층에 공동 화장실을 사용하는 10만 원도 안 하는 방이 있다고 했다. 내심 그 방이 중국이나 인도에서 지내던 방보다는 조금이라도 나을 것이라 기대했지만 구경조차 할 수 없었다. 중국이나 인도에서 온 유학생들이 1년 치 고시원비를 선불로 내고 모든 방을 점거하고 있었기 때문이다. 실제 중국이나 인도의 방보다는 그 고시원이 아주 조금이라도 나았으니 그 국적의 학생들로 가득 차 있었을 것으로 추측한다.

집에 돌아가 고시원 탐방기를 이야기를 어머니에게 털어놓았다. 어머니는 고개를 젓더니 나중에 방을 보러 같이 가자고 했다. 어머니는 자신이 참 가난한 천성의 아들을 낳았다는 것을 이미 파악하고 계셨다. 내가 인간 이하의 방을 고를 것이 분명하니, 그것을 견제하기 위해서였다. 그다음으로 찾아간 고시원은 의과대학 강의실에서 가장 가까운 고시원이었다. 다행히 방이 두 개가 남아 있다고 했다.

고시원은 복도부터 방문이 아무렇지도 않게 열려 있었다. 방이 좁은지 바닥에 누워 있는 사람들의 머리카락이나 팔다리가 문밖으로 빠져나와 있었다. 인간의 쿰쿰한 열기와 머리 냄새가 복도까지 넘어오는 듯했다. 빈 방에 들어가자 왜 사람들의 팔다리가 문 밖으로 나와 있는지 이해했다. 거의 수용소였다. 게다가 지금 생각해도 참으로 다들 허술하게 입고 있었다. 그런데 나는 시를 쓰기에는 너무 무난한 방이라는 생각이 들었다.

그다음 방을 보여 달라고 했다. 창문이 있어서 조금 비싸다고 했다. 가 보았더니 똑같이 좁아터진 방에 손톱만 한 창문이 달랑 한 개 뚫려 있었다, 면 무난한 전개가 될 것이다. 하지만 이 글은 그렇게 무난하게 가지 않는다. 대신 대단히 인상적인 방이 나를 기다리고 있었다.

고시원 건물은 긴 사각형에 짧은 변이 둥글게 말린 모양이었다. 기호로 표현해 보자면 ⊂⊃쯤 된다. 둥근 부분은 완전히 통창 유리로 되어 있었고, 내가 본 방은 둥글게 말려 있는 맨 끝부분이었다. 비좁고 기형적인 삼각형 모양, 그러니까, 긴 반달 모양의 방이었다. 그리고 통창 때문에 삼면이 창문이었다. 요약하자면 약간의 벽만 있고 나머지는 모조리 창문인 방이었다. 처음 상상했던 손톱만한 창문과는 그야말로 정반대였던 것이다.

일단 방에 칼바람이 들고 있었다. 구조가 기형적이라 편히 눕기도 어려웠고, 무엇보다 어마어마하게 추웠다. 야외 기온과 차이가 하나도 없었는데, 그냥 바깥 날씨였다. 고시원 난방이 끔찍한 통창을 이길 수 없었다. 그 방에 사는 일은 불행과 가난이 아니라 거의 생존의 문제였다. 일단 그 성수기에 방이 왜 비어 있는지 이해했다. 자칫하면 아침에 눈을 못 뜰 실내 온도였던 것이다. 하지만 나는 어머니에게 경치가 마음에 든다고 우겨서 그 방을 계약했다. 강력하게 풍겨 오는 불행의 향기에 홀린 것 같았다. 또 추위와 가난을 견디며 글을 썼던 마르크스나 도스토옙스키가 떠오르기도 했다.

그 방에서 나는 딱 한 달을 '생존'했다. 그야말로 운이 좋아 살아남았다고밖에 볼 수 없다. 연속된 투쟁이고 시고 불행이고 나발이고 그냥 오달지게 추웠다. 물을 떠서 두면 당연히 얼었다. 음료수도 밥도 라면도 다 얼었다. 방에 들어와도 외출복을 벗을 수 없어서 외출복 차림으로 24시간을 살았다. 대신 더럽게 큰 창문 덕택에 바깥 광경이 그대로 보였다. 운치가 있기보다는 그냥 바깥에서 살고 있는 기분이었다. 나는 중국이나 인도 유학생이 살고 있는 방이 조금 더러워도 차라리 따뜻해서 낫겠다는 생각이 들었다. 중국이나 인도에서 묵었던 게스트하우스도 그리워졌다. 중국인과 인도인이 부러웠다. 중국과 인도라는 국가까지 부러웠다.

시를 쓰겠다고 야심 차게 들어왔지만, 고시원에서 쓴 시는 한 편도 공모전에 내지 못했다. 처음부터 시라고는 한 편도 못 썼기 때문이다. 그렇다면 도저히 뭘 했는지 모르겠다. 노숙인처럼 매일 밤 검은 패딩을 입고 침낭에 들어가 추위를 증오하면서 라면에 소주를 마시다가 잠들었던 것 말고는 생각나는 것이 없다. 실상 추위로 손이 곱아서 책장조차 넘기기 어려웠다. 그 방에서는 바닥에서 몸을 둥그렇게 말고 우주를 꾸짖는 것밖에 할 수 없었다. 당연히 공모전은 호쾌하게 떨어졌다. 알다시피 내가 작가가 되는 것은 그로부터 10년이 넘어야 한다. 그리고 추위라면 치를 떨던 나는 놀랍게도 그 학기를 마치고 시베리아로 떠났다. 하여간 서두에서 버지니아 울프를 언급한 것이 부끄러워진다. 투쟁이고 자기만의 방이고 뭐고 그냥 '추운 방 살았던 썰 푼다.ssul'이 되었기 때문이다.

사실 나는 처음 이 글을 구성할 때 고시원 이야기를 슬쩍 하고 의학과 3학년 지방 병원 실습 때 오피스텔에서 기타 한 대를 두고 독거했던 이야기도 잠깐 한 다음 의학과 4학년 때 9평 원룸에서 무려 일곱 명이 동거하던 짐승같이 참혹한 방에 대해 쓰려고 했다. 매일 리어카로 술병을 치워 대던 그 방은 정말이지 대단했다. 개인이 일정 수준을 넘어가는 주류를 구매하면 국가에 신고를 해야 한다는 사실을 처음 깨달을 정도였다. 그러나 언제나처럼 서두를 풀다가 글이 끝나고 말았다. 나는 이 연재를 하면서 참 쓸 것이 많구나 생각한다.

남궁_9평 원룸에서 살았던 이야기가 참 대단한데, 어떻게 설명할 분량이 없네.

문보영

담 잘 넘으세요?

내 친구 인력거에게 방을 구경시켜 달라고 하면 그녀는 "너 담 잘 넘니?" 하고 묻는다.

인력거(친구의 이름이다)의 방문은 피아노로 막아 두어서 열 수 없다. 인력거는 문 대신 창문으로 출입하는데, 창문은 부엌 베란다와 연결되어 있으므로 창문을 열면 쌀과 세탁기가 보인다. 그녀는 쌓아 올린 책을 발판 삼아 밟고 창문을 넘는다. 때마침 쌀을 푸러 베란다에 나온 엄마는, 가방을 멘 쌀도둑을 보고 놀라며 등짝 스매싱을 날리고, 인력거는 달아난다.

그녀가 방문을 피아노로 막은 이유는, 피아노 연습에 집중하기 위해서이다. 피아노 연습을 안 하고 자꾸 거실로, 밖으로 나가는 자신에게 피아노 연습을 강제하기 위해 문을 아주 닫아 버린 것이다.

그래서 그녀는 한번 외출할 때 가급적 짐을 많이 싸서 나가고

(다시 들어오는 게 힘드니까), 방에 들어오면 (다시 나가는 게 힘드니까) 생사고락과 취사를 방에서 해결한다.

문이 언제든 열릴 수 있다는 사실은 그녀를 약하게 만들었다. 인력거는 피아노 전공생으로, 피아노는 그녀의 전부이다. 아니, 떡 진 머리와 피아노가 그녀의 전부이다. 그녀는 둘을 제외한 삶의 변수를 원치 않는다. 그녀는 오로지 피아노 연습과 떡 진 머리만으로 이루어진 하루를 소망한다.

그런데 그녀의 기분을 망치는 것은 너무 많다. 그녀에게 외출은 변수로 만들어진 작은 폭탄이다. 인력거는 귀가 예민한 자로, 세상의 소음을 견디기 어려워한다. 그녀가 연습실을 꺼리는 이유는, 그녀가 옆방에서 희미하게 들리는 피아노 연주에 영향을 받기 때문이다. 인력거는 자신이 휘둘리기 천재라는 사실을 알기 때문에 오로지 자기 방에서만 피아노 연습을 한다.

그러면, 방에서 닥치고 피아노만 치면 될 텐데, 웬 유난이냐고 물을 수도 있는데 문제는 피아노가 그녀의 전부인 것에 비해, 그녀가 노는 것을 너무 사랑한다는 점이다. 인력거는 너무 쉽게 방을 나간다. 물론 방을 나가면 피아노 연습 시간이 줄고 자책만 늘었다. 게다가 한번 외출하면, 다시 자기 자신으로 돌아와야 하는 번거로움이 뒤따르는데, 이때 쓸데없는 에너지가 소모되었다. 방에만 있으면 사람을 만나 들뜰 이유도 없고, 누군가를 만나 후회할 일도 없으며, 혈중 사람 농도가 낮아져 차분하게 피아노 연습에 집중할 수 있었다. 그런데 자꾸 까먹고 밖을 기웃거렸다. 그래서 인력거는 자신에게 피아노 연습을 강제하기 위해, 그리고 외부 소음으로부터 자신을 보호하기 위해 자신을 방에 가두기로 했다. 그것이 그녀의 피아노 연습법이었다.

요컨대, 그녀가 방에서 하는 일은 사실 피아노 연습이 아니라 방 안 나가기 훈련인데, 이 둘은 같은 것이기도 하다.

그래서 나는 며칠 전 인력거에게 요강을 추천했다. 그러자 그녀는 내가 예전에도 요강을 추천한 적이 있다고 말했다. 일전에 고시원에 살 때, 복도 끝에 공용 화장실이 있었다. 그런데 겨울엔 춥고 무서워서 요강을 썼다. 마침 인력거는 외부 연습실에서 살고 있었는데 내가 요강을 추천했던 것이다. 당시 인력거가 다니던 지하 연습실에는 화장실이 없었다. 건물 2층으로 올라가야 볼일을 볼 수 있어서 새벽에는 사용하기가 꺼려졌던 것이다. 그래서 인력거도 요강 동지가 되어 작은 요강을 하나 장만했다. 그녀는 정사각형의 작은 연습실 구석에서 도자기처럼 은은하게 빛나는 요강을 바라보면 '한 줄기의 가느다란 빛 같은 비참함'이 찾아온다고 말했다. 그러나 그 비참함은 요강에 오줌을 눌 때 느끼는 감정이 아니라, 화장실에 요강에 든 오줌을 버리러 갈 때 느끼는 감정일 것이다. 지하 연습실의 복도를 지날 때, 옆방 드럼 연주자나 성악 전공자와 마주칠까 벌벌 떠는 것이다. 이때, '요강 안에 든 건 오줌이 아니다. 라면 국물이다' 하고 속으로 세 번 외치면 두려움이 반감될 수 있다.

그녀는 연습실 옆방에서 나는 소음에 시달려 집으로 돌아왔고, 방문을 다시 피아노로 막았다.

그녀는 지금 방에 있을 것이다. 사랑하는 나의 친구를 위해 방음 옷을 발명하고 싶다. 방음 옷을 입으면 아무것도 들리지 않는다. 노이즈 캔슬링 기능을 장착했기 때문이다. 방음 옷을 입으면 폭탄이 터져도 아늑하게 들린다. 밖에 있어도 방 안에 있는 기분을 낼 수 있다.

보영_ 저는 담을 잘 넘습니다.

오은

정리와 정돈과 정렬과 고립과 고독과 고통과

방과 함께 쓸 수 있는 용언은 참 많다. 이를테면 크다, 넓다, 환하다, 깨끗하다와 같은 형용사. 눕다, 구하다, 들어가다, 틀어박히다 같은 동사도 쓸 수 있을 것이다. 개중 나와 가장 가까운 용언은 '치우다'라는 동사다. 어릴 때부터 지금까지 가장 많이 들어 왔던 말이기 때문이다. 그러나 "방 좀 치워!"라는 명령도, "제발 방 좀 치우자"라는 읍소도 괄목할 만한 효과를 거두지는 못했다.

내가 치우지 않은 것은 아니다. 치우는 방식이 남들과 조금 달랐을 뿐이다. —그렇다. 나는 지금 우기고 있다.— 어릴 때부터 정리와 정돈과 정렬은 내게 어려운 일이었다. 단칸방에 살았던 시절, 나는 부모님께 호언장담을 했었다. "내 방이 생기면 그 방에는 먼지 한 톨, 머리카락 한 가닥도 없을 거야!" 그러나 내 방이 생기고 나자, 나는 자연스럽게 쌓기 시작했다. 이런 얄미운 말을 한 적도 있었다. "내 방이니까 내 방식대로 꾸밀 거야!" 나는 '꾸미다'라는 동사를 지나치게 자의적으로 폭넓게 사용하고 있었다.

그때부터 방은 늘 '치우다'와 가까워지면서 멀어지고 있다. 방을 치우라는 말을 들으면 방과 치우다는 가까워지지만, 방을 치워 놓으면 그것은 치우다와 멀어진다. 방을 치울 필요가 없기 때문이다. 한동안 깨끗한 상태, 치울 필요가 없는 상태가 이어지다 방은 다시 '치우다'와 재회한다. 이 시기가 긴 이유는 내가 치우지 않기 때문이다. 엄밀히 말하면 제대로 치우지 않기 때문이다.

어릴 때부터 나의 정리 방식은 '쌓는' 것이었다. 방은 보통 사각형이지만 가구가 들어서면 어떤 틈이 생기게 마련이다. 나는 그 틈으로 다 본 책이나 신문 따위를 밀어 넣었다. 어느 날 갑자기 그 책이나 신문이 필요해지면, 나는 귀신같이 그것이 어디 있는지 찾아냈다. 책으로 탑을 쌓기 시작하면서 이 '촉'은 괄목할 만한 성장을 거두었다. 쌓여 있는 책 더미 속에서 내가 필요한 책을 재빨리 찾아내게 된 것이다. 이쯤 되니 부모님도 두 손 두 발을 다 들었다. "쟤는 어수선해야 집중이 되나 봐." 엄마의 말이었다.

엄마의 말이 틀린 것이 아니다. 나는 주변이 너무 조용하고 깨끗하면 집중이 되지 않았다. 사람들이 흔히 편안함을 느끼는 상황, 일을 수행하기에 바람직하다고 여기는 구조, 깔끔한 분위기로부터 생성되는 집중력 같은 게 내게는 낯설게 다가왔다. 약간은 흐트러진 공간에서 생활 소음이 지속적으로 흘러나올 때, 나는 본격적으로 집중할 수 있었다. 복잡한 방정식이나 요란한 삼각함수 문제도 그런 공간에 있으면 금세 풀렸다.

그런 점에서 재수하던 시절은 내 인생의 분기점이었다. 나는 수능에 실패하고 바로 재수 선언을 했다. 선언 이후 몇 개월 동안은 대학생이 된 친구들을 만나 매일같이 신나게 놀았다. "그런데 이제 슬슬 시작해야 하지 않아?" 아무 걱정 없이 사는 나를 보고 친구들이 오히려 걱정해 줄 정도였다. 초여름이 찾아오고 나서야 나는 방정식과 삼각함수, 조선의 실학자, 피오르드 지형 같은 것에 가까워지기로 마음먹었다. 그때 부모님의 용단이 내려졌다. "독서실에 가거라. 타협의 여지는 없다."

부모님은 주의 산만한 나의 공부 태도가 수능 실패의 결정적 이유라고 판단하셨던 것 같다. 나는 아침에 일어나면 '어머니의 친구'이자 '친구의 어머니'가 운영하는 독서실로 향해야만 했다. 그분은 친구의 어머니답게 나를 반갑게 맞아 주셨지만 어머니의 친구답게 나를 예의 주시하셨다. 나는 독서실의 갑갑한 분위기가 견딜 수 없었다. 독서실 안에서는 책장 넘기는 소리와 종이 위에서 펜이 미끄러지는 소리밖에 들리지 않았다. 침을 삼켜도 옆에서 그것을 알아차릴 것같이 고요해서 미동에도 신경을 써야 했다.

아무리 생각해도 독서실은 쌓고 떠들고 어지르고 틈을 비집어 무엇을 보관하는 나의 성정과 걸맞지 않은 곳이었다. 기지개를 켠다는 이유로, 바람 좀 쐬어야겠다는 이유로, 커피를 마셔야겠다는 이유로 독서실 바깥으로 향하는 일이 많아졌다. 그때마다 어머니의 친구는 걱정스러운 눈빛을 내게 보냈다. 눈빛은 한결같이 '또' 라는 질문을 품고 있었는데, 재수가 '또' 시험을 치르는 것이었으므로 씁쓸함도 배가되었다.

사전적 정의에 따르면, 방은 "사람이 살거나 일을 하기 위하여 벽 따위로 막아 만든 칸"을 뜻한다. 독서실 안에는 무수한 방이 있는 셈이다. 그 방에 머물 때 나는 정말 힘들었다. 방 안의 작은 방에 세를 든 나로서는 문제를 일으키지 않아야 했다. 무수한 문제를 풀면서, 동시에 문제를 일으키지 않기 위해 날이 갈수록 몸과 마음이 경직되었다.

어느 날 나는 방 안의 방 안의 방 안의 방에 갇혀 있다는 생각이 들었다. 그리고 이 감정을 어떻게든 남겨야겠다고 생각했다. 책을 하나둘 쌓아 탑을 완성하는 마음으로, 틈을 발견하고 그 안에 책과 신문을 집어넣는 마음으로 쓰기 시작했다. 그때 썼던 글들의 제목은 「은둔하는 말에 관하여」, 「그 작은 동굴에서 한 여자」처럼 고립과 고독과 고통을 담고 있었다. 정리와 정돈과 정렬처럼, 고립과 고독과 고통도 어렵긴 매한가지였다.

이때 쓴 글들로 나는 엉겁결에 시인이 되었다. 독서실이라는 방이 나의 글방이 되어 준 셈이다. 그때 쓴 글들은 지금 기억나지 않는다. 책 탑에서 내가 원하는 책을 용케 찾아내던 촉 또한 사라진 지 오래다. 사람도 변하고 상황도 변한다. 나는 이제 정리와 정돈과 정렬과 가까워지려고 한다. 우선 방부터 좀 치워야겠다.

오은_그러고 보니 이응에는 'ㅇ'이 세 개나 있네요. 마치 이응이라는 단어가 ㅇ의 방인 것처럼.

이은정

최고의 풍수

가물가물하지만, 나는 대학교에서 지리, 지질, 풍수 따위를 전공으로 배웠다. 다 재미없었는데 풍수는 좀 들을 만했고 마침 '방'과 관련한 얘기가 떠올랐다. 한 문장으로 요약하면 '방은 낮고 좁아야 한다'는 것이다. 집과 방의 의미는 조금 다르게 해석되는데, 집은 가족의 개념으로 방은 개인의 영역으로 본 결과가 그렇다. 방은 왜 낮고 좁은 게 좋을까? 잠을 자면 방 주인의 기운이 방 안에 응집된다. 방이 크면 기운은 당연히 흐트러질 것이다. 큰 업적을 세운 사람들의 생가에 관한 과제를 제출한 적이 있는데 자세한 내용은 잊었지만, 앞의 풍수에 힘이 실렸던 건 확실하다.

나는 시골 마을을 전전한 지 10년이 넘었고 열 번 조금 못 되게 이사를 했다. 그때마다 집을 알아보고 계약하기까지 몇 달이 걸렸다. 형편도 좋지 않은 주제에 보는 눈만 까다로워서 내가 원하는 집은 좀체 구하기 힘들었다. 어쩔 수 없었던 이유가 있다. 나는 거의 집에만 있고 집이 곧 직장이기도 해서 글을 쓸 수 있는 환경이어야 한다. 장군이가 있으니까 대형견을 키우기에도 무리 없어야 한다. 또 어설프게 배운 건 있어서 집 구조를 따지는 게 많고 특히 큰 집은 원하지 않는다.

종일 방에 대해 생각하며 세상의 방들을 꺼내 보았다. 방. 안방. 건넛방. 주방. 온돌방. 다락방. 혼자 방방거리다가 엄마한테 전화를 했다. 나 어릴 적에 우리가 살았던 방에 대한 기억을 물었다. 엄마는 한숨을 푹 쉬며 말했다. 그때가 너희들에게 가장 미안했다고. 의외여서 묻지 않을 수 없었다. 왜?

거긴, 집이 아닌 방.

엄마는 수산시장 안에서 장어구이 장사를 했다. 가게 안에 딸린 기다란 방 한 칸. 방의 끄트머리 상단에 나무로 된 문짝이 있었다. 다락이었다. 사다리를 걸쳐야 올라가는. 그 방에서 엄마, 아빠, 어린 세 자매가 살았다. 집이 아닌 방에서 다섯 가족이 살았다. 냄새. 아빠는 방 안에서 담배를 피웠기 때문에 방 안은 매캐한 담배 냄새가 났고 방문을 열면 장어 굽는 냄새가 났다. 소리. 방문을 닫아도 시장통은 늘 시끄러웠고 방문을 열면 장어구이를 먹는 아저씨들의 목소리가 들렸다. 아저씨들은 술도 마셔서 당연히 취할 때도 있었다. 엄마가 미안해하는 포인트가 바로 그 부분이었다. 어린 딸만 셋. 방문 하나를 사이에 두고 엄마는 딸들을 양육해야 했고 장사도 해야 했다. 시끄럽고 어둡고 좁고 비리고 취하고 위험한 곳에 우릴 두어야 했던 엄마의 죄책감. 집이 아닌 방이었기에. 번듯한 집에 살게 하지 못하고 방에 살게 만들어서.

방이라는 게 그렇다. 집은 건물, 방은 칸이다. 칸은 사생활 분리와 보호가 목적이다. 그게 되지 않으면, 그러니까 집이 아닌 방에 온 가족이 모여 사는 건 불편할 수밖에 없다. 서로의 어떤 장면을 쉽게 목격하게 되고 목격한 걸 못 본 척하게 되고 저절로 눈치만 늘어난다. 장녀는 애어른이 되고 둘째는 천덕꾸러기가 되고 막내는 겁쟁이가 된다. 그러나 단 한 번도 집이 아닌 방에서 살았던 그때를 원망했던 기억은 없다. 아지트 같은 다락이 있었고, 방 안에 함께 있어줄 언니와 동생이 있었기 때문이다. 무엇보다 방문만 열면 보이는 곳에 엄마가 있었기 때문이기도 했다. 내가 아직도 장어구이를 좋아하는 걸 보면 결코 나쁜 기억을 남긴 '집'은 아니었다고, 엄마를 위로해 주었다. 지금 내 나이보다 어렸던 그때의 엄마는 참 열심히 살았다고. 고맙다고.

여긴, 방이 없는 집.

지금 내가 사는 집은 아주 옛날에 지은 초가삼간을 현대식으로 개조한 것으로 보인다. 방 두 칸이 나란히 붙어 있고 그 앞으로 마루였을 기다란 공간은 복도인지 거실인지 애매하다. 저 끝에 부엌이 있고 더 끝에 화장실이 있다. 늙은 장군이의 편의를 위해 방문과 부엌문을 떼어 내고 방풍 비닐을 붙였다. 이 집에서 완벽하게 구분된 공간은 화장실밖에 없다. 말하자면, 나는 방이 없는 집에 살고 있다. 산책하는 1시간을 뺀 하루 23시간을 이 집에서 보낸 지 3년이 지났다. 굳이 방을 구분 짓지 않아도 내 기는 이 좁은 집 안에 가득 차 있을 것이다. 가끔은 그게, 그러니까 집 안에서 내 기가 느껴질 때도 있다. 정말이다.

침대 머리 방향이 북쪽으로 향해 있는 게 못마땅한 엄마는 매번 방향을 바꾸길 권했다. 나도 아는데, 나는 풍수를 무조건 믿는 게 아니라 내가 겪어 보고 신뢰 가는 부분만 믿는다. 머리를 동남향으로 두고 자면 부자 되고 장수한다는 말들은 설일 뿐, 방향 따위야 자신에게 맞으면 그만이다. 나는 북쪽으로 자면서 매일 꾸던 악몽이 많이 줄어들었다. 그렇게 따지면 기가 모여야 할 방의 문짝을 떼어 버리는 행위도 삼가야 하는데, 문을 다 없애고 나니 동선이 자유로워서 훨씬 편해졌다. 장군이도 마음에 들어 하는 눈치다. 어릴 적에 집이 아닌 방에서도 깔깔거리며 웃고 살았던 세 자매처럼 장군이와 나는 방 없는 집에서 행복하게 살고 있다. 그것이 최고의 풍수다.

방이면 어떻고 집이면 어때.

함께 살 수 있다면.

은정_풍수 인테리어의 기본, '현관사우'를 알려드릴게요. 여러분의 현관으로 복만 들어가길 바라는 마음이니 유쾌하게 봐 주세요. 밝은 조명, 난 화분, 그림 그리고 풍경.

정지우

방에 있는

내가 기억할 수 있는 최초의 시절에, 내 방에는 여동생이 있었다. 그리고 청소년기를 거쳐, 대학생이 되어 집을 떠날 때까지도, 여동생은 내 방에서 떠나지 않았다. 10대의 어느 무렵에는 내 방과 동생의 방이 따로 생기기도 했는데, 동생은 자기 방에 있기보다는 내 방에 있기를 좋아했다. 굳이 자기만의 독립된 공간에 홀로 있어야 할 이유를 좀처럼 찾지 못한 듯했고, 혼자 있는 것보다는, 나랑 같이 있는 것이 좋다고 느꼈기 때문이었을 것이다. 그래서 동생 방의 존재가 무색하게도, 어느덧 내 방에는 두 개의 책상과, 여동생의 책장과, 또 어느 날에는 접이식 침대까지 들어와 방 안이 발 디딜 틈도 없이 빽빽해졌다.

고등학생 시절, 한창 새벽 늦게까지 공부하던 때에도, 나는 작은 스탠드만을 켜 두고 공부를 했다. 그러면 여동생은 줄곧 내가 공부하는 뒷모습을 바라보며 잠들곤 했다고 한다. 그때쯤 우리에게는 강아지도 한 마리 생겨 있었다. 그래서 내 방은 여동생이 자기 방을 버리고 와서 묵기도 하고, 강아지도 와서 먹고 자는 그런 공간이 되어 버렸다. 반대로 나는 인터넷 강의를 들어야 할 일이 있거나 컴퓨터를 써야 할 일이 있으면 동생 방에 갔다. 당시에는 잠을 자는 방에 컴퓨터가 있으면 전자파 때문에 좋지 않다나, 하는 소문 같은 게 퍼져 있었기에, 그 무시무시한 전자파가 나오는 컴퓨터는 '아무도' 자지 않는 동생 방에 두었던 것이다.

그렇게 스무 살이 될 때까지 늘 동생이랑 함께 지냈다. 그러고 나서, 대학생이 되어서는, 비로소 온전히 혼자 사는 삶이 시작되었는데, 처음에는 혼자 산다는 것이 여간 쉽지 않았다. 무엇보다도 매일 밤 혼자 잠들어야 할 때가 되면, 마음이 이상하게 불안하여 잠들기가 힘든 날들이 참 많았다. 방문을 열면, 금방이라도 거실이 나타나고, 아버지는 늘 그렇듯이 신문을 보고 있거나, 어머니는 감자를 삶아 갖다줄 것만 같았다. 불면은 나에게 일상과도 같았기에 불면증을 극복해 보려고 수면유도제도 먹어 보고, 매일 밤 와인이나 따뜻한 우유도 한 잔씩 마셔 보곤 했으나, 온 방의 불을 끄고 누웠을 때 맞이하는 그 묘한 '새하얀 어둠'은 좀처럼 적응이 되지 않았다.

그래서였는지 모르겠지만, 나는 혼자 살면서 종종 동물들을 방에 들였다. 한번은 고향집에 있던 강아지를 데려오기도 했는데, 내가 학교를 가기 위해 방에서 나설 때부터 울기 시작해서 돌아올 때까지고 울고 있다는 걸 알자마자, 그러니까 단 이틀 만에 다시 돌려보냈다. 내 욕심 때문에 그 아이를 그렇게 슬프고 외롭게 할 수는 없는 터였다. 어느 날은 고양이가 스리슬쩍 들어섰고, 어느 날은 골목에서 고양이들한테 괴롭힘당하던 고슴도치 한 마리를 주워 오기도 했다. 또 어느 날은 길을 잃은 강아지를 집에 데려왔다가 사흘 만에 주인을 찾아 주기도 했다. 한번은 페럿이나 토끼를 키워볼까, 하고 진지하게 고민하기도 했었다.

그렇게 이런저런 동거 생물들과 10여 년간의 나날들을 보내고, 어느덧 내 방에는 이제 아내와 아이가 있게 되었다. 사실, 우리가 처음 신혼집을 꾸밀 때만 하더라도 아이 방과 우리 침실 등이 분리되어 있었는데, 어느 순간부터 내 방이 모두가 놀고 자고 매일같이 함께 있는 곳이 되었다. 내가 꼭 그렇게 되기를 바랐다기보다는, 그저 자연스럽게 그렇게 되고 만 것이다. 내가 책상 앞에 앉아 부지런히 할 일을 하고 있으면, 아이는 내게 달려와서 내 무릎에 앉아 내 책상에서 그림도 그리고, 밥도 먹고, 놀기도 한다. 아내와 아이는 내 책상 옆에서 노래를 부르거나 책도 읽고, 깔깔대며 놀기도 한다. 아무래도 이 풍경, 어디서 많이 본 것 같은 기분을 종종 느낀다.

사실, 나는 집단생활이란 것을 그다지 좋아하지 않고, 20대를 보내는 내내 내가 지극히 개인주의적인 사람이라고 믿어 왔다. 혼자서 글을 쓰거나 읽는 것을 좋아하기도 했고, 사람들과 잔뜩 어울려서 술을 마시거나 몰려다니는 일도 꺼리는 편이었다. 그런데 생각해 볼수록, 나는 나의 가장 내밀한 공간에서조차 그저 온전히 혼자이기만 한 때는 그리 많지 않았다. 또한 내가 가장 좋아하는 순간들을 돌이켜보더라도, 그곳에는 내가 사랑하는 누군가, 어떤 살아 있는 존재가 언제나 있었다. 내가 타인들과 함께하는 걸 그다지 좋아하지 않는 시간들이 있었다면, 그것은 내가 그 타인들을, 그들과 함께 만드는 시간과 공간을 충분히 사랑하지 못했던 것일 뿐, 누군가와 함께 있거나 사람을 싫어하기 때문은 아니었다. 그보다 나는 내가 만든 공간에서, 내가 가장 원하는 사람과, 내가 가장 원하는 방식으로 존재하고 싶었을 따름이었을 것이다.

종종 내가 있고 싶은 미래를 상상한다. 그곳에 내가 혼자 있는 일은 없다. 이상적인 곳에서든, 아름다운 시간에서든, 그곳에는 내가 좋아하고, 내가 기꺼이 사랑과 선을 베풀며, 나에게 호의적이고, 나를 바라보는 누군가가 있다. 내가 얻고 싶은 것, 지키고 유지하고 싶은 것, 이루어 가고 싶은 것은 모두 대단한 것이 아니다. 그저 오래전, 계란프라이를 하나 구워서 내 방에서 같이 나눠 먹으며 책을 읽던 여동생이 있었던 시간, 그리고 내가 하는 일을 깔깔대고 기웃거리며 방해하는 아내와 아이가 있는 시간 같은 것이다. 그저 그런 시간이 오랜 세월이 흐른 뒤에도 나에게, 내 방에, 나의 어느 공간에 그렇게 존재하길 바란다.

지우_어째서인지 이번에는 함께 있는 방에 관해 써보고 싶었네요. 그러고 보면, 제가 가장 좋아하는 '방'에 관한 노래도 누군가와 함께 있는 방을 그렸군요. 넬의 <섬> 남겨 봅니다.

언젠가, 나의 진정한 친구 뿌팟퐁커리

김민섭

못난 남친 대회 1등

얼마 전, 〈백종원의 골목식당〉을 보다가 '짤라'라는 음식을 알게 됐다. 소의 내장을 삶아서 되는 대로 잘라 작은 접시에 담아 둔, 말하자면 소내장수육 같은 것이었다. 무척 성의 없는 네이밍과 비주얼이었고, 굳이 내장 요리를 좋아하는 것도 아니었으나 나는 그 순간 저것을 먹어야만 하겠다는 하나의 목표가 생겼다. 그래서 짤라가 뭔데 당장 가야 하는 것이냐고 묻는 친구에게 "되게 좋아하는 음식인데 아직 못 먹어 봤어"라고 말하고 말았다. 그러니까 여기에는 '아직 안 먹어 본 음식이지만 반드시 내가 좋아할 음식일 것이며 분명히 나와 맞는 음식일 것임을 알고 있다'라는 번역이 필요하다. 음식이든 사람이든 경험하지 않더라도 그 첫인상에서부터 '아, 저 음식/사람은 나와 맞을 거야/맞지 않을 거야'라는 확신이 드는 때가 있고, 그건 대개 사실과 부합하기 마련이다. 그런데 이번 주의 주제인 이 '뿌팟퐁커리'라는 음식은 정말이지 처음 들어 보는 것이지만 나는 확실히 말할 수 있다. "되게 싫어하는 음식인데 아직 못 먹어 봤어요"라고.

이 괴랄한 주제는 남궁인 작가가 정했다. 그가 이번 연재를 시작하며 뇌의 주름이 시키는 대로 쓰겠다고 선언한 것까지는 좋았는데 주제까지도 거기에 충실할 줄은 몰랐다. 얼마 전 만난 그가 "어휴, 다들 너무 얌전한 주제들만 선정하니까 뭐 재미있는 글이 나오겠습니까?" 하고 묻기에 "아이고 그러문입쇼" 하고 답하기는 하였으나, 그가 정말로 '뿌팟퐁커리'라는 주제에 '나의 진정한 친구'라는 수식어까지 달고 올 줄은 몰랐던 것이다. 어디선가 "오, 영원한 친구, 친구친구"라는 가수 나미의 노래가 들려오는 듯하다. (남궁인 작가와는 몇 년 전 어느 모임에서 우연히 만났다가 서로 희귀한 83년생 작가인 것을 알고 친구가 되었다.)

나는 뿌팟퐁커리가 그저 카레의 한 종류겠거니 짐작할 뿐이다. 사실 아무런 사전 정보 없이 뇌의 주름이 보내온 직관으로 글을 쓰려고 마음먹었다. 그래서 얼마 전 작가들과 이야기하다가 뿌팟퐁커리가 태국 음식이며 게인지 바닷가재인지 하는 재료가 들어간다는 말을 들었을 때도 '나는 아무것도 못 들은 거야! 게인지 바닷가재인지는 끝까지 모르고 있을 거야' 하고 마음을 간신히 세팅한 참이었다. 그러나 일어나야 할 일은 반드시 일어나고야 만다.

얼마 전부터 하루에 한 편씩 〈맛있는 녀석들〉이라는 방송을 본다. 김준현, 문세윤, 김민경, 유민상. 이렇게 네 사람이 맛집을 찾아다니면서 주구장창 먹기만 하는 방송이다. 요즘 다이어트를 하고 있는 나는 그들이 먹는 모습만 보아도 큰 동기부여가 된다. '와, 내가 진짜 다이어트 끝나고 나면 무조건 저 식당에 간다. 저 탕수육 다 죽었다' 하면서 스쿼트를 한다. 그런데 마감을 하루 남긴 그날 하필이면 그들이 태국 음식점에 갔고 첫 번째 음식으로 '뿌팟퐁커리'를 시키고야 만 것이다. 그들은 주먹만 한 게살을 입에 넣으면서 (서울의 오래된 다세대주택의 딱 하나 남은 그 희미하고 협소한 주차 라인에 카니발을 주차하는 수준으로 밀어 넣으면서) 맛있다고 외쳤다. 그렇게 뿌팟퐁커리가 가진 맛과 질감을 나에게 있는 그대로 보여 주었다.

그 모습은 그만 아주 오래전, 뿌팟퐁커리와 관련된 부끄러운 기억 하나를 함께 뇌의 주름 깊숙한 어디에선가 끄집어내고 말았다. 이건 『831019 여비』나 석사논문의 제목을 고백하는 것보다도 어쩌면 더 부끄럽고 유치한 나의 과거와도 연결되어 있지만, 그래도 언젠가는 기록해 두고 싶었던 어떤 이야기이다.

누구나 젊은 시절에 한 번쯤, 아니 서너 번이나 열 번쯤은 아르바이트를 한다. 자기 자신이 아니더라도 그 시기에 사귄 애인들도 한 번쯤 아르바이트를 한다. 내가 스무 살이거나 그 남짓한 나이였을 때 사귄 여자친구도 그랬다. 그는 서울 강남에 있는 큰 태국 음식점에서 서빙을 시작했다고, 갑자기 한번 찾아오라고 했다. 나는 그

'태국 음식점'이라는 이름이 몹시 마음에 들지 않았다. 태국이 달나라와도 다르지 않을 만큼 멀게 느껴졌기 때문이다. 태국 말을 모르는데 거기에서 밥을 먹어도 되나, 무엇보다도 나처럼 조신함을 미덕으로 삼는 사람은 얌전하게 국밥이나 먹어야 어울리지 않나, 한마디로 뭔가 어울리지 않는 일탈이 아닌가 싶었던 것이다.

그래도 여자친구의 제안이라 함께 아는 몇몇과 그 음식점을 찾은 나는 곧 모든 게 불편해지고 말았다. 나의 온몸이 그 공간을 거부했다고 하면 적절한 표현이 되겠다. 우선 일하는 사람들 모두가 너무나 화려한 옷을 입고 있었다. 그래 봐야 고작 야자수가 그려진 상의와 하얀색 반바지였던 것으로 기억하지만, 한여름에도 일부러 긴팔을 입는 나로서는 그들의 모습이 오랑캐처럼 보였다. (나는 반바지를 거의 혐오하는 수준으로 싫어한다. 언젠가 여기에 대해서도 글을 꼭 쓰고 싶다.) 메뉴판을 본 나는 다시 심기가 불편해졌다. 뿌팟퐁커리를 보고 그랬는지는 잘 기억이 나지 않지만 그에 준하는 여러 생전 처음 보는 한글의 조합들이 있었다. 나는 갑자기 세종대왕에 빙의해서 '이런 오랑캐의 음식을 나에게 먹으란 말이냐' 하는 심정이 되고 말았다. 그러한 난관을 뚫고 간신히 주문한 음식도 나에게는 총체적 난국의 정점이었다. 새우가 놓인 모습도 못마땅하고, 새우가 통통한 것도 못마땅하고, 저거 먹고 나면 배가 부르기나 하려나, 아 빨리 탈출해서 국밥 먹고 싶다, 하고 완전히 입맛을 잃었던 것이다. 그때부터 여자친구가 갑자기 말갈족이나 여진족처럼 보이기 시작했다. 아 저 사람과 나는 안 어울리는구나, 말하자면 뿌팟퐁커리와 나 사이에 흐르는 거대한 강물처럼, 우리는 각자의 방향이 다른 사람이구나, 하고 명확한 선이 그어졌다. 못난 남친 대회에서도 대략 순위권에 들 만한 못나고 못난 사연이다.

이제는 태국이라는 나라가 달나라까지는 아니고 대기권 정도의 거리로 진입한 것 같다. 내가 사랑하는 누군가가 "나 우주 식량 레스토랑에서 저녁에 서빙하기로 했어. 찾아와"라고 해도 즐겁게 찾아갈 만한 마음의 여유도 생겼다. 그러나 나는 여전히 못난 사람이다. 언뜻 이름을 듣거나 모습을 보거나 하는 것만으로 무작정 '나와는 어울리지 않을 거야'라면서 거리를 둔, 혹은 혐오해 온 여러 대상들이 있다. 그것이 고작 음식이라면 다행이지만 언젠가는 사람이었을 것이고, 나와 반드시 연결되었어야만 했을 무엇일지도 모른다.

언젠가, 그 뿌팟퐁커리들을 나의 진정한 친구로 끌어안아야만 한다. 그래야 지금과는 완전히 다른, 조금은 더 좋은 사람이 될 수 있을 것이기 때문이다. 우선은 다이어트를 마무리하는 대로 아직도 먹어보지 못한 짤라를 먹으러 가야겠다. 이 글을 읽고 있을 당신과 함께 갈 수 있으면 더 좋겠다.

민섭_짤라를 참기름장에 푹 찍어 반쯤 먹다가 소주를 한 잔 마시고 김치찌개를 한 숟갈 조신하게 떠 마시고 나면, 아 오늘 하루는 여기에서 '짜르고' 많이 먹고 마셔야지, 하는 마음이 될 것 같습니다.

김혼비

뿌팟퐁커리의 기쁨과 슬픔

나에게 뿌팟퐁커리는 겹벚꽃 같은 것이다(써 놓고 보니 어쩐지 단어 생김새도 'ㅂ'과 'ㅍ'이 겹겹으로 피어난 겹벚꽃 같아서 좀 반갑다). 뿌팟퐁커리를 먹을 때마다 어김없이 한데 겹쳐져 떠오르는 두 사람이, 따뜻한 봄날에 길가에서 마주치는 벚꽃과 무척 닮은 존재들이어서 그럴 것이다. 대개의 봄꽃들이 보는 것만으로도 가슴 한가득 달콤한 설렘을 안겨 준다면, 그중에서도 벚꽃은 유독 아스라하게 달콤하고 아스라하게 설렌다. 지금 꽃을 보며 느끼는 이 황홀이 저 머나먼 과거 어딘가에서 떠내려온 것만 같고, 달콤하고 설레는 감정의 테두리에는 늘 적적한 그리움이 배어 있다. 그들은 나에게 이런 심상을 불러일으키는 사람들이다.

벚꽃 1: 기쁨

V는 2000년대 초반 미국에서 만난 태국인 친구이다. 모임에서 그를 처음 소개받았을 때에는 우리가 그렇게 친해질지, 각자의 나라로 헤어진 이후에도 바다를 건너 몇 번을 더 만나고 20년 남짓 연락을 이어갈지 상상도 못 했다. 그도 나도 누군가에게 곁을 쉽게 내어 주는 편이 아니었고, 서로가 그렇다는 것을 단번에 알아봤기에 친하면서도 신중하게 선을 지켰기 때문이다. 선을 넘은 건 나였다. 당시 나를 괴롭히던 고민거리를 털어 보고자 늦은 밤에 무작정 걷다가 V의 집 근처에 닿았고, 창문 너머로 분주히 왔다 갔다 하는 V의 실루엣을 보자마자 문득 그가 보고 싶어져 무작정 초인종을 눌렀던 것이다. 놀라서 문을 연 V는 뭔가 심상치 않은 일이 내 안에서 벌어지고 있다는 걸 눈치 빠르게 알아챘고 "저녁도 아직 못 먹었지? 마침 요리하던 중이었는데 같이 먹자"라며 식탁을 차리고 맥주를 꺼내 왔다.

생전 처음 보는 음식 세 가지가 지독히 낯선 향을 풍기며 식탁에 올려졌다. 그때까지 나는 동남아의 다른 나라 음식을 먹어 본 적이 없었다. 베트남 쌀국수니, 인도네시아 미고랭이니, 말레이시아 락사 같은 걸 먹게 된 건 그로부터도 몇 년 후였다. V가 음식을 차례대로 가리키며 소개해 줬는데, 똠양꿍(가장 유명한 태국 음식이지만 그땐 그렇게 대중적인 음식인 줄도 몰랐다), 얌카이다우(계란과 새우를 넣고 태국식 소스를 뿌린 샐러드), 쁠라떳(태국식 생선구이) 같은 이름이 V

의 입에서 그가 태국어를 쓸 때마다 섞여 들곤 하는 특유의 비음과 함께 굴러 나올 때마다 기분이 좋아졌다. 하나하나 따라서 발음하다 보니, 살면서 한 번도 써 보지 않았던 방식으로 혀가 구부러졌다가 입천장과 만나는 느낌이, 살면서 한 번도 내보지 않았던 높이의 음을 넘나들다가 꺾는 느낌이 새로워서 더욱 기분이 좋아졌다. 내 발음을 흐뭇한 얼굴로 들으며 잘한다 잘한다 하다가도 "그럼 나 태국에서 이렇게 주문하면 다들 알아들을까?"라고 물으면 "nope"이라고 단호하게 답하는 V가 좋았다.

그날 우리는 밤을 꼬박 새우며 아홉 시간 넘게 이야기를 했다. V도 마침 마음이 굉장히 힘들던 와중이었다고, "그래서 시내까지 나가서 태국 마켓에서 재료들을 잔뜩 사 온 거야. 늘 이렇게 요리해 먹지는 않아"라며 자신의 고민들을 하나하나 털어놓았다. 한참 시간이 흐른 후에도 우리는 가끔 그날을 함께 추억하곤 했는데 그럴 때마다 여전히 믿기 힘들다는 듯 고개를 절레절레 흔들었다. 내밀한 속엣이야기를 여간해서는 남에게 꺼내지 않는 우리의 성향, 평소 우리가 서로를 대하던 격의 '있는' 태도, 자기 집에 타인을 잘 들이지 않고 타인의 집에도 잘 가지 않는 우리의 원칙을 생각해 보면 참으로 있기 힘든 날이었고, 그래서 절대 잊기 힘든 날이었다. 너무 기습적으로 만난 데다가, V는 아무도 밟지 않은 눈밭 위에 첫 발자국을 찍는 것처럼 누군가의 인생에 첫 태국 요리로 기록될 음식을 선보인다는 것에 좀 흥분해 있어서, 나는 그 지독히도 이질적인 음식들에서 평소에 나와 별 차이를 느끼지 못했던 V가 사실 전혀 다른 세상에서 살아온 사람이라는 새삼스러운 실감과 함께 그런 우리가 어떻게 여기서 이렇게 만났을까라는 아련한 기분에 젖어 있어서, 둘 다 한껏 말랑말랑해진 상태로 사회적 가드를 잠시 내려놨던 것 같다. 그렇게 V가 삶에 들어왔다.

그날 이후 V의 집에서 종종 만난 태국 음식의 세계는 놀라웠다. 고수를 비롯한 각종 향신료, 피시소스를 비롯한 각종 소스, 그것들을 넣어 볶고 튀기고 무쳐서 만든 모든 음식이 내 미뢰들이 꿈꿔왔던 맛들을 그대로 구현해 낸 것 같았고 아무리 먹어도 질리지 않았다. 먹을 때마다 설렜고 먹다 보면 온갖 이야기들이 혀끝에서 줄줄 흘러나왔다. 밤새 먹고 마시고 이야기하고 같이 영화나 무에타이 영상을 봤던 그 시간들. 그날, 이래도 될까, 조금 떨리는 마음으로 초인종을 눌렀던 그 순간 열린 커다란 세계. V의 집 초인종 앞에서 나는 늘 단단한 기쁨을 느꼈다.

벚꽃 2: 슬픔

그로부터 몇 년 후, 나는 일본에서 일을 하고 있었다. 7개월로 예정된 근무였다. 회사에서 유일한 외국인이라고 동료들이 살뜰히 챙겨 줘서 일본 생활에 금세 적응했다. 그룹의 리더 격인 K 덕분이었다. 그가 늘 내가 겉돌지 않게 세심하게 신경 썼기 때문이다. 그가 나를 좋아한다는 건 슬쩍슬쩍 그의 마음을 전해 준 동료들이 아니어도 진작 알고 있었다. 나도 K를 주의 깊게 지켜보고 있었으니까. 처음 만난 순간부터. 그는 영어가, 나는 일본어가 서툴러서 우리가 나누는 대화는 외국어 회화책에 나오는 피상적인 수준에 그칠 뿐이었지만, 어쩌다 그가 나를 바라보는 눈빛을 보면 조그만 힘이 손에 쥐어지는 것 같았다. 누군가에게 사랑받고 있다는 걸 확인할 수 있는 눈빛이었다. 두 사람을 감싸곤 했던 어떤 설렘과 긴장이 일상을 조금씩 방해하는 정도에 이르렀을 때 나는 당시에도 일주일에 한 번쯤 메신저로 대화를 나누곤 했던 V에게 SOS를 쳤다. 나 사실 좋아하는 사람이 생겼는데 어떡해야 할지 모르겠어!

V는 K가 어떤 사람인지 무척 궁금해했다. 나 역시 K가 어떤 사람인지 V에게 정확히 알려 주고 싶어 안달이 나 있었다. 정확히 설명하기 쉽지 않은 유형이었다. 이목구비가 또렷하다 못해 진하게 생긴 한국의 70~80년대 미남형 얼굴에 저음의 목소리가 겹쳐 살짝 느끼한 타입이었는데, 본인도 자신이 그렇다는 걸 잘 알고 있어서 약간의 과장이 섞인 제스처를 더해 '느끼한 남자' 연기를 천연덕스럽게 하는 것으로 곧잘 사람들을 웃기곤 했다. 싫거나 부담스럽지 않은, 유쾌하고 부드러운 느끼함은 사람들에게 어필하는 매력이 될 수 있다는 걸 K를 보고 처음 알았다. 문제는 이 '느끼함'의 미묘한 뉘앙스를 영어로 전달하기가 어려웠다. V가 'cheesy'라는 단어를 제시했지만 나는 그 단어에 함께 묻어 있는 '유치하다' '가식적이다'의 뉘앙스가 싫었고, 그렇다고 'oily'는 너무 번들번들한 느낌이

었다. 그런 언어의 장벽에 부딪혔을 때 내가 자주 쓰는 방식은 비슷한 성질을 갖고 있는 무언가에 빗대서 설명하는 것이었다. 딱히 비유법을 쓰고 싶지는 않았지만 어휘가 부족하면 어쩔 수 없었다. 그리고 나는 기어이 V가 한 번에 알아들을 만한 표현을 찾아내고야 말았다.

"찾았어! K는 뿌팟퐁커리 타입이야. cheesy도 oily도 아니고 '뿌팟퐁커릴-리'!"

V는 내가 뿌팟퐁커리의 짭조름하고 살짝 맵싸한 맛의 베이스에 섞인 코코넛밀크의 느끼함을 얼마나 사랑하는지, 그 달콤하게 향긋하고 부드러운 느끼함이 얼마나 특별한지, 어쩌면 나보다도 잘 알고 있었기에 "뿌팟퐁커리 같은 위대한 인간이 존재할 수 있다고?"라는 지극히 합당한 의구심을 표하면서도 내 말을 완전히 이해했다. 그리고 조언했다. "너는 곧 본사로 돌아가야 하잖아. 같은 아시아권이면 몰라도 시차도 다른 곳에서, 너희는 의사소통도 잘 안 되는데, 게다가 네 성격에 장거리 연애는 안 맞아, 절대. 미스터 뿌팟퐁은 그냥 놔둬, 네가 일본에 정착할 게 아니면."

어느 날 불쑥 고백한 K 앞에서 쩔쩔맸던 건 꼭 V의 조언 때문만은 아니었다. '사귀고 싶다'라는 의미의 영어 표현을 몰라서, 그렇다고 일본어로 하면 내가 못 알아들을 게 분명해서, 그의 말은 그답지 않게 짧고 직선적이었다. I want to be your boyfriend. 나에게는 이미 답이 있었다. '사귀어서는 안 된다'라는. 물론 나도 그가 정말 좋았다. 사귀어서는 '안 된다'라고 다짐했다는 건, 사귀고 싶다는 말이니까. 하지만 V의 말이 옳았다. 난 3개월 후면 떠나야 했고, 아무리 머리를 굴려 봐도 나에게 예정된 미래는 일본을 벗어날 수 없는 그의 미래와 겹칠 수 없었다. 미래를 기약할 수 없는 깊은 관계를 만들고 싶지 않았다. 쩔쩔맸던 이유는 막상 이 모든 이야기를 일본어로 말하려고 하니 시작부터 막혀서였다. 기약? 관계? 기약할 수 없는 관계? 일본어로 대체 뭐지?

그런 언어의 장벽에 부딪혔을 때 내가 자주 쓰는 또 다른 방식은 쉬운 단어를 조합해서 어떤 예시를 만들어 낸 후 거기에 빗대서 설명하는 것이었다. 딱히 비유법을 쓰고 싶지는 않았지만, 비유가 잘 전달될까 불안했지만, 어쩔 수 없었다. "있잖아. 나는 요즘 전자레인지가 없어서 되게 불편해. 물론 이제라도 사면 되지만 나는 석 달 후면 일본에 없는데 그 석 달 행복하자고 어차피 버리고 갈 비싸고 커다란 물건을 만들고 싶지 않아. 그러니까 너는 전자레인지 같은 거야. 함께하면 석 달 동안 무척 행복하겠지만 결국 남겨 두고 가야 하는데. 그건 너무 힘든 일이 될 거야."

서툰 일본어로 저렇게 말한다고 말했지만 정확히 말한 건지는 지금도 모른다. K의 얼굴에 알 듯 말 듯한 표정이 떠올랐다. 이해할 시간이 필요했는지 한참을 서 있던 그는 그저 알겠다며 돌아섰다. 점심시간은 거의 끝나 있었고 오후 근무를 무슨 정신으로 마쳤는지 모른다. 그날 저녁, 누군가 기숙사 방문을 두드렸다. 열어 보니 K가 서 있었다. 전자레인지를 들고서. "나중에 나 주고 가면 되니까. 석 달이라도 행복했으면 좋겠어"라며 그가 건네는 걸 엉겁결에 받아 드는데 약간 혼란스러웠다. 묻고 싶은 말과 하고 싶은 말들로 순식간에 머리가 가득 찼지만, 이미 돌아갈 채비를 차리는 그에게 고맙다, 잘 쓰겠다, 이런 말들만 겨우 했던 것 같다.

K의 속내를 전해 들은 건 며칠 후였다. 회사 동료이기도 한 K의 룸메이트에게서였다. K는 내가 그의 고백에 대해서는 답을 피하고(그래서 그는 거절이라고 생각했다), 전자레인지가 어떻고 저렇고 다른 이야기만 계속했다며(그는 내가 지나치게 당황해서 딴청 피우는 거라고 생각했다), 술을 잔뜩 사 들고 들어가 실연을 보고했다고 한다. 으이그. 내 이럴 줄 알았지. 뭔가 오해가 있는 것 같더라니. 사실을 바로잡을까 하다가 그만뒀다. K는 이미 전자레인지를 샀고 K와 짧은 연애를 하지 않는 게 좋겠다는 나의 답에는 변함없었으니까. 하지만 그 후로 전자레인지를 돌릴 때마다 생각했다. 만약 내가 좀 더 잘 설명했더라면, 내 비유가 잘 전달됐더라면, 그가 전자레인지를 주면서 "석 달이라도 우리도 함께 행복했으면 좋겠어"라고 비유를 비유로 받아치며 한 번 더 사귀자고 말했더라면, 우리는 어떻게 됐을까? 전자레인지 덕에 편하면 편할수록 내가 지레 포기하고 만 우리의 특별한 석 달이 자꾸 생각났다. 그렇게 석 달이 두 달이 되고

두 달이 일주일이 될 때까지 생각만 하다가 일본 생활은 끝이 났다. 전자레인지 앞에서 나는 늘 조용히 슬펐다.

혼비_요즘 V는 친환경 제품을 만드는 사업을 시작해서 인생 최고로 바쁜 날들을 보내고 있습니다. 소식을 알 수 없는 나의 미스터 뿌팟퐁도 일본 어딘가에서 잘 지내고 있기를.

남궁인

나의 진정한 친구 뿌팟퐁 그는 누구인가

2008년 여름 나는 의과대학 졸업반이었다. 학교를 다닐 만큼 다녔고 놀 만큼 놀았던 참이었다. 의대생 시절 나의 모토는 '의대생이 하지 않을 것은 모조리 다 해 보자'였다. 이미 대륙 횡단을 세 번 다녀왔고 중국에 어학연수도 갔으며 국토대장정도 마쳤고 각종 아르바이트를 섭렵하며 나름대로 시까지 쓰고 있던 좌충우돌 졸업반이었다. 알다시피 이 중 하나만 건드려도 이번 글은 훌쩍 지나간다. 다시 그해로 돌아와서, 나는 지금까지 쌓아 온 업적을 정리하는 또 다른 여행이 필요하다고 느꼈다. 어떻게 하면 더 최종적으로 재미있게 놀까 궁리하고 있었다는 뜻이다.

마지막 4주간의 방학이 남았다. 개강하면 본격적으로 국가고시를 준비하고 의사가 되는 길뿐이었다. 나는 마지막 여행지를 궁리했다. 그곳은 무난하게, 동남아였다. 대신 이 원정은 그동안 모든 여행의 노하우를 모아 방랑을 정리하는 여정이 되리라고 생각했다. 또한 나는 앞으로 5년간의 지옥 같은 수련을 받아야 했다. 긴 여행을 다시 꿈꾸기는 어려웠다. 위대한 마지막 여정이 눈앞에 있었다.

방콕 공항은 더웠다. 여름이라 그렇게 더울 수가 없었다. 일단, 카오산에서 가장 사람 많은 게스트하우스를 잡았다. 그동안 여행계에서 많은 업적을 쌓았으니, 게스트하우스 로비에만 나가도 선지자가 강림한 듯 환대받을 것 같았다. 하지만 그건 그냥 내 생각이었다. 덥기만 하고 별다른 일은 일어나지 않았다. 북적이는 곳에 나가 혼자 맥주나 홀짝이다 돌아왔다. 실상 나는 완벽한 이방인이었고 크게 매력 있어 보이지도 않았다. 사람들이 나랑 놀아 줄 이유가 전혀 없었다. 그동안 너무 치열하게 사람 없는 곳만 다녀서, 막상 사람 많은 곳은 오히려 외롭기만 하다는 사실을 간과했던 것이다.

하지만 마지막 휴가였고(라고 그땐 생각했고), 어떻게 해서든 특별한 일을 만들어서 가야 했다. 못 노는 나를 인정하고 싶지도 않았다. 그때, 카오산의 한 가게가 눈에 띄었다. 카오산은 여행의 수도답게 여행자를 위한 가게가 많았다. 타투숍부터 헌 가방이나 가이드북을 파는 숍, 10분이면 가짜 국제 학생증을 만들어 주는 숍 따위가 줄지어 있었다. 그중 거리에서 머리를 볶아 주는 가게가 있었다. 몇만 원만 내면 허리까지 치렁거리는 레게 머리를 붙일 수도 있었다. 바로 저거였다. 내 떨어진 자존감과 외로움을 전복시킬 수 있는 기회다. 저거라면 나는 핵인싸가 된다. 나는 핵인싸로 다시 태어난다.

그리하여 나는 대낮 카오산 로드에 앉아 레게 머리를 붙이기 시작했다. 날씨는 더웠고 사람들은 흘깃거렸다. 그 시선이 벌써 주목받는 것 같았다. 미용사들은 내 머리의 구획을 나눈 다음, 가짜 머리를 놓고 송곳 같은 도구로 엉키게 만들어 붙였다. 결국 몇 시간이 걸려 허리까지 오는 검은 머리 서른 가닥과 하얀 머리 두 가닥을 붙이고 레게 전사가 되어 돌아왔다. 그리고 찬찬히 거울을 보았다. 비열한 표정과 오래도록 면도를 안 한 더러운 인상과 현지인이라고 해도 믿을 만한 피부결이 지금 봐도 밥상을 찰 정도로 삭은 모습이었다. 놀라웠다. 그를 필경 다른 존재로 불러야 했다. 그렇다. 그가 바로, 태국에서 태어난 낢쿵캭뿌팟퐁인 것이다.

이렇게 주제어가 훅 들어온다고? 나도 방금 써놓고 조금 놀랐다. 하여간 그 시절의 낢쿵캭뿌팟퐁은 참빗을 하나 사서 〈날아라 슈퍼보드〉의 손오공처럼 두피를 덕덕 긁으며 히피의 삶을 살기 시작했다. 그는 그 꼴로 치앙마이를 거쳐 히피의 도시 빠이에 도착해, 오토바이를 장기 렌트하고 온갖 인간들과 교류했다. 생활상이란 게 대낮부터 맥주병을 들고 100미터 정도 되는 시내를 하릴없이 10회 정도 왕복하면서, 거친 눈빛과 불안한 마음으로 사람들을 쏘아보며 다니는 것이었다. 빠이 외곽의 한 방갈로에서 진짜 비렁뱅이처럼 기거하던 그 ssul은 또 풀어 낼 날이 오리라.

한참 태국에서 잘 나가던 낢쿵캵뿌팟퐁은 학사 일정 문제로 해외 생활을 청산했다. 금의환향이었다. 아들을 키우며 겪을 수 있는 고난을 다 겪었다고 느꼈던 어머니는 꼴을 보고 또 한 차례 크게 한숨을 쉬었다. 일단 나는 화장실에서 머리를 감았다. H.O.T 시절 문희준이 레게 머리 감았던 ssul 그대로 대야에 맹물을 받아 놓고 머리를 거꾸로 첨벙첨벙 넣어 헹군 다음, 다시 대야에 물을 받아 샴푸를 풀어 놓고 머리를 거꾸로 첨벙첨벙 넣어 감고, 또다시 대야에 맹물을 받아 놓고 머리를 거꾸로 첨벙첨벙 넣어 헹궜다. 그리고 한숨 잤다. 무심코 방문을 열어 본 어머니가 그 모습을 보고 한마디하셨다. "내가 에일리언 새끼를 낳았나 했어."

그는 이제 학교에 갔다. 개강 날 수업은 은퇴한 노교수님이 진행하고 있었다. 그는 언제나처럼 학교에 늦었고, 언제나처럼 강의실은 뒷자리부터 찼다. 수업 시작 후 5분이 지난 강의실에는 앞자리밖에 남아 있지 않았다. 자연스럽게 그는 앞으로 들어갔다. 낢쿵캵뿌팟퐁의 꼬라지가 시야에 들어오기 시작한 친구들은 뒷자리부터 야구장 파도타기 응원하듯 큰 소리로 폭소를 터뜨리기 시작했다. 노교수님은 자기의 위트가 인상적인 줄 알고 "아 역시 이게 조금 재미있는 얘기죠"라고 했다가, 자신의 역량으로 나올 수 없는 반응이라는 것을 깨닫고 주위를 둘러보다 낢쿵캵뿌팟퐁과 눈이 마주쳤다. 그리고 그 역시 파도타기의 일원이 되어 폭소를 터뜨렸다. 오랜 의대 교수 생활에서 처음 보는 학생이었을 것이다. 그는 노교수의 위엄과 아량을 간신히 되찾고서 말했다. "용기 있는 학생에게 박수를." 그 말에 다들 크게 박수를 쳤다. 당시 태어나서 가장 크게 받은 박수였다.

이후 그는 미국의 농구선수 앨런 아이버슨과 헤어스타일이 비슷하다는 이유로 교내 농구 대회에 출전해 슛을 하나 쏘고 교체되었는데, 팀이 우승하는 바람에 대표로 우승 팻말을 들고 사진을 찍거나, 생전 안 가 보던 클럽에 가서 "힙합 하나 봐" 소리를 듣거나, 괜히 사진기를 들고 다니면서 "사진사인가 봐"라는 소리를 듣거나, 괜히 기타를 들고 다니며 "진짜 저 친구는 음악 제대로 하나 봐" 같은 소리를 들었다. 뭘 해도 예체능 계열 전문가로 보이는 유쾌한 꼴이었다. 하지만 졸업 사진 촬영날이 다가오자 그는 본래 모습으로 돌아갈 수밖에 없었다. 아무래도 그에겐 미래도 중요했던 것이다. 그래서 그는 집에 앉아 머리를 뽑기 시작했다. 여기서 레게 머리는 뽑으면 바로 뽑힌다는 사실! 이렇게 그는 간단히 남궁인으로 돌아왔다. 그 흔적을 몽땅 버리고자 하셨던 어머니의 커다란 염원에도 불구하고 그의 하얀 머리칼은 아직 내가 간직하고 있다. 그런데 그거 어디다 뒀더라.

그렇게 '나의 진정한 친구, 뿌팟퐁커리'의 여정은 마무리된다. 사실 뿌팟퐁커리는 두 번밖에 안 먹어 봤고, 심지어 태국에서는 맛

본 적도 없다. 하지만 그가 나의 진정한 친구였다는 것만큼은 진실되다. 영원히 그는 내 마음속에 남아 있으리.

남궁_ 이 책으로 제 글을 처음 보신 분이 있을 겁니다. 그분들이 낢쿵캭뿌팍퐁이라는 자가 오랜 방랑을 마치고 남궁인으로 돌아와 어떤 글을 써서 출판했는지 본다면, 아마 이 글보다도 더 큰 충격을 받으실 겁니다.

문보영

뿌

뇌이쉬르마른은 '나의 진정한 친구 뿌팟퐁커리'에 관한 글을 써야 한다. 그런데 순수한 '뿌팟퐁커리'가 아니라 '나의 진정한 친구 뿌팟퐁커리'에 대해 써야 한다. 이중 주제가 주어진 셈이다. 어쩌지, 뇌이쉬르마른은 이중 주제에 약한데. 게다가 나의 '진정한 친구'와 '뿌팟퐁커리'에 대해 쓰면 되는 게 아니라 나의 진정한 친구'인' 뿌팟퐁커리에 대해 써야 한다. 그러니까 뇌이쉬르마른은 빠른 시간 안에 뿌팟퐁커리와 진정한 친구가 되어야 한다. 그런데 어쩌지… 뇌이쉬르마른은 진정한 친구에 약한데.

뇌이쉬르마른은 뿌팟퐁커리를 먹어 본 적이 없어서 할 말이 없는데, 뿌팟퐁커리를 사 먹지 않고 글을 쓰고 싶다. 그래야 돈이 굳기 때문에. 몇 년 전에, 뇌이쉬르마른은 학교에서 시 수업을 들었다. 합평 수업이었고 교수가 매주 주제를 던져 주었다. 교수는 본인이 좋아하는 음식을 주제로 내주었다. 순대, 삼계탕, 꼴뚜기무침 등이었다. 그래서 첫날, 뇌이쉬르마른은 순대 시를 쓰기 위해 순대를 사 먹었다. 순대를 젓가락으로 찔러 보고, 맛을 보고, 냄새를 맡고, 쓰다듬어 보았다. 그다음엔 삼계탕 시를 쓰기 위해 삼계탕을 먹으러 갔다. 삼계탕의 구조를 살피고, 맛을 음미하고, 관찰했다. 그다음엔 꼴뚜기 시를 쓰기 위해 꼴뚜기를 뒤집어 보고 핥아 보고 냄새를 맡았다. 그러자 음식의 외양을 묘사하거나 맛을 찬양하는, 그러니까 교수님의 식욕 증진을 위한 헌정 시 같은 게 나왔다. 뇌이쉬르마른은 머리를 싸맸다. 뇌이쉬르마른은 생각했다. '혹시 내가 순대 시를 쓰려고 순대를 만나러 가서 순대가 기분이 나빴나.' 그러니 뿌팟퐁커리를 만나러 가면 뿌팟퐁커리도 기분이 나빠서 도망갈지도 모른다고 뇌이쉬르마른은 염려한다. 뇌이쉬르마른의 인간관계는 늘 이딴 식이었다. 다가가면 도망가는 구조였다. 그래서 다가가는 것을 멈추고, 뿌팟퐁커리가 와 주기를 기다리는 쪽이 빨랐다. 그런데 뿌팟퐁커리는 오늘 안에 뇌이쉬르마른을 찾아올 것인가.

뇌이쉬르마른은 길을 걷다가 "뿌팟퐁커리"라고 열 번 중얼거려보았다. 그러자 왠지 뿌팟퐁커리와 진정한 친구가 되기는 어려울 것 같았다. 친구가 되기엔 뿌팟퐁커리는 이름이 너무 길고 복잡했다. 잘못 쓰면 '푸빳뽕커리' '뿌찻퐁커리' '뿌빳뽕뽀뻬' 따위가 되었다. 머지않아 뿌팟퐁커리의 쌍비읍에 홀린 뇌이쉬르마른은 본인의 이름을 "뾔삐쀠쁘빠른" 하고 불러 보았다. 그러자 엄마를 '뻠빠'라고 부르고 싶고 구름을 '뿌뿜'이라고 부르고 싶고 꽃을 '뽗'이라 부르고 싶었다. 모든 초성을 ㅃ으로 바꾸어 뿌쁘뼌(부르면) 뻬빵(세상)이 덜 삔삐(진지)해질 거라고 뇌이쉬르마른은 잠시 생각했다.

아주 옛날 옛적, 뇌이쉬르마른도 학교를 다닌 적이 있다. 학교에서는 받아쓰기란 것을 했다. 늘 빵점이었다. 뇌이쉬르마른는 이해되지 않았다. 남이 하는 말을 그대로 옮겨 쓰는 일을 연습해야 한다는 게.

선생님이 문장을 읽었다.

- 쌀과 옷을 나누어 주었지요

- 신기한 맷돌이 있다는 거 아니?

- 공룡 모양의 솜사탕 달콤하다

- 그 이야기를 엿듣던 도둑은

- 엄마 품에 푹 안길 만큼

- 마음이 설렜다

모두 다르게 들어도 같은 문장을 써내야 했다. 뇌이쉬르마른은 자꾸 다른 말이 들려서 슬펐다. 뇌이쉬르마른은 자신이 진짜로 들은 말은 숨기고 친구들이 들은 것을 자신도 들은 척했다. 받아쓰기는 모두가 같은 것을 들었음을 확인하고, 다른 것을 듣는 이를 내치는 무서운 사회화였다.

그러나 우리의 뇌이쉬르마른, ㅃ에는 강세를 보였다. 왜냐하면 ㅃ은 언제 들어도 사랑스러우므로. 그녀가 아기였을 때, 엄마는 뇌이쉬르마른에게 한글을 가르쳐 주었고, 뇌이쉬르마른은 엄마와 한글 공부하는 시간을 사랑했다. 뇌이쉬르마른, 엄마의 무릎에 앉아 한글 학습 교재 『기적의 한글 학습 5권-쌍자음과 한글을 예쁘게 쓰는 순서』(만 4세 이상)를 폈다. 기적의 한글 학습법에서 쌍자음 ㅃ은 31단계에 해당하는데, 인기 자음 ㄸ과 쌍벽을 이루었다. ㄸ에게는 '똥'이 있고 ㅃ에게는 '뿡'이 있으므로. 한글 자모 30단계에서 뇌이쉬르마른은 엄마의 입모양을 따라 '똥'을 직접 발음하고 '똥'을 따라 써보며 '똥'에 관한 자신감을 얻었다. 그리고 한글 자모 31단계에서 뇌이쉬르마른은 엄마의 입모양을 따라 '뿡'을 발음해 보고 '뿡'을 직접 써 보며 방귀 소리에 대한 자신감을 얻을 수 있었다. 뇌이쉬르마른은 엄마와 함께 공부하는 한, 똥과 방귀에 대한 자신감을 잃지 않을 수 있었다.

뇌이쉬르마른, 엄마 무릎에 앉아 다음 장을 넘긴다. 쌍자음 ㅃ과 모음을 합하여 음절을 만들고 받침을 붙이는 연습을 하고 빈칸에 글자 스티커도 붙여 본다.

뇌이쉬르마른은 엄마가 부르는 단어를 받아쓴다.

엄마: '빵점' 써봐

뇌이쉬르마른: (빵점이라고 쓴다)

그러자 엄마는 맨 아래칸 나무 모양 빈칸에 "100점"이라고 써 준다.

빵점인데 100점인 상황은 엄마라는 사랑이야, 뇌이쉬르마른은 빵점과 백 점을 엄마와 연결 지어 기억하게 된다. 그래서 사는 동안, 빵점을 맞아도 엄마 생각이 났고, 100점을 맞아도 엄마 생각이 났다. 그러니까, 빵점을 받아쓰고 100점을 받았던 뇌이쉬르마른은, 자신이 받아쓰기를 잘한다고 굳게 믿었다. 그래…. 뇌이쉬르마른은 사랑하는 이의 말만 받아쓸 줄 아는 사랑 머저리였다. 그러나 학교에 간 뇌이쉬르마른은….

보영_돈 굳었어요.

오은

푸와 팟과 퐁과 커리, 커리, 커리…

글을 쓰기 전 가장 먼저 하는 일은 표준국어대사전에서 해당 단어를 찾아보는 것이다. 셸리의 요청에 따라 작가들이 매주 돌아가며 주제어를 제시하고 있는데, 그 덕분에 나는 지금까지 고양이, 작가, 친구, 방에 대해 조금 더 알게 되었다.

이를테면 고양이가 원래 아프리카의 리비아살쾡이를 길들인 동물이라는 점, 발톱을 자유롭게 감추거나 드러낼 수 있다는 사실에 대해 처음 알았다. 북한에서는 고양이가 '숨바꼭질에서 숨은 쪽을 찾는 아이'를 뜻한다고 하는데, 오히려 숨는 쪽에 더욱 걸맞은 게 아닐까 생각하기도 했다.

남궁인 작가가 고른 주제어는 '나의 진정한 친구 뿌팟퐁커리'다. 주제어를 보자마자 웃음이 났다가 그 웃음이 곧 헛웃음이 되었다. '대체 어떤 글을 쓸 수 있을까'란 걱정은 '과연 글을 쓸 수나 있을까'란 고뇌로 변모했다. 헛웃음에서조차 웃음기가 사라지고 말았다.

뿌팟퐁커리면 뿌팟퐁커리지, 거기에 왜 '나의 진정한 친구'란 수식어가 붙을까. 뿌팟퐁커리를 좋아하지 않더라도 친구라고 생각하고 글을 써야 하나, 거기에 '진정한' 친구라고 하면 뭔가가 더 있어야 할 텐데 말이야, 친구는 이미 주제어로 나왔으니 뿌팟퐁커리를 중심에 놓으라는 얘기겠지? 생각은 그칠 줄을 몰랐다. '친구'와 '진정한 친구'를 가르는 기준에까지 가닿았으니까. 별 수 없이 나는 다시 뿌팟퐁커리로 돌아와야만 했다. 승산 없는 백일장 현장으로 복귀한 기분이었다.

일단 평소 하던 대로 표준국어대사전에서 '뿌팟퐁커리'를 찾아보았다. "검색 결과가 없습니다"라는 메시지가 적힌 창이 뜬다. 포기하지 않고 된소리를 거센소리로 바꾸어 검색창에 '푸팟퐁커리'를 적어 넣었다. "껍데기가 얇고 부드러운 게를 튀겨, 채소와 카레가루를 넣고 볶아서 만드는 타이 음식"이라는 설명이 나온다. 이어 "규범 표기는 미확정이다"라는 문장이 덧붙여져 있다. 뜻은 알지만 설명할 길이 없음을 한탄하게 만드는 단어, 미확정. 이 글은 끝날 때까지 미확정 상태일 것이다.

지금껏 몇 번 먹어 본 기억만으로는 글을 완성할 자신이 없었다. 내 인생의 결정적 순간에 찾아온 음식이 아닐뿐더러, 먹자마자 사랑에 빠진 음식은 더더욱 아니기 때문이다. 푸팟퐁커리를 언제 처음 먹었는지도 가물가물하다. 첫사랑에 빠지던 순간처럼, 편집과 가공을 거치면서 실제보다 풋풋하고 아름다워지는 그것처럼. 분명히 존재했으나 진짜 내가 겪은 일이 맞는지, 그때의 그 감정이 감히 표현될 수 있는지 돌이켜 묻게 되는 것처럼.

그러나 한 가지 감각만은 분명하다. 당시 우리는 돈이 없었다. 방과 후 그는 패밀리 레스토랑에서, 나는 보습 학원에서 일을 했는데, 아르바이트를 마치는 시각이 달라 문자로 마음을 주고받을 수밖에 없었다. 그 마음은 대개 점장에 대한 불만, 원장에 대한 불평, 손님이 가져다준 불쾌감, 학생들 사이의 불화 등 울퉁불퉁하거나 뾰족한 것이었다. 피로한 몸과 예민한 마음 상태로 서로에 대해 더 잘 알기 위해 질문을 던지기도 했다. 서툰 방식이었다. 나를 드러내려다 단점을 들키고 마는 경우도 많았다.

어느 날, 우리는 사이좋게 아르바이트를 그만두었다. '모을 만큼 모았다'가 아니라 '버틸 만큼 버텼다'에 가까운 심정이었다. 문자로 할 말은 참 많았는데 정작 만나고 나니 할 말이 별로 없었다. 어느새 우리는 만나자마자 "오늘은 뭐 먹지?"라고 묻는 사이가 되었다. '뭐' 앞에는 '또'나 '대체'가 생략되어 있었는데, 그 때문에 설렘보다는 지겨움을 불러일으키는 질문이었다. 만날 생각에 좋았는데, 만나고 돌아오는 길에는 배가 불렀다. 배만 불렀다.

"월화수목금에 1음절부터 5음절로 된 음식을 차례로 먹는 거야. 토요일에도 보게 되면 6음절 음식을, 일요일에도 함께하게 되면

7음절 음식을 먹는 거지.” 어느 날 애인이 이런 제안을 해 왔다. 이별 통보만큼 강력한 특단의 조치였다. 사랑하는 사이는 매일같이 봐야 한다고 알고 있었다. 매일 만나야 한다면, 그리고 “뭐 먹지?”라는 물음으로 대화를 시작하는 관계라면, 먹을 것을 정하는 것이야말로 데이트의 성패를 결정하는 요소일 것이다.

월요일에는 죽을, 화요일에는 김밥을 먹었다. 수요일에는 3음절 음식인 파스타를 먹었다. 쿠폰을 모으는 일처럼 아기자기하게 느껴지기도 했지만, 벌써부터 다가올 일요일이 두려웠다. 일곱 글자로 된 음식이 뭐가 있을지 버스에서 지하철에서 생각하고 있었다. 4음절 음식을 먹기로 한 날, 스파게티를 말했다가 그것이 어제 먹은 파스타의 한 종류라는 말을 듣고 얼굴을 붉히기도 했다. 패밀리 레스토랑에서 일한 경력을 결코 무시할 수 없었다.

5음절 음식을 먹기로 한 금요일이었다. 오후에 카페에서 만났는데, 대화는 자연스럽게 저녁을 뭐 먹을지에 대한 것으로 좁혀졌다. “고르곤졸라 어때?” 그날 아침에 떠오른 단어였다. “고르곤졸라는 치즈잖아. 음식이라기보다는 식재료에 가깝지.” 이틀 연속 얼굴이 빨개지고 말았다. 애인의 제안대로 우리는 푸팟퐁커리를 먹으러 이동했다. 그가 일하던 패밀리 레스토랑이었다. 커리 말고는 아는 게 없었다. 푸가 뭔지, 팟이 뭔지, 퐁이 뭔지 물어볼 엄두조차 나지 않았다. 집에 돌아오는 길에는 어김없이 배가 불렀지만 가슴은 허했다.

토요일에는 '토루코 라이스'를, 일요일에는 '고르곤졸라 피자'를 먹었다. 고르곤졸라 피자를 먹는데 갑자기 목이 멨다. 식재료가 요리가 되기 위해 필요한 것들이 하나둘 떠오르기 시작했다. 호감이 사랑이 되는 데, 친구가 연인이 되는 데에도 뭔가가 더 필요할 것이다. 더 필요한 것은 알겠는데, 그것이 뭔지 몰라서 그도 나도 힘든 시기였다. 우리 둘 다 게가 들어가지 않은 푸팟퐁커리 같았다.

오은_어떤 글은 머릿속에 돌이 쌓이듯 쓰인다. 그러나 아무리 머리를 굴려도 탑을 세울 수 없을 때는 돌무더기를 만드는 수밖에. 그것이 돌탑이 될지 돌무덤이 될지 모르지만, 게가 들어가지 않은 푸팟퐁커리보다는 나을 것이다. 돌무더기 속에는 적어도 돌이 있으니까.

이은정

혹시, 뿌팟퐁커리를 아세요?

지금은 비 내리는 새벽이다. 잠이 들었다가 깼다. 깨자마자 '뿌팟퐁커리'가 떠올랐다. 나는 이 단어를 일주일째 중얼거리는 중이다. 더 자야 하는데 더 잘 수가 없다. 뿌팟퐁커리 때문이다. 컴퓨터를 부팅한다. 아직 마감일이 많이 남아 있지만 뿌팟퐁커리라면 시간은 의미 없다. 그냥 쓰자. 어차피 편한 에세이를 쓰라고 했으니까 편해 보자. 비는 계속 내리고 나는 커피를 마신다. 아무래도 편해지지는 않을 모양이다.

뿌팟퐁커리를 주제로 선정한 작가에 대해 생각한다. 정확한 주제는 '언젠가, 나의 진정한 친구 뿌팟퐁커리'다. 진정한 친구…. 나보다 어리고 멋지고 글도 잘 쓰고 팬도 많은 그는 왜 하필 뿌팟퐁커리를 선택했을까. 나이도 많고 필력도 허접스러운 나에게 왜 이런 시련을 주는 것일까. 그는 뿌팟퐁커리를 얼마나 먹어 봤을까. 어떻게 진정한 친구가 되었을까. 내내 오직 그의 글만 기다려질 것 같다. 재미없기만 해 봐라! 분명히 재미있겠지만.

자, 다시 뿌팟퐁커리에 대해 생각한다. 20년 넘게 글을 쓰면서 다져 온 나의 검색 파워로 그간 많은 검색을 했다. 사진과 동영상도 지겹도록 보았다. 이제는 먹어 보지 않았어도 대충 어떤 음식인지 먹어 본 것처럼 사기 칠 수 있는 상태가 되었다. 내가 메모한 내용은 대충 이렇다.

뿌팟퐁커리 pu phat phong curry

- 부드러운 게를 튀겨, 카레 가루를 넣고 볶아서 만드는 태국 음식
- 절대 놓치지 말아야 할 외국 요리 중 하나
- 카레를 싫어하는 사람들도 좋아할 핵맛
- 백종원

태국에 가 보긴 했다. 근데 뿌팟퐁커리를 먹어 보진 않았다. 가이드는 왜 그걸 추천해 주지 않았을까. 이게 다 가이드 때문이다. 그는 사명감을 갖고 '절대 놓치지 말아야 할 핵맛 요리'인 뿌팟퐁커리를 내게 권했어야 했다. 그때 먹어 봤다면 지금 나는 얼마나 코웃음 치면서 이 글을 쓰고 있을까. 아니다. 이건 다 코로나 바이러스 때문이다. 그것만 아니었어도 바로 태국으로 날아가 뿌팟퐁커리를 씹어

먹고 왔을 것이다. 아니다. 무엇보다 이건 태국 셰프들의 잘못이다. 그냥 먹어도 맛있는 카레에 게를 집어넣고 어려운 이름을 달아서 사람들을 현혹했다.

내가 고작 책상 앞에 앉아서 검색만 한 것은 아니다. 사람들을 만날 때마다 물었다. 혹시, 뿌팟퐁커리를 아세요? 이건 마치 이산가족의 슬픔을 노래한 〈누가 이 사람을 모르시나요?〉처럼 애절한 질문이었다. 어떤 에피소드라도 건지길 바라는 간절함이었다. "혹시, 뿌팟퐁커리를 아세요?" 마침 산책하다가 만난 이웃집 할머니가 대답했다. 뭐라카노. 여행을 좋아하는 아랫집 언니가 대답했다. 게임이야? 약국에 가서 처방전을 내밀며 물었을 때, 젊은 약사가 대답했다. "뿌ㅍ… 약인가요?"

이 새벽에 드디어 아무 말 대잔치를 시작할 수 있게 된 것은 뿌팟퐁커리를 아무도 몰랐기 때문이었다. 나만 모르는 게 아니야. 나만 안 먹어 본 게 아니야. 나만 발음하기 힘든 게 아니야. 나는 아주 평범한 거야. 그러니까 모른다고 솔직하게 쓰는 거야! 다소 허무한 글이 되어 가고 있고 그런 글을 싫어하는 나인데도 어쩔 수가 없다. 모를 때는 모른다고 말하고 배 째는 게 낫다. 나이 먹으니 배짱만 는다.

두어 시간 자다가 깬 새벽에, 팔랑팔랑 봄비가 내리는 3월에 나는 이러고 있다. 지금 나는 무슨 글을 쓰고 있는 걸까. 자괴감이 든다. 나는 맨송맨송한 글을 좋아하지 않는다. 재미있는 스토리가 있거나 문장이 멋지거나 둘 중 하나는 갖추어야 한다고 생각하는 전업 작가다. 그런데 지금 둘 다 갖추지 못한 글을 술주정처럼 주절주절 쓰고 있다. 자고 일어나면 여러 번 이불킥을 할지도 모른다. 어쩌나.

수면 장애가 심한 나는 약 없이 잠들기 힘든데, 지금 약이 떨어졌으니 아마 긴 하루가 될 것 같다. 뿌팟퐁커리가 진정한 친구라는 작가님과 같은 지역에 살고 있다면 책임을 전가하며 수면제 처방이라도 해 달라고 했을 텐데. 작가님과 뿌팟퐁커리는 도대체 얼마나 친한 친구일까. 당분간 열렬한 독자로 지내게 될 것 같다. 나만 이런 게 아니길 바라며. 연대할 작가님들을 기대하며. 누구라도 뿌팟퐁커리를 몰랐길 바라며.

(2주 후)

마감일이라 '뿌팟퐁커리' 문서 파일을 열었더니 가관이다. 이불킥은 이미 하고 있다. 글을 다시 쓰고 싶지만 이보다 잘 쓸 수는 없을 것 같다. 소설이라도 써 볼까 생각했다. 아마 소설로 써도 비슷할 것이다. 여주인공이 만나는 사람마다 붙잡고 "혹시, 뿌팟퐁커리를 아세요?"라고 집요하게 묻는 소설이 되겠지. 소설 속에 숨어서 뭘 어쩌겠다고. 그래서 2주 전의 글을 수정하지 않는 배짱마저 부려 본다.

은정_뿌팟퐁커리는 아마 죽을 때까지 잊지 못할 단어가 될 것 같아요. 얼마나 멋진 일인가요? 이 어려운 태국 말을 영원히 기억하다니! 사랑하는 조카 희수 양과 함께 꼭 먹어 보겠습니다.

정지우

현실을 잊게 하는

아내는 바다가 무섭다고 했다. 바다를 보고 있으면, 마치 세상 끝의 벽을 마주하고 있는 것 같은 기분이 든다고 했다. 바다는 사람이 살 수 없는 곳이고, 바다의 깊이도, 저 끝없음도 두려움을 느끼게 한다고 했다. 아내와 함께한 지도 몇 년이 지났지만, 비로소 아내가 바다를 두려워하는 느낌을 알 것 같았다. 등 뒤에는 우리가 살아갈 수 있는 땅이, 사람들이 가득한 현실이 있다. 그러나 눈앞에 펼쳐진 망망대해에는 아무도 없다. 인간은 바다 위에 발을 디디고 살 수 없고, 바닷속에서 숨을 쉴 수도 없고, 그곳에서 삶을 펼칠 수도 없다.

우리 앞에는 이곳에 온 뒤로 몇 번이나 마주했던 바다가 놓여 있었다. 지난 2년여 간 아내와 함께 부지런히 이곳 바다를 누리러 왔던 터였다. 아무도 없는 해변을 우리만 거닐었던 적도 있었고, 험한 날씨에 방파제에 차를 세워 두고 차 안에서 파도치는 바다를 바라보기만 한 적도 있었다. 바다가 보이는 작은 집에서 '일주일 살기'를 하기도 했다. 그렇게 자주 바다를 보면서, 아내도 바다를 조금은 사랑하게 된 듯했지만, 여전히 아내에게 바다의 본질적인 느낌은 '두려움'이었다. 반면, 나는 오래전부터 모든 자연 중에 바다를 가장 사랑해 왔다.

나는 바다를 보면, 현실의 걱정들이나 복잡다단한 고민들을 잊고 무척 깨끗하고 시원해지는 기분이라고 말했다. 그저 빛나는 바다를 바라보는 것만으로, 그 너머의 세계를 상상하게 되고, 어쩐지 수평선을 향해 끝없이 달려가고 싶고, 무한히 펼쳐진 세계에 대한 사랑을 느낀다고 했다. 실제로 그랬다. 서울에 혼자 살던 20대 시절, 나는 매일 바다에 대한 상사병 같은 것을 앓았다. 그래서 자주 바다가 있는 고향에 내려갔고, 혼자 동해 바다로 달려가기도 했다. 매일같이 바다를 그리워했고, 내가 있는 작은 방을 바닷가의 민박집이라 상상하기도 했다. 이른 아침의 햇빛이 창밖으로 반짝이고, 멀리에서 자동차 소음들이 뒤섞인 소리가 들려올 때면, 그것을 금방 바다의 소리라고 상상할 수 있었다. 그래서 종종 나는 20대를 보낸 그 단칸방이 어느 '섬' 같다고 느꼈다.

아내와 모처럼 그런 이야기를 나누게 된 건 바닷가의 한 태국 식당에서 뿌팟퐁커리를 먹고 주변의 카페에서 커피를 마시면서였다. 차를 타고 가면서, 아내와 나는 둘이서 이런 '데이트'를 한 게 얼마 만인지 헤아려 보았다. 모르면 몰라도, 거의 몇 달 만인 듯했다.

둘이서 마지막으로 영화를 본 건 반년도 더 전의 일이었다. 물론, 그날도 함께 영화를 보진 못했다. 그래도 같이 새로운 음식을 먹고 카페에 가는 것만으로도 좋았다. 아이가 어느 정도 자라서 부지런히 걷고, 뛰고, 노는 걸 좋아하게 된 뒤로는 어디든 아이를 데리고 다녔다. 그렇게 셋의 추억을 부지런히 쌓아갔지만, 우리가 그토록 좋아했던 둘만의 시간은 반대로 부지런히 줄어갔다. 더군다나 요즘에는 개인적으로 해야 할 일이 산더미처럼 매일 주어져서, 함께 영화 한 편 본다는 것도 쉽지 않았다.

그나마 이렇게 둘이 나서려면 이런저런 구실이나 자기 설득 혹은 합리화가 필요했는데, 그것이 바로 '뿌팟퐁커리'였다. 이 책의 근간이 된 에세이 연재는 매주 작가들이 돌아가면서 각자가 원하는 주제를 하나씩 정하면, 나머지 작가들이 함께 쓰는 방식으로 이루어졌는데, 한 작가가 이 낯선 주제를 던져 주었던 것이다. 그래서 여전히 발음하기도 어렵고 외우기도 어려워서 매번 검색해서 그 이름을 붙여 넣어야 하는 이 음식을 먹어 봐야 했고, 그 덕분에 아이를 맡기고 아내와 일부러라도 둘이서 나설 수 있었던 것이다. 그리고 그것은 거의 반년 만의 데이트이자, 아내가 서울로 떠나기 전의 마지막 둘만의 시간이 되었다. 나는 개인적인 사정으로 아이와 함께 이곳에 남았고, 아내는 복직을 위해 서울로 떠나 있다.

우리는 뿌팟퐁커리가 어떤 음식인지 전혀 알 수 없었기 때문에 쌀국수와 함께 시켰는데, 음식이 나오자마자 후회할 수밖에 없었다. 둘 다 원래 먹는 양이 적은데, 뿌팟퐁커리의 양이 두셋은 먹을 수 있을 정도로 많기도 했고, 또 그 크림의 맛이 워낙 매력적이어서 쌀국수는 그 이후로 눈에 들어오지도 않았기 때문이다. 더군다나 커다란 게 한 마리가 통째로 들어가 있어서, 그 살을 발라내며 먹는다는 게 여간 집중력을 요하는 게 아니었다. 우리 둘은 게살을 발라 먹느라 고도로 집중하면서 묵묵히, 한참을 앉아 있었는데, 그야말로 어떻게 게살을 발라낼 것인가 하는 것 외에는 아무 생각도 들지 않는 순간이었다. 마치 바다처럼 현실을 잊게 하는 시간이 아니었나 싶다.

나는 우리의 모습이 마치 어느 영화에서 본 것 같은, 중년 부부 둘이서 해산물 레스토랑에 가서 아무 말 없이 열심히 무언가를 발라내며 먹는 장면 같다고 했다. 그렇게 먹는 일에 집중한 게 참 오랜만이라는 생각이 들었다. 아내도 나도 먹는 것 자체를 그다지 좋아하는 편이 아니고 음식 자체에 집중하는 일은 별로 없어서, 잔뜩 쌓인 게 껍데기며, 약간 매운 이 커리를 땀까지 흘리며 부지런히 먹어나가는 그 시간이 마치 우리의 시간이 아닌 것 같기도 했다. 확실히 그날도, 그 시간도, 그 메뉴도 우리에게는 묘하게 이례적이었고, 낯설었고, 평소와 달랐다. 그 시간에는 뿌팟퐁커리 외에는 아무것도 없었던 것 같다. 마치, 아무 말 없이 함께 밥만 먹어도 상관없는 '오래된' 혹은 '진정한' 친구처럼 말이다.

그렇게 우리는 열심히 식사를 하고, 카페에 잠시 들렀다가, 아이를 데리러 돌아갔다. 바람이 많이 부는 날이었다. 날씨는 눈부시리만치 맑았고, 음식도, 우리가 간 카페도, 우리가 한 대화도 새로웠다. 지금, 가만히 그날을 떠올리는 것만으로도 그저 그리움이 몰려온다. 바다를 무서워하는 아내는, 혼자 사는 일을 외로워했던 아내는, 아이를 무척이나 사랑하고 눈물이 많은 아내는, 서울에서 홀로 잘 지내고 있을까 생각한다. 어제 아내는 통화를 하면서 울음을 참고 있다고 했다. 다음번에 아내와 함께 뿌팟퐁커리를 또 먹게 될 날은 언제일지, 어디일지 궁금해진다. 문득, 그곳이 태국의 어느 섬이었으면 좋겠다는 생각이 든다. 한참 해수욕을 하고 난 뒤에, 약간 젖은 몸으로, 아내와 아이랑 셋이서 함께 부지런히 게살을 발라내고 있을, 사방이 바다로 열린 어느 섬이 있을 거라고, 상상해 본다.

지우_뿌팟퐁커리가 주제이긴 했지만, 결국 바다와 아내에 대해 이야기한 글이 되었네요. 그래서 바다에 대한 노래 한 곡 남겨 봅니다. 한때 무척 사랑했던, 패닉의 <내 낡은 서랍속의 바다>입니다.

언젠가,
비

김민섭

너와 같이 우산이 쓰고 싶었어

누가 나에게 총을 겨누고 "네가 가장 싫어하는 게 뭐냐, 3초 내에 말하지 않으면 쏘겠다. 어서 말해라. 하나, 둘…" 하고 위협하면 나는 아마도 "아이고 저는 비를 제일 싫어합니다요, 살려 주십쇼" 하고 말할 것 같다. 내가 만났던 사랑하는 사람들에게도 비가 오는 날에는 만나지 않겠다고 선언해 두었다. 물론 그렇게 정 없게 말했던 것은 아니고, 내가 얼마나 비를 싫어하는지에 대해서 장황하게 말하고는 실내 데이트를 하자, 미안하니까 데이트 비용은 내가 다 내겠다, 하는 대안을 제시했다. 이쯤 되면 정말로 비를 싫어하는 것이다. 가끔은 "고작 비가 싫어서 밖에서 안 만날 만큼 나를 안 사랑해?" 하는 말을 듣기도 했지만 그러면 나는 나대로 '사랑하는 사람이 그렇게 싫어하면 그에 맞춰 주는 게 사랑 아닌가. 장마철을 제외하고 나면 비가 오는 날이 얼마나 된다고. 겨울에는 비도 안 오고 말야. 흥, 이런 말갈족 같은….' 하는 심정이 되었다.

비를 싫어하는 데 어떤 거창한 이유가 있는 건 아니다. 비가 오면 생각나는 그 사람도 없고 비가 와서 무릎이나 허리가 쑤시는 일도 없다. 다만 내가 우산을 잘못 쓰는 건지 조금의 비에도 신발의 앞코가 다 젖곤 한다. 거기에서 끝나는 게 아니라 그 빗물이 스며들어 양말을 적시고, 그 미끈거리는 질감이 발가락과 앞꿈치에서 느껴질 때면, 나는 그만 모든 걸 내려놓고 어서 집에 가고 싶어지는 것이다. 그러다가 아, 집에 가도 발에서 냄새 나겠지, 그리고 저 신발은 제대로 말리지 않으면 앞으로 계속 냄새가 나겠지, 아 망했다, 하는 데까지 이르고 나면, 거기에서 그날의 일상이 지속되거나 어떤 사랑의 언어가 피어오를 리가 없다.

한번은 왜 나의 신발만 젖는 건가 싶어 관찰해 보기도 했다. 우산을 쓰는 데 무슨 자격증이 필요한 것도 아니고 남들은 나보다 작은 5단식 접이우산을 쓰고도 덜 젖으며 잘만 걷는다. 그러나 나는 가랑비만 와도 곧 신발의 앞코가 축축해지고, 걸을 때마다 튀어 오른 물이 정강이와 무릎까지 적시고 만다. 아무래도 나의 걷는 방식에 문제가 있는 듯하다. 다리가 길지도 않은 사람이 보폭은 넓고 바닥을 치면서 걸으니까 결국 젖고 물이 튀고 할 수밖에 없다는 결론에 다다랐다. 그러나 수년째 유지해 온 걷는 방식을 바꾸기도 어렵고 굳이 비 오는 날에 나가지만 않으면 되니 나는 계속 비를 싫어하기로 했다.

그러고 보니 나는 비를 싫어한다기보다는, 내가 맞아야 하는 비를 싫어할 뿐이다. 제습기를 틀어 둔 집에서 따뜻한 차 한 잔을 호록호록 마시면서 뽀송뽀송한 몸과 마음으로 비 오는 풍경을 감상할 수 있다면, 누구라도 '역시 비 오는 날이 참 좋아, 운치도 있고 말이야' 하는 여유로운 마음이 될 것이다. 그러나 출퇴근 시간에 장대비를 맞으며 광역버스 줄을 길게 서 있는 자신을 상상해 보면, 버스나 지하철에 올라 우산을 접었는데 물은 줄줄 떨어지고 의자는 축축하고 옆 사람도 축축한데 신발에 물은 들어가서 미끈거리고 비 와서 차가 막히니까 그 안에서 더운 에어컨 바람에 속까지 한참 울렁거리고, 그러면 그 순간 누구라도 "저도 비를 제일 싫어합니다요" 하고 실토하게 될 것이다.

이전에 페이스북에서 본, 유난히 기억에 남은 글도 '비'에 대한 것이었다. 한강이 보이는 브랜드 아파트에 산다는 그는 장마철에도 비를 한 방울도 맞지 않는다고 했다. 지하주차장에서 차에 올라 약 30분쯤 올림픽대로를 타고 직장에 출근해서 역시 지하주차장에 차를 대고 회사 안의 복합 상가에서 밥을 먹고 운동을 하고 모든 것을 해결하다가 다시 지하주차장에서 차를 타고 퇴근해 지하주차장에 차를 대고 자신의 집으로 올라간다는 것이었다. 그러면 밖에서 100년 만의 호우경보가 발효되어 나 같은 사람들이 엉엉, 하며 젖은 발로 돌아다니고 있든 어떠하든 별로 상관이 없다. '젖지 않는 것', 결국 그게 부의 상징이 아닌가 싶어서, 나는 그가 몹시 부러워졌다. 솔직히 말하면, 누군가의 부가 부러워진 게 아주 오랜만이었다. 당연하지만 글은 비를 막아 주지 못한다.

비는 공평하게 내리지만, 그 비가 더욱 적시는 것은 결국 평범함이거나 가난이다. 지하주차장이 있는 브랜드 아파트에 사는 사람과 비가 새는 작은 방에서 새우잠을 자는 사람이 맞는 비의 총량은 다를 수밖에 없다. 나는 대리운전을 하던 때 쏟아지던 비가 참 원망스러웠다. 장대비가 오니까 콜을 잡기도 어렵고, 손님에게 가는 데도 오래 걸리고, 젖은 몸으로 차에 타려니 미안하고, 정말 최악이었던 것이다. 푹 젖어서 집에 돌아가면서 다시는 비 오는 날 일하지 말아야지, 하고 다짐했던 기억이 난다. 다만 그날 번 돈이 다른 날보다 조금은 많았던 것이 작은 위안이었다. 그날 새벽의 대리 기사들의 몸과 마음이 대개 비슷했을 것이다.

나는 앞으로도 비를 싫어할 예정이다. 그럴 가능성은 거의 없지만 내가 혹시 복권에라도 당첨되어 한강이 보이는 브랜드아파트에 살게 된다고 해도, 비가 올 때 질척이던 모든 것들이 떠오르면서 곧 슬퍼질 것이다. 이러나저러나 비가 오는 날엔 방에서 귤이나 까먹고 그러다가 배가 고파지면 라면을 끓여서 신김치와 함께 먹으면서 철 지난 〈무한도전〉이나 보려고 한다. 비.오.는.날.만.

그래도 나도 언젠가, 비가 오는 날이어서 좋았던 작은 추억이 있다. 너무 비가 싫다는 말만 궁색하게 늘어놓은 것이 민망해 짧게

언급하며 끝내고 싶다.

나의 첫사랑은 고등학생 때 만난 Y다. 그 이전에 사귄 D도 있었지만 그때는 '나 정말 태어나길 잘했어, 너를 만났잖아'라든가 '네가 보고 싶어서 숨을 못 쉬겠어, 빨리 보고 싶다'라는 감정은 없었다. 둘 다 실제로 Y에게 했던 말이기도 하다.

우리는 인터넷의 문학 플랫폼에서 만났다. Y는 판타지 소설을 썼고 나는 에세이를 가장한 유머를 썼다. 정모에서 만나 서로 동갑인 것을 알았고 그때부터 채팅을 하거나 메일을 주고받기 시작했다. 그러던 어느 날, Y가 보고 싶었다. 너무나 보고 싶어서 1부터 100까지 숨을 참고 세면 괜찮겠지 하고 그렇게 했는데도 더 보고 싶어졌다. 아마 Y도 그랬던 것 같다. 다음 날 우리는 혜화동의 민들레영토에서 만나서 세 시간 넘게 앉아 있었다. 정말이지 앉아만 있었고 서로를 바라보기만 했는데도 좋았다. 바깥으로 나오자 비가 오고 있었다. 나는 그때 가방에 작은 우산을 넣어온 참이었다. 일기예보를 본 것이다. 그것을 꺼내려다가 Y도 우산을 가져온 것을 알았다. 나는 그만 "어, 나 우산 안 가져왔는데…"라고 말했고, 그래서 같이 우산을 쓰게 되었다. 성북동인 Y의 집으로 가는 동안 나는 '감사합니다, 비가 와 주셔서 감사합니다, 저는 앞으로 비를 좋아하겠습니다' 하고, 영화에서 본 것처럼 나의 한쪽 어깨를 적셔 가면서 걸었다. 맞닿은 옷깃에서는 처음 느껴 보는 기분 좋은 전기가 흘렀다. 그렇게 Y의 집 앞까지 가서 즐거웠노라고 말하고는 가방에서 나의 우산을 꺼내 보였다. Y가 왜 그랬느냐고 해서 나는 "너와 같이 우산이 쓰고 싶었어" 하고 말했다. 다음 날, 우리는 다시 민들레영토에서 만났다. 내 첫사랑이 그렇게 시작됐다.

비가 오면, Y와의 기억보다는, 우산을 숨기던 고등학생 김민섭의 모습이 종종 떠오른다. 언젠가의 김민섭은 그렇게 누군가를 사랑했다.

민섭_언젠가 다시 한번, 누군가에게, 비가 오는 날, "제가 오늘 우산을 안 가져왔네요" 하고 말할 수 있을까. 아마 비가 오는 날이면 집에 있을 테니까 그럴 일도 별로 없을 것이다.

김혼비

그런 우리들이 있었다고

초등학교에 다니던 시절에는 예보에 없던 비가 갑자기 쏟아져 하교 시간까지 이어지면 우산을 들고 아이들을 마중 나온 엄마들로 복도며, 현관 앞이며, 운동장이 붐비곤 했다. 딱 그즈음이 '한강의 기적'이니 '아시아의 네 마리 용'이니 화려한 수식어와 함께 초스피드 산업화를 이루며 올림픽까지 치른 한국이, 환경오염에도 본격적으로 눈을 돌리던 시기였다(무려 스타 가수들이 총출동한 환경보호 콘서트 〈내일은 늦으리〉가 기획된 시대였다). '온실효과', '오존층 파괴', '스모그' 같은 용어들이 온갖 곳에서 흘러나왔고, 그중에서도 '산성비'는 불벼락, 귀싸대기, 슬픈 예감과 함께 절대 맞아서는 안 될 무서운 존재였다.

물론 산성비의 유해성은 부인할 수 없는 사실이지만, 그 당시 산성비를 향한 공포에는 다소 과장된 면이 없잖아 있었다. 미래학

자들의 경고가 담긴 신문 기사를 읽다 보면 마치 몇십 년 안에 건물들이 부식되어 무너져 내릴 것만 같았고, 산성화된 강 위로 떼죽음을 당한 물고기가 둥둥 떠오른 사진을 보다 보면 몇 년 안에 수중 생태계까지 완전히 파괴되는 '한강의 기절'이 이루어질 것만 같았다. 용이, 심지어 아시아의 네 손가락에 꼽히는 용이 비를 다스리는 게 아니라 이렇게 무서워하고 있는데 일개 인간들의 두려움이야 말할 것도 없어서, 아이들이 비를 맞을세라 엄마들은 학교로 부지런히 몰려들었다.

아이들이 엄마 손을 잡고 하나둘씩 사라지면 아무도 마중 오지 않은 몇몇 아이들이 체에 걸러진 알갱이들처럼 현관 앞에 남겨졌다. 'ㄷ'자로 생긴 학교 건물 각 변마다 현관이 하나씩 있어서 저 너머 현관에 드문드문 모여 있는 아이들도 잘 보였는데 늘 그 아이들이 그 아이들이었다. 나처럼 부모님이 맞벌이라서 혹은 제각각의 여러 이유로 데리러 올 어른이 없는 아이들이었다. 우리가 거기 모여 있었던 건 올 수 없는 어른들을 기다리기 위해서도 아니었고, 산성비를 두려워해서는 더더구나 아니었다(초등학교 저학년들에게는 너무 추상적인 공포였다). 엄마들이 대거 마중 올 정도의 비라면 꽤 거센 편이어서 좀 잦아들기를 기다리는 것이었다. 물론 시간이 너무 지체되어 기다림이 하염없어지면 성질이나 사정이 급한 아이들부터 냅다 빗속으로 뛰어들었고, 그러면 나처럼 먼저 행동할 정도로 대범하지는 못하지만 성질은 급한 편인 아이들도 따라 뛰었다. 그렇게 비를 흠뻑 맞으며 뛰어다니면 괜히 신이 났고, 평소에는 금기시되는 어떤 것을 상황에 맞게, 필요에 의해, 내 의지대로 선택하는 융통성을 발휘한 것 같은 기분이 들었는데, 열 살도 안 된 나에게 그런 융통성은 '어른의 것'이었으므로 어른스러운 행동을 한 것에 조금 우쭐해졌다.

그런 종류의 우쭐함은 남겨진 다른 아이들 대부분도 갖고 있는 정서였다. 확실히 우리에게는 은근한 자부심 같은 게 있었다. 다들 어른으로부터 보호받는 상황에서 보호가 필요 없는 특별한 아이들이 된 느낌. 이까짓 비쯤은 얼마든지 혼자서도 부딪칠 수 있는 사람으로 인정받은 느낌. 실제로 교실에서 볼 때는 안 그랬던 아이들도 엄마의 우산 아래 들어가면 갑자기 어린애처럼 보였다. 그들은 그들의 안락을, 우리는 우리의 자율을 나눠 가진 셈이었다. 사실 우리야말로 가끔씩 영락없이 어린애들이 되어 빗물이 고인 곳을 골라 밟으며 첨벙첨벙 물놀이를 하고, 서로의 옷을 쥐고 비틀어 물을 짜내며 난데없는 빨래놀이를 하며 놀았으면서도, 우산 바깥의 세계에서 비를 피하지 않고 벌인 일들이라는 이유만으로 대단히 중요한 경험을 공유한 것마냥 짐짓 어른 흉내를 내며 헤어지곤 했다.

혼자 남겨지는 때도 많았다. 대개 교실에서 늦장을 부렸거나 우리 반만 청소가 늦게 끝난 경우였는데, 그럴 때면 현관 옆 계단에 앉아 숙제를 하다가 잦아든 비를 맞으며 집으로 돌아갔다. 그런 날은 더욱 특별했다. '함께'가 아닌 '혼자' 그 상황을 잘 대처하고 심지어 즐겼다는 데에서 오는 감각은 좀 더 독립적인 방식으로 뿌듯했다.

그래서 나는 그 후로 여러 매체에서, 특히 만화나 텔레비전 단막극 같은 데에서 비가 오는데 아무도 데리러 오지 않아 당장 울 것 같은 얼굴로 잔뜩 풀이 죽은 아이가 나올 때마다 조금 의아했다. 게다가 그런 슬픈 설정은 대개 '일 하느라 바쁜 엄마'(드물게는 '아파서 거동하기 힘든 엄마')와 짝을 지어 맥락을 이루곤 했기에 더 그랬다. 처음 몇 번은 '그래, 처한 상황과 성격은 다 다르니까 그런 아이도 분명히 있지'라고 생각했는데, 그렇게 넘기기에는 그런 설정이 잊을 만하면 눈에 띌 정도로 자주 보였다. '그래, 그런 아이가 예상보다 많을 수도 있지'라고 또 넘기려고 보니, 속사정은 다 제각각이었을지라도 그런 상황을 즐겁게 맞곤 했던 내 어린 시절 동창들 같은 아이의 모습은 한 번도 본 적이 없다는 데에 생각이 미쳤다. 그리고 왜 항상 당연하다는 듯 데리러 가지 못하는 주체로 '엄마'가 상정되는 거지? 마치 비 오는 날 아이를 학교에 데리러 가야 하는 건 오직 엄마들만의 몫이라는 듯. 남겨진 아이의 슬픔은 오직 엄마의 잘못이라는 듯.

한번은 역시 그런 장면이 연출되는 예능 프로그램을 같이 보던 엄마가 나에게 사과한 적도 있었다. 평소 엄마에게 미안한 게 워낙 많은 나머지, 거꾸로 엄마가 나에게 미안해할 일이 생기면 조금이나마 나의 미안이 만회가 되는 것 같아 슬쩍 반기는 나로서도 그 사과만큼은 받을 수가 없었다. 어릴 적 그런 시간들이 모여 만들어진 나의 독립적인 성격의 일부가 훼손되는 것 같았다. 아니, 다 떠나서, 억울했다. 아닌데? 비 오는 날도, 아무도 오지 않았던 운동회도, 혼자면 혼자인 대로, 그런 아이들끼리 함께할 때면 함께인 대로 다 즐거웠는데? 게다가 아빠는 뭐 하고 엄마가 사과해? 엄마가 아빠보다 더 많이 일했고 더 바빴고 더 고생했는데. 그렇게 고생했는데.

그런 억울함과 의아함이 마음 한 켠에 계속 달라붙어 있던 나는 성인이 되어서도 어쩌다 이런 이야기가 나오면 친구들에게 당시의 심경을 물어보며 사례를 수집하기에 이르렀다. 비슷한 기질들끼리 모이기 마련이라 그런지는 몰라도, 내 어릴 적 동창들과 비슷했거나, 아니면 그냥 별생각이 없었다고(슬프거나 외롭지도, 신나거나 뿌듯하지도 않았다고) 심상하게 회고하는 친구들이 훨씬 많았다. 비 오는 날이라고 해서 엄마가 세상에 없다는 사실이 딱히 더 크게 다가오지는 않았는데 비에 흠뻑 젖은 모양새가 불쌍해 보였는지 "저 어린것을 남겨 두고…"라며 혀를 차는 어른들이야말로 자신을 기어이 외롭게 만들었다고 분개하는 이들도 있었다(특히 C는 "'어린것을 남겨 두고'라는 말, 망자 탓하는 말처럼 들려서 묘하게 기분 나쁘지 않냐?"라며 가장 분해했다).

그러고 나니 더욱더 드라마 등에서 챙김, 특히 '엄마의 챙김'을 받지 못해 쓸쓸하게'만' 그려지는 아이들을 볼 때마다, 그걸 보면서 엄마를 탓하는 사람들을 볼 때마다, 그걸 보고는 아이에게 미안해할 엄마들이 떠오를 때마다, 항변하고 싶었다. 전혀 쓸쓸하지 않았던 아이들 역시 많았다고. 우산 속 나의 자리도 아늑했겠지만 우산 밖 빈자리가 우쭐했던 아이들도 분명 있었다고. 그 빈자리를 스스로 채워 가며 커 간 아이들이 갖게 되는, 산성비도 부식시키지 못할 단단한 마음 같은 게 있다고. 설령 그렇지 않았던들 그건 엄마들만 미안할 일이 절대 아니라고. 당시에는 우리들 모두 너무 어려서 사회가 '엄마'에게 소급해서 씌우는 책임의 무게를 잘 몰랐다. 뒤에서 수군거리는 어른들이 있다는 건 알았지만, 그런 어른들이 미디어에 '나쁜 엄마들'을 만들어 내고, 우리의 존재를 지워 버렸다는 건 잘 몰랐다. 그래서 제대로 말하지 못했고 그래서 한 번쯤 꼭 말하고 싶었다. 우리의 존재에 대해서. 그 시절을 우리가 어떻게 통과했는지에 대해서. 그런 우리들도 있었다고. 분명 있었다고.

혼비_문득 요즘 비 오는 날 초등학교 풍경은 어떨지 궁금합니다. 이제는 아침마다 쉽게 확인할 수 있는 날씨앱도 있고 핸드폰도 있어서 그 시절과 조금 다르려나요.

남궁인

그해 오달지게 비가 많이 왔다

2005년 여름 나는 젊었다. 생물학적으로도 젊었고, 그 젊음을 허비하지 않기 위해 눈에 불을 켜고 있었다. 당장 1분 1초가 지나가고 있음이 너무 아쉬웠다. 나는 세상이 제공하는 고난을 기꺼이 견딜 준비가 되어 있었고, 심지어 바라는 마음까지 있었다. 지금 나만이 할 수 있는 거대한 일이 주어져야 했다. 고리타분한 의대생으로 젊음을 평범하게 보낸다는 건 끔찍했다. 튀고 싶었고 달성하고 싶었고 돋보이고 싶었다.

그때 바야흐로 국토대장정이 유행했다. 사람들은 다양한 방법으로 고난의 행군을 떠났다. 그 세태에서 나 또한 한 번은 대장정을 완수해야 젊음이 지나갈 것임을 직감했다. 가장 유명한 건 지금까지 22회 차 대장정을 이어 가고 있는 박카스 국토대장정이었다. 나는 5회와 6회에 원서를 넣고 낙방했는데, 갑자기 세월을 느낀다. 박카스 국토대장정은 삼시 세끼 박카스가 한 병씩 나온다는 소문이 있었는데, 지금도 그렇게 주는지 모르겠다. 아니, 진짜로 줬는지부터 모른다. 하여간 국토대장정 선발은 대체로 서류 전형이었는데 경쟁률이 만만치 않았다. 대학생이라면 이런 고행을 한 번쯤 견뎌야 한다는 자학러들이 예나 지금이나 많았다.

그때 택진이 형이 처음으로 사회사업에 눈을 돌렸다. 이 택진이 형은 지금 우리나라에서 보편적으로 통용되는 '택진이 형'이 맞다. (일부러 광고에도 이 명칭을 쓰고 계시니 나도 써보겠다.) 당시 그는 게임 리지니로 돈을 많이 벌었고 막 리니지2를 만들어 돈을 더 많이 벌던 참이었다. 그는 사회에 공헌할 일이 무엇인지 찾아보다가 국토대장정을 떠올렸다. 대학생을 선발해 엔씨소프트 로고가 박힌 옷을 입히고 국토 종주를 시키는 것이다. 언론사도 부르고 연예인도 부르고 가수도 부르고 정치인도 부르고 창단식도 거창하게 해서 사회 공헌 사업과 홍보 두 마리 토끼를 잡는 아이디어였다.

당시 택진이 형은 지금 나와 동갑이었다. 그때 택진이 형 나이가 왜 이렇게 많아 보였는지 모르겠다. 회장님이라는 직책의 위압감도 있었고, 나를 둘러싼 모든 것이 지나치게 젊었기 때문이다. 당시 택진이 형이 15년 뒤까지도 리니지와 리니지2만 줄기차게 우려서 더 큰 재벌이 될 것이라고 상상한 사람은 없었다. 지금 생각해도 대단하다. 하여간 택진이 형은 '문화원정대'라는 이름으로 산악인 고 박영석을 대장으로 삼아 원정길에 오른다.

나는 참가비가 무료이며 숙식과 일부 의류까지 제공되는 이 원정에 숙명처럼 참가하고 싶었다. 어쭙잖은 문학청년이었던 나는 그때까지 쓸 수 있었던 가장 나은 문장을 짜깁기해 자기소개서를 썼다. "제 몸은 지금 방에 앉아 있지만, 심장만은 이미 대장정의 여로를 걷고 있습니다." 현대 단편소설의 창시자 안톤 체호프가 무덤에서 뛰어나와 바짓가랑이를 잡고 만류할 문장이었다. 하여간 자소서는 어찌어찌 담당자의 의협심을 자극하고야 말았다. 나는 44대 1의 경쟁률을 뚫고 제2회 문화원정대에 유일한 의대생으로 참가했다.

여정은 25박 26일간이었으며, 707킬로미터를 걸으면 되었다. 방학 다음 날 바로 출발하는 일정이었고, 남녀 64명씩 128명이 16개 팀으로 행진했다. 나는 그때 이미 인생에서 너무 많이 걸어, 707킬로쯤이야 동네 마실 가듯 호로록 다녀오면 될 것이라고 착각했다. 평소 여행처럼 여분의 신발도 없이 스포츠샌들 하나만 신고 팀에 합류했다. 나를 처음 만난 팀장님은 유일한 의대생이 조금 모자라는 친구라는 사실에 크게 놀랐다. 나는 도착하자마자 다른 팀원의 운동화를 빌려 신어야 했다. 이윽고 서울 시청 앞에서 발대식을 했는데 무려 이명박 시장이 참석했다. 그리고 포항으로 내려가 남해안을 횡단해 목포로 가는 일정에 돌입했다.

약 150여 명이 자체적으로 음식을 만들어 먹고 잠자리도 마련해 가면서 707킬로미터를 걷는 일이라니. 그것은 공인된 지옥에 가까웠다. 책임자는 택진이 형이었으나 그는 기업가로 자금을 담당할 뿐이었다. 실제로는 고 박영석 대장님과 그의 곁에 있던 산악회 사람들이 우리를 통솔했다. 그들은 순수한 사람들이었지만 통제를 위해 원정대를 군대식으로 조직했다. 딱 오달지게 많이 걷는 군대 체험이었다. 외부와의 차단을 위해 모든 대원의 휴대전화 사용이 금지되었다. 면도와 이발도 금지. 음료는 끓인 보리차만 지급. 샴푸와 보디클렌저 사용도 금지. '오와 열' 구령을 붙여 행진. 때때로 기합. 매일 아침저녁 구령대에서 훈시도 듣고 벌점과 퇴소 조치까지 있었다.

구체적 일정은 이랬다. 아침 6시에 노을의 〈붙잡고도〉를 들으며 눈뜬다. 세면을 마치고 아침을 간이 테이블에서 먹는다. 간밤에 잤던 텐트를 걷고 운동장에 열 맞춰 선다. 아침 조회가 끝나면 훈시를 듣고 체조하고 행진곡 틀어 놓고 걷기 시작. 50분 걷기, 10분 휴식, 4타임. 미리 준비된 야영지에서 식판에 밥 떠서 길에 앉아 점심을 먹는다. (배식 트럭이 우리를 따라다녔다. 땀을 많이 흘렸기에 음식이 대체로 짰다.) 다시 50분 걷기, 10분 휴식, 4타임. 그날 묵을 야영지(보통 초등학교)에 도착하면 운동장에 직접 못 박으며 텐트를 친다. 빨래하고 몸을 씻고 빨래 널고 저녁 먹고 모여서 진행 팀장님 말 듣고, 캠프 팀장님 말 듣고, 편지 낭독하고, 가끔 산악회 사람들이 고산 등반하는 방송을 보다가 잔다. 돌아가며 불침번도 섰다. 이를 26일 반복하면 완 to the 주였다.

일단 모두 아팠다. 다들 다리가 아작 나는 수준이었다. 발바닥이 땅을 밟는 게 아니라 거대한 물집이 땅을 밟았다. 우리는 누가 물집이 크고 많은지 대결을 벌였다. 밤마다 물집을 꿰매다 보니 바느질 솜씨가 늘 지경이었다. 의사가 되어서도 그렇게 심한 물집은 보지 못했다. 게다가 150명이 수도 한두 개로 씻다 보니 불결하고 혼란스럽기 짝이 없었다. 남녀 가릴 것 없이 알몸에 판초 우비를 입고 수돗가로 가서 호스를 우비 안에 넣고 씻었다. 다들 죽을 판이라 민망할 것도 없었다.

가끔 남자 화장실에서 씻는 날은 그야말로 수용소식 단체 샤워였다. 열여섯 명이 알몸으로 좁은 화장실에 들어가면, 한 명이 호스를 들고 물을 마구 뿌렸다. 다들 정도껏 몸을 적셨으면 각자 비누칠을 했다. 전신에 거품이 올라오면 다시 한 사람이 호스를 들고 물을 뿌려 헹궜다. 수도 한 개로 한 팀 열여섯 명이 동시에 빨리 씻는 방법이었다. 그중 나 같은 실학파는 옷을 입은 채 샤워를 했다. 옷과 몸 동시에 비누칠을 하면 빨래와 샤워가 동시에 해결되었다. 빨래를 말릴 시간도 부족해서 우리는 가방에 빨래를 걸고 다녔다. 걸어 다니는 빨래 건조대였다.

심지어 우리는 한 달간 콘크리트 천장이 있는 건물에 들어갈 수 없었다. 밤에 텐트 안에 들어가는 것이 전부였다. 여름 내내 에어컨을 한 번도 쐴 수 없었다. 하필 그해 어마어마한 장맛비가 내렸다. 장마의 시작부터 끝까지 내리는 비를 몸으로 직접 다 맞아야 했다. 비. 엄청난 양의 비. 인간의 옷가지와 신발과 빨래를 다 적셔 버리는 비.

하루는 눈을 뜨자 몸이 물에 반쯤 잠겨 있었고, 텐트 안의 물건들이 둥둥 떠내려가고 있었다. 운동장이 거대한 수영장이었다. 우리는 하루쯤 피신할 줄 알았는데, 일정 관계상 생쥐같이 젖은 채 퉁퉁 불은 발을 기어코 신발에 욱여넣고 물살을 헤치며 길을 떠나야 했다. 내 인생에 어떤 일이 더 일어날지 모르겠지만, 장담컨대 물에 잠겨 눈뜨는 경험은 다신 못 해볼 것 같고, 그런 악조건에서 굳이 종일 걸어야 하는 일도 다신 없을 것 같다. 그해 나는 모든 장맛비를 온몸으로 다 맞아 냈다. 그 전까지는 비 맞는 일을 좋아했는데, 그 뒤 15년간 한 번도 좋아한 적이 없다. 정말 오달지게 비가 많이 왔다.

당시 〈연예가중계〉에서 '국토대장정 응원을 나선 연예인들'이라는 꼭지를 촬영했다. 당시 우리 팀에 응원을 와서 밥을 떠 줬던 연예인은 중년 여성 배우 김○동 님과 사○자 님였다. 우리는 당연히 같이 걸을 줄 알았지만, 그들은 카메라 앞에서 20분만 걷다가 차를 타고 점심 식사 장소로 떠났으며, 잠깐 밥을 뜨다가 분량이 다 나오자 집에 갔다. 그때 연예계의 냉혹함을 어렴풋이 깨달았던 것 같다. 고 박영석 대장님과 막역했던 만화가 허영만 님도 방문했고, 막판에는 우리를 위해 택진이 형이 공연을 열어 주었다. 당시 클래지콰이와 불독맨션과 언니네 이발관이 왔다. 그들은 지방에서 딱 128명 관객을 앞에 두고 하는 행사라서 별 기대감이 없이 찾아온 것 같았다. 하지만 워낙 육체적으로나 정신적으로 격양되어 있던 우리가,

넷플릭스 드라마 〈킹덤〉에 나오는 농민13이나 농민28 같은 모습으로 택진이 형과 기차놀이를 하면서 눈알을 뒤집고 덩실거리자 대단히 놀랐다. 그들도 분명 15년 전의 이 유난한 행사를 기억하고 있을 것이다.

우리는 결국 26일 만에 목포에 도착해 서로 부둥켜안고 눈물을 흘렸다. 완주하고 택시를 탔는데, 한 달 만에 바퀴 있는 존재에 탑승하자 승차감이 매우 기묘했다. 우리는 이상한 느낌에 소리를 질렀다. 기사님이 무슨 문제가 있냐고 물었고, 우리는 저희가 한 달 만에 바퀴 있는 차를 처음 타서요, 라고 답했다. 그야말로 이상한 친구들이었다. 방을 잡아 오랜만에 문명을 즐긴 우리는 다음 날 아침 KTX를 타고 서울로 올라왔다. 그것은 태어나 처음 타 본 KTX였다.

그 뒤로 열네 번의 장마가 더 지났다. 사람들은 많이 달라졌다. 우리 팀의 한 커플은 결혼에 골인했고, 나머지 사람들은 경찰관이나 회사원이나 감정평가사나 행복 강사 등이 되었다. 택진이 형은 문화원정대를 두 번 더 열고 그만둔 다음, 프로야구팀을 만들었다. 이명박 님은 불행히도 대통령이 되었고, 김○동 님과 사○자 님은 여전하고 허영만 님의 『타짜』는 대박이 났고, 알렉스님은 타인의 발을 씻겼고, 이한철 님은 나와 같이 크루즈를 두 번 탔고, 이석원 님은 블로그에 내 책을 소개했고, 고 박영석 대장 님은 에베레스트 남서벽에서 실종되셨다. 나는 장례식에서 울면서 돌아와 시를 썼고 그 뒤로 KTX를 많이 탔다. 그때의 후유증으로 나는 왼발 아치가 무너져 지금도 오른발보다 1센티미터가 더 크고, 당시 의류 카탈로그에도 출연했다. 처음엔 그해 여름비를 많이 맞은 ssul을 쓰려고 했는데, 15년 전 사람들의 이야기가 되었다. 사실 나는 이 글을 쓰면서, 그때 나와 동갑이었던 택진이 형을 많이 생각했다. 시간은 흐르고 비는 내리고 사람들은 살아간다. 그때도 지금도 변하지 않고 그렇다.

남궁_언젠가는 우리 다시 만나리 / 어디로 가는지 아무도 모르지만 / 언젠가는 우리 다시 만나리 / 헤어진 모습 이대로

문보영

비가 오면 의자에 앉을 수 없으니 걸어야 해요

뇌이쉬르마른은 꿈에서 깼을 때의 기분을 사랑하지 않았다. 꿈에서 깨면 어딘가 다녀온 기분이 드는 게 싫었다. '어쩌면 나는 잠을 자는 동안 병원을 다녀온 걸지도 몰라.' 뇌이쉬르마른은 생각했다. '모든 인간은 하루에 몇 시간은 치료를 받아야 하는데, 전 인류를 수용하기에는 병원 침대가 부족해 잠을 잘 때 돌아가며 (보이지 않는 비밀의) 병원에 다녀오는 게 아닐까? 그래서 대륙별로 돌아가며 잠을 자는 게 아닐까.' 뇌이쉬르마른은 침대에 누워 창문을 바라보았다. 비가 오고 있었다. '그런데 어느 날, 병원이 아주아주 커져서 전 인류를 수용하게 된다면, 우리는 꿈에서 깨지 않고 영원히 치료받을 수 있을 거야.' 이런 상상을 해도 기분이 나아지지 않는 건 마찬가지였다. 밖에는 장대비가 내리고 있었다.

장대비가 내리면 세상이 바지 같았다. 바지가 죽죽 내리는 것 같았다. 그래서 아랫도리를 안 입고 세상을 활보해도 괜찮을 것 같았다. 뇌이쉬르마른은 비 오는 거리를 걸었다. '끊임없이 바지를 갈아입으며 걷는 기분이 들어.' 뇌이쉬르마른은 옆에 있는 그의 소꿉친구 수리마리파라에게 말했다. 뇌이쉬르마른 옆에서 똑같이 우산을 안 쓰고 걷고 있는 수리마리파라는 비가 내리면 오히려 바지를 벗는 기분이 든다고 말했다. 바지를 입고 있어도 세상이 자꾸 바지를 벗기는 기분이 든다고.

바지를 계속 입어야 해서 괴로운 자와 바지를 계속 벗어야 해서 괴로운 자가 비 오는 거리를 산책하고 있다. 그러나 뇌이쉬르마른은 사랑하는 친구와 함께 있어서 기쁠 수 있었다. 수리마리파라는 숨이 넘어가도록 웃는 친구였다. 빳빳한 몸을 과하게 젖힌 채 배를 잡고 웃다가 다시 앞으로 튕겨졌다가 다시 몸을 젖히고 웃었다. 멀리서 보면 선 채로 윗몸일으키기를 하는 것 같았다.

뇌이쉬르마른과 수리마리파라는 고등학교 시절에 친구가 되었다. 뇌이쉬르마른은 수리마리파라 때문에 자신에게 개그맨의 소질이 있다고 착각했다. 뇌이쉬르마른의 이야기를 진지하게 들어 준 사람은 있어도 자지러지게 웃어 주는 사람은 없었기 때문이었다. 그런데 수리마리파라를 가까이 둘수록 그의 바탕이 웃음과는 멀다는 것을 알게 되었다. 알 수 없는 슬픔이 온몸에 배어 있었던 것이다.

친구를 고통의 구렁텅이로 몰아넣은 장본인은 수리마리파라의 아버지였다. 수리마리파라의 아버지는 갚을 수 없는 빚을 내 가족들의 삶을 망가뜨리고 있었다. 뇌이쉬르마른은 친구의 아버지를 함께 욕하고 미워했다. 게다가 수리마리파라의 아버지는 요실금을 앓았다. "그 사람은 비가 오면 오줌이 새. 웃을 때도 오줌이 새지." 수리마리파라의 아버지가 앓은 요실금은 복압성 요실금이었다. 복압이 높아지면 방광을 자극하는데, 이때 요도 괄약근(방광 출구)에 힘이 없으면 수축된 방광이 그대로 오줌을 내보내는 것이었다. 복압이 높아지는 경우는 웃을 때나 기침할 때이므로, 복압성 요실금을 앓는 환자는 웃음과 기침을 조심해야 한다. "그럼 기침과 웃음만으로 이루어진 인간은 어떻게 살아가야 해?" 뇌이쉬르마른은 물었다. 웃을 때 다 함께 오줌을 지리면 오줌은 파티가 될 수 있지만, 혼자 오줌이 새면 그 한 명은 고통스러워 웃음을 참게 되고, 자기 나름대로 웃음을 처리하는 방법을 익히게 되는데, 가령 풍선 입구를 손가락 끝으로 잡아 작은 틈으로 서서히 공기를 내보내듯, 새어나가는 방식으로만 웃게 된다. 수리마리파라의 아버지는 그런 식으로만 웃었다.

그런데 비가 오면 오줌이 새는 이유는 의사도 몰랐다. 뇌이쉬르마른은 그 이유를 조금은 알 것 같았다. 뇌이쉬르마른도 비가 오면 세상이 새는 것 같다는 느낌을 받곤 했다. 이쪽 세상과 저쪽 세상이 호스로 연결되어 있는데, 그 호스가 잠시 틀어져 이쪽으로 오물이 새는 거라고. 저쪽 세상에 뭔가 가득 찼는데 조치를 취하지 않으면 빵, 하고 터져 버릴 테니까. 그러니까 비가 오는 건, 어디선가 조치를 취하고 있는 것이고, 힘을 빼고 있는 것이고, 터지지 않도록 서로 돕고 있는 거라고. 우리 쪽도 가득 차면 저쪽으로 흘려 보내겠지. 뇌이쉬르마른은 말했다.

수리마리파라는 아버지의 요실금과 빚더미에 앉게 된 가족의 이야기를 꼭 번갈아 가며 했다. 저울의 수평을 맞추듯 공평하게 말이다. 빚 이야기를 너무 많이 한 것 같으면 아버지의 요실금 이야기를 했고, 요실금 이야기를 많이 하면 다시 빚 이야기로 돌아갔다. 한 사람이 한 사람을 저렇게까지 꼼꼼히 미워할 수가 있나. 뇌이쉬르마른은 생각했다. 그런데 어느 날, 수리마리파라는 꺼이꺼이 울면서 아버지가 너무 밉다고 소리쳤고, 심지어 물건을 집어던졌다. 뇌이쉬르마른도 수리마리파라의 아버지가 미웠다. 그런데 그다음 날, 뇌이쉬르마른은 점심시간에 운동장을 산책하다가 우연히 교문에서 수리마리파라와 그녀의 아버지를 보게 되었다. 아버지가 수리마리파라에게 뭔가를 전해 주러(멀리서 봐서 뭔지는 모른다) 학교에 온 것이었다. 친구가 그토록 증오하는 아버지는 키가 아주 작고 야윈 사람이었다. 당시, 뇌이쉬르마른과 수리마리파라는 반에서 키로 1,2등을 다투었는데, 아버지는 그들보다도 작았던 것이다. 그러니까 그가 뇌이쉬르마른과 수리마라파라네 학교로 전학을 오면 자연히 그들의 키 번호는 뒤로 밀릴 것이었다.

뇌이쉬르마른은 이상한 감정을 느꼈다. 누군가의 적이 너무 초라해서, 그 적을 증오하는 사람까지 초라해 보이는 감정을 뭐라고 표현해야 할지 알 수 없었다. 어쩌면 수리마리파라는 아버지를 미워하기엔 그가 너무 약했고, 그래서 그의 모든 부위를 미워할 수는 없었는지도 모른다. 그리고 미워하는 일이 너무 괴롭기 때문에 매일 그의 아버지를 욕한 만큼, 그의 요실금 이야기를 했던 것인지도 모른다.

"비가 그쳤어."

수리마리파라가 손바닥을 들어 말했다. 거리의 사람들은 왠지 눈이 더 촉촉해 보였다. 사람들은 우산을 접고 다시 걷는다. 비가 오는 풍경보다 비가 내린 후의 풍경이 더 마음에 들었다. 사람들은 조금씩 다른 방식으로 우산을 들었다. 우산을 접어 가방에 넣는 사람이 있었고, 지팡이처럼 우산으로 땅을 짚으며 걷는 사람이 있는가 하면, 장우산을 검처럼 들고 다니는 사람(손을 휘저을 때면 뒤에 있다가 복부에 맞을 수도 있으니 피해서 걷게 됨)도 있었으며, 우산을 아령 삼아 팔운동을 하며 걷는 사람도 있었다. 뇌이쉬르마른과 수리마라파라는 사람들을 구경하며 걸었다. 비 온 후에 사람들은 산책로 곳곳에 놓인 의자를 그냥 지나친다. 젖어서 앉을 수 없기 때문이다. 비는 그랬다. 사람을 일으켜 세워 걷게 했다. 그럼에도 불구하고 젖은 의자에 앉는 사람은 비도 어쩔 수 없는 슬픈 사람이다.

그러나 뇌이쉬르마른과 수리마라파라는 우산 없이 걸어 이미 바지가 젖었으므로 의자에 앉아도 되었다.

보영_오늘 비가 왔어요. 글을 써야 하는데 불가항력으로 수면에 빠져들었어요. 베개에서 손이 나와 제 머리를 끌고서 어디론가 가 버렸어요. 계속 잤어요. 머리 없이 쿨쿨 잤어요.

오은

언젠가 비, 언제나 비

비 오는 날이면 평소보다 밝은 옷을 입고 외출한다. 횡단보도에서 불이 바뀌길 기다리는 아이처럼, 언제든 힘차게 팔을 위로 들어 올릴 준비가 되어 있다. 나는 비가 무섭다. 차가 무섭다. 정확히 말하자면 빗길 위로 씽씽 달리는 차가 무섭다. 사람들과 함께 있으면 덜 무섭다. 그들이 비를 막아 주지는 못해도 차를 막아 줄 수는 있으니까. 비가 내리는 것을 멈추지는 못해도 신호를 보내 차를 멈출 수는 있으니까.

살면서 두 번의 교통사고를 당했다. 사고가 나던 날에는 둘 다 우연찮게 비가 내렸다. 두 번째 교통사고가 나기 전까지 나는 황인숙 시인의 『나의 침울한, 소중한 이여』에 실려 있는 표제작 「나의 침울한, 소중한 이여」를 참 좋아했다. 이 시는 이렇게 시작한다.

비가 온다.

네게 말할 게 생겨서 기뻐.

비가 온다구!

_황인숙, 「나의 침울한, 소중한 이여」, 『나의 침울한, 소중한 이여』(문학과지성사)

물론 단 한 번도 누군가에게 이런 식으로 문자메시지를 보내지는 못했다. 무슨 일이냐고, 나한테 대체 왜 이러느냐고 연락이 올 게 빤했으니까.

2009년 3월 26일, 나는 차 두 대에 치였다. 비 오는 날이었다. 차 두 대에 치였다고 말하면 사람들은 묻는다. "연쇄 추돌 사고였나 봐요?" 그러면 나는 준비된 답변을 한다. "저는 보행자였어요. 택시에 치여 쓰러져 있었는데, 승용차 한 대가 저를 또 치고 뺑소니를 쳤대요." 나직하게 말하면 대화 분위기가 가라앉을까 봐 짐짓 아무렇지 않은 듯 이야기한다. 상대는 놀라서 잠시 아무 말도 하지 않는다. 침묵이 흐른다.

"그만하길 다행이에요." 눈을 마주치고 고개를 끄덕이며 대화가 마무리되면 좋을 텐데, 늘 몹쓸 호기심이 문제다. "그래도 차가 천천히 달렸나 봐요?" 나는 시속 110킬로미터였다고 대답한다. 상대는 동공을 움직여 내 몸을 훑어보기 시작한다. 살아 있다는 게 기적이라는 눈빛이다. 물론 훑어보는 것을 들키지 않으려고 벽을 쳐다보거나 천장을 올려다보는 등 시선을 분산하는 것도 잊지 않는다. 그러다 불쑥 질문이 날아든다. "그나저나 뺑소니 친 사람은 잡았어요?" 나는 가만히 고개를 젓는다. 대화를 끝내고 싶은 것이다.

"그래도 그만하길 천만다행이에요." 나는 속으로 생각한다. '제발 질문을 그만하길. 그래야 천만다행이야.' 그러나 궁금함을 이기지 못하고 질문을 이어 가는 이도 있다. "보험은 들어 놓으셨던 거죠?" 말문이 막힌다. 갑자기 보험 외판원 모드로 돌변한 상대는 제때 보험을 들어서, 혹은 들지 않아서 생겼던 일에 대해 이야기한다. 본인 이야기도 아니고 본인의 지인 이야기다. 그는 듣고 있었을까. 빗금처럼 쏟아지던 우리 둘 사이의 빗소리를. 그런 날에는 축축이 젖은 채로 집에 돌아왔다.

지금은 웃으며 말할 수 있지만, 사고 후 반년쯤 지났을 때 나는 거의 매일 밤 악몽을 꾸었다. 꿈속은 빛 한 줄기 들지 않는, 사방이 깜깜한 밤이다. 비가 내리고 있다. 빗소리 사이사이 발자국 소리가 들린다. 그러다 헤드라이트 불빛이 나를 향해 달려든다. 친구가 단호하게 말했다. "상담을 받아야 해." 시간이 흐르면서 악몽을 꾸는 일도 줄어들었다. 어느 날 친구가 전화했다. "아직도 악몽을 꾸니?" 나는 밝은 목소리로 아니라고 대답했다. 친구의 입에서 똑같은 말이 흘러나왔다. "상담을 받아야 해!" 달라진 점이 있다면 느낌표가 추가되었다는 것이다. "응?" "그건 자기부정이야." 심리학 도서가 인기를 끌던 시절이었다.

이수명의 시집 『언제나 너무 많은 비들』에는 「토르소」라는 제목의 시가 있다. 시는 이렇게 시작한다.

비가 그쳤다.

비가 그친 후 비를 목격했다. 비가 더 이상 움직이지 않게 되었을 때에

나는 너를 깨웠다.

_이수영, 「토르소」, 『언제나 너무 많은 비들』(문학과지성사)

한동안 나는 자동차를 잘 타지 못했다. 차 안에 있으면 아무리 천천히 달리고 있어도 질주하는 것처럼 느껴졌다. 자연스레 비 오는 날의 외출도 꺼리게 되었다. 친구의 말대로 그때 상담을 받았으면 나아졌을까. 그러나 비가 그쳐도 비는 목격된다. 사방에 물웅덩이가 고여 있다. 외벽이나 전봇대의 채도는 낮아져 있다. 비 맞기 전의 나와 비 맞은 후의 나는 다른 사람이다.

언젠가 비가 무섭지 않은 날이 올 것이다. 언젠가 비를 다시 맞는 날이 올 것이다. 우산을 집어던지고 거리 한복판에서 양팔을 벌리고 쏟아지는 비를 맞는 일, 영화에서만 보아 왔던 그 장면에 자발

적으로 끼어들 것이다. 비를 맞고 오소소 소름이 돋고 오한이 들면 따끈한 우동이나 라면을 먹어야지. 차마 보낼 수 없었던 문자 메시지도 적어야지. '비가 온다. 네게 말할 게 생겨서 기뻐. 비가 온다구!' 상대의 답장을 예상해본다. '모둠전에 막걸리? 콜!'

오은_"가랑비에 옷 젖는 건 싫은데 소낙비를 통째로 맞는 건 좋아." 언젠가 네가 한 말이 떠오른다.

이은정

비 오는 날의 루틴

'비 오는 날에만 섹스하는 부부가 있었다'로 시작하는 소설을 쓴 적이 있다. 웃기게 쓰거나 적어도 웃프게 쓰려고 시작했는데 슬픈 얘기가 되어 버려서 초고에서 끝난 소설이다. 도대체 왜 '비 오는 날에만 섹스하는 부부'의 이야기를 슬프게밖에 쓸 수 없었을까. 심지어 그 부부는 신혼이었고 더욱 기막힌 사실은 실화라는 것이었다. K 언니가 웃지 않는 나를 웃겨 주기 위해 꺼낸 이야기였는데 생각해 보니 처음 그 얘기를 들었을 때도 나는 웃지 않았다. 전혀 웃기지 않았다. 웃기기는커녕 슬퍼서 미간이 부풀었다. 부부가 비 오는 날에만 섹스를 하다니, 너무 슬프잖아. 장마철엔 어쩔 거고 가뭄에는 어쩔 건데. 내 반응이 그 부부의 사연보다 더 웃기다며 배꼽을 잡던 K 언니를 보면서도 나는 웃지 않았다. 어느 지점이 웃긴 걸까. 나는 정말 너무 슬픈데.

사실, 그 부부의 이야기를 들려준 K 언니는 약간 술에 취한 상태였다. 우리는 여러 날을 망치고 있었고 망친 날들을 푸념하기 위해 만난 자리였다. 이런저런 얘기를 하다가 비 내리는 창밖을 바라보던 K 언니가 뜬금없이 그 얘기를 들려준 것이다. "웃긴 얘기 하나 해 줄까?" 나는 별로 기대하지 않았다. 무슨 얘길 들어도 웃기 싫은 날이었다. 그런 날에 듣는 어설픈 개그는 웃기지 않아서 정말이지 분위기가 숙연해지므로 나는 침묵이 좋았다. "비 오는 날에만 섹스하는 부부가 있었어." 그렇게 서두가 시작되었을 때, 술이 확 깨면서 온몸에 소름이 돋았다. 이토록 매력적인 시작이라면 웃기지 않거나 마침내 숙연해져도 좋을 것 같았다. 그 한 문장만으로 내 머릿속엔 이미 소설적 장치들이 마구 쏟아져 나오고 있었다. 제발 완벽한 스토리이길 기대하며 귀를 크게 열고 집중하기 시작했다.

이야기는 간단했다. 단칸방에 사는 신혼부부가 있었다. 단칸방에는 부부만 사는 게 아니었다. 시어머니와 아들, 며느리가 함께 살았다. 시어머니는 비 오는 날만 되면 술을 마셨고, 취했고, 죽은 남편을 그리워하다가 일찌감치 잠들었다. 비가 내리면 며느리는 항상 술상을 차렸고, 아들은 일찍 퇴근했고, 단칸방은 일찌감치 깜깜해졌다. 빗소리와 시어머니의 코 고는 소리. 그리고 신혼의 은밀함. 시어머니에게도 신혼부부에게도 비 내리는 소리가 하나의 루틴이 되었을 것이다. 서로 완전히 다른 방향의 루틴. 너무 슬프고 안타깝다는 내 마음을 전했을 때 껄껄 웃던 K 언니는 놀라운 반전을 선사해 주었다. 자신이 그 부부에게서 태어난 막내딸이고 자신에겐 위로 다섯 명의 형제가 있다는.

K 언니의 엄마, 그러니까 이야기 속 인물 중에 며느리가 아직 살아 있다는 사실을 알게 된 나는 인터뷰를 하고 싶었다. 당사자에게 직접 듣는 '비 오는 날'의 이야기는 막강한 소설이 될 것 같은 예감이었다. 나는 설렌 마음으로 술을 마셨고 그 마음을 들키고 싶지 않았다. "엄마가 날 못 알아봐." 웃을 일이 아닌데 웃으며 그렇게 말하는 목소리를 듣기 전까지 나는 소설만 생각했고 계속 설레었다. 엄마가 못 알아본다는 말이 무슨 뜻인지 인지했을 때, 그제야 아차 싶었다. 부끄럽고 미안해져서 위로조차 할 수 없었다. 말없이 술잔을 채워 주는 것으로 마음을 전하고 있는 내게 K 언니가 불쑥 치고 들어왔다. "이 얘기 소설로 써 봐. 재밌겠다." K 언니는 내 문장을 아는 사람이었고 내 글을 좋아하는 사람이었다. 그러니 그 얘기를 재밌게 쓸 수 없다는 것도 알고 있었을 테고, 어쩌면 그래서 쓰라고 했을 것이다. 처음부터 소설 생각만 하고 있었던 것에 대해서는 끝내 숨기고 돌아왔다. 그래 놓고 진짜 소설을 썼다.

초고여서 제목 없이 저장했더니 파일명이 소설 첫 문장으로 나온다. '비 오는 날에만 섹스하는 부부가 있었다'가 의도치 않은 가제가 되었다. 나는 그 소설을 퇴고하지 않을 것이다. 발표도 하지 않을 것이다. 초고 그대로, 어설프고 뜨거운 상태 그대로 간직하려고 한다. 제목도 없고 날것인 미완성 소설 한 편이 비 오는 날이면 문득 떠오른다. 만져 달라고 하는 것 같은데, 나는 너를 차마 만질 수가 없다. 세상에 내보내 달라고 하는 것도 같은데, 나는 너를 자유롭게 해 주지도 못할 것 같다. 그 결과 너는 나의 루틴이 되었다. 비 오는 날이면 떠오르는 소설. 아니, 세 사람의 인생.

초고를 완성한 후에 K 언니에게 소설을 썼다고 고백했다. K 언니는 꺄-악 소리를 지르며 빨리 보여 달라고 했고 나는 보여 줄 수 없다고 했다. 심드렁해진 언니가 이유를 물었을 때 나는 에둘러 대답했고 그녀는 그녀답게 바로 이해하고 받아쳤다. 우리가 이런 통화를 한 날도 비가 내렸다.

"미안하지만 지금은 보여 줄 수 없겠어."

"왜?"

"초고에서 끝난 그 소설이 내 루틴이 되었거든. 비 오는 날이면 그 파일을 열어. 유일한 생존자가 유일하게 잊지 않는 시절이 부담이어서 읽기만 하고 파일을 닫아."

"우리 엄마가 돌아가신 후에나 볼 수 있겠구나."

"아마도."

"그날은 비도 와야겠고?"

"금상첨화지."

"고맙다. 은정아."

"뭐가?"

"그거. 웃긴 얘기 소설로 써 줘서."

"슬펐다니까."

🐾 은정_올해는 장마가 길지 않았으면 좋겠습니다.

정지우

비가 불러오는 날들

작년에도 재작년에도 내가 머지않아 그날들을 그리워하리라는 걸 알고 있었다. 아마 얼마 지나지 않아서, 내년이나 내후년쯤 되면, 나는 틀림없이 오늘을 그리워하고 있을 테지, 하고 생각했다. 아내와 나는 자주 과거를 곱씹어 보는 버릇이 있는데, 그러면 얼마 지나지 않은 날들조차 우리가 사무치게 그리워한다는 걸 알았다. 바로 작년 가을이라든지, 몇 달 전의 겨울이라든지, 얼마 전의 나들이 같은 것들이 금방 그리운 나날들이 된다는 것을 잘 알고 있었다.

이렇게 과거를 금방 그리워하는 습관은 아내를 만나면서 더 강해진 면이 있다. 원래 그렇게 과거를 추억하는 걸 좋아하는 편이긴 했지만, 아무래도 혼자 추억하는 것보다는 함께 추억하는 것이 더 힘이 센 듯하다. 우리가 함께 사랑했던 날들을 함께 그리워한다는 것은 종종 참으로 좋은 경험이라는 생각이 든다. 아내와 함께 사진첩들을 보면서, 또 그저 차 안에서 이야기를 나누면서, 옛 물건들을 보면서 우리의 어떤 나날들을 떠올려 보는 일은 질리지 않고, 무척 부드럽게 다가오는 소중한 순간이다.

내심 나는 비가 오길 기다리고 있었다. 그리고 비가 오면, 무슨 글이든 써내고 말리라 생각했다. 그런데 정말로 내가 사는 고장에는, 봄비가 찾아왔다. 며칠 동안 모처럼의 비가 쏟아졌고, 나는 가장 먼저 작년 여름을 떠올렸다. 우리는 아이와 함께 셋이서 바닷가에서 '일주일 살기'를 해 보기로 마음먹었던 터였다. 아내가 어느 날 차를 타고 가면서 "일주일 살아 보면 정말 좋을 것 같아"라고 했고, 내가 "그럼 그러자!" 하고 대답했다. 그리고 얼마 뒤, 에어비앤비를 통해 한 집을 빌렸다. 그렇게 우리의 일주일 살기가 시작되었다.

우리의 꿈은 매일 바닷가로 나서서 매번 파라솔을 치고 해수욕을 하고 아이스아메리카노를 마시면서 토스트를 먹으며 그저 아무 관광 계획도 없이 바닷가 생활을 누려 보는 것이었다. 그런데 실제로 바닷가로 그렇게 나설 수 있었던 날은 이틀 정도밖에 되지 않았다. 때마침 우리가 살기로 한 날부터 장마가 시작되었기 때문이다. 우리는 매일 날씨를 확인하면서 조금이라도 하늘이 파란빛을 띠면 부리나케 달려 나갔는데, 그 외의 날들은 주변 카페를 둘러보거나, 아웃렛을 돌아다니며 시간을 보냈다. 꿈꾸던 날들은 실현되지 못했지만, 그래도 큰마음 먹고 다른 곳에 잠시 살아 봤던 기억은 자주 그립게 어느 순간들에 엄습하곤 한다.

사실, 그 시간은 어떻게 보면 얼마든지 불운했고 나쁜 것이었다고도 할 수 있다. 비만 오는 바닷가 생활은 누구도 그리 부러워하지 않을 것 같다. 더군다나 아이는 5일째 되던 날 즈음부터 아프기 시작했는데, 밤새도록 열이 끓고 온몸에 열꽃이 피는 '돌치레'가 하필 그때 찾아온 것이었다. 결국 마지막 날은 제대로 누리지도 못한 채, 병원부터 달려가서 아이는 처음으로 링겔을 맞았고, 집에 돌아와서는 며칠 내내 밤에 잠도 자지 못할 만큼 힘들어했다. 그런 나날들을 무슨 수로 그리워할까 싶으면서도, 그래도 어김없이, 비가 오는 어떤 따뜻한 날에는 그곳의 바다가 생각난다. 몇 번이나마 함께 해 질 무렵 거닐었던 바닷가, 아무도 없던 모래사장, 모처럼 날이 맑아져서 찾았던 해안 절벽의 절, 아담한 집에서 구워 먹었던 고기 같은 것들이 비와 함께 되살아나곤 한다.

삶이란 아마도 그렇게 어떤 날씨들과 함께 끊임없이 되돌아오는 무엇이 아닐까 싶다. 삶이라는 것에 그 외의 대단히 이루어야만 하고 도달해야만 하는 무엇이 있는지 잘 모르겠다고 느낄 때가 있다. 비 오는 오늘, 혹은 약간 따뜻한 바람이 불어오는 맑은 어느 봄날, 추운 겨울 찬바람을 피해 황급히 들어갔던 어느 따뜻한 설렁탕집, 에어컨 아래에서 수박을 잘라 먹던 어떤 어제만이 그렇게 차곡차곡 쌓여 나가고, 또 그와 같은 날에 다시 기억으로 돌아오고, 그리워하고, 또 다른 그리움을 쌓아 나가고, 살아 내는 일이 삶 내내 이어지고 반복되는 것 외에, 삶이라는 것이 무엇일지 고민해 본다. 아마 삶은 그 바깥에는 없을 것이다. 그리워할 오늘 외에, 별다른 곳에서 만들어 낼 만한 무엇이 아닐 거라는 생각이 든다. 그렇게 또 오늘에 충실한 법을, 오늘 그리워하는 법을 매일 배워 나가야지, 생각한다.

지우_비와 그리움에 대한 글을 쓰게 되었네요. 다들 아실 법한 노래지만, 비가 오면 늘 생각나는 노래, 이승훈의 <비 오는 거리>를 남겨봅니다.

언젠가,
결혼

김민섭

보고 계신가요, 타로 아버님

1.

결혼을 빨리하거나 아예 하지 않아야겠다고, 아주 어린 시절부터 마음먹고 있었다. '빨리'의 기준은 명확했다. 사촌 누나의 집에서 『타로 이야기』라는 만화책을 보다가 그만 즉흥적으로 '그래, 내가 아이의 초등학교 입학식에 갔는데 아직 20대면 사람들이 다 놀라겠지. 그거야!' 하는 마음이 되고 말았던 것이다. 놀라는 사람보다는 놀라움의 대상이 되고 싶었다. (만화책 속 타로의 아버지는 중학생 때 타로를 낳았다고 한다.) 그러려면 나는 스물한 살에는 결혼해서 스물두 살에 아이가 태어나고 스물아홉 살에 이르러 아이의 초등학교 입학식에서 타로의 아버지와 닮은 미소를 하고는 서 있어야 했다. 게다가 아이가 고등학생이 되어도 나는 여전히 30대일 뿐이다. 그야말로 모두의 주목을 받을 수 있는 '형 같은 아빠'가 완성되는 것이다.

그때만 해도 30대가 되면 사람의 인생은 끝일 거라고, 그 전에 적어도 이룰 것은 다 이뤄 두어야 한다고 믿었다. 누구에게나 그런 시절이 있다. 스물한 살에 결혼하는 건 당연한 일이고, 20대에 유럽 정복과 한국 프로야구 홈런왕을 하겠다는 원대한 목표도 함께였다. 그러나 나는 당연하게도 무엇도 이루지 못했다. 가장 현실성 있는 건 아무래도 그 나름의 조혼이었겠으나, 거기에도 당당히 실패하고 말았다. 스무 살에는 학생이었고 스물세 살에는 군인이었고 스물다섯 살에는 대학원생이었고 스물아홉 살에는 박사과정 수료생이었다. 스무 살에는 어려서, 스물다섯 살에는 공부해야 해서, 스물아홉 살에는 모아둔 돈이 없어서, 나는 결혼할 수 없었다. 다른 여러 이유가 있었겠으나-누가 너랑 해준대?-그러면 너무 슬퍼지니까 여기까지만.

서른이 넘으면 결혼하지 않겠다는 어린 시절의 다짐이 무색하게, 나는 서른세 살에 결혼했다. 그러나 아이의 유치원 운동회에 간 나는 주변을 둘러보고 설레기 시작했다. 아무리 봐도 내가 제일 젊었던 것이다. '아니 아버님들, 애는 고작 유치원생인데 왜 다 마흔이 넘으셨습니까….' 누가 보아도 나보다 열 살쯤 많아 보이는 아버지와 함께 달리기 라인에 섰을 때는 '대흔아 잘 봐라, 제일 젊은 이 아빠가 저 상품을 타올 것이다' 하고 두근거렸다. 그러나 서른여섯이든 마흔몇이든 운동을 안 하기는 마찬가지인지, 혹은 아이의 기대를 안은 모든 부모의 마음이 그러한지, 거의 아슬아슬하게 결승선에 닿고 있었다. 나는 그때 왜 그랬는지 반드시 홈으로 들어와야 하는 3루 주자처럼 몸을 날려 슬라이딩을 했다. 스피커에서 분명히 "아이고 아버님들 다치십니다. 그런 거 하지 마세요오" 하는 선생님의 목소리가 들려온 것도 같지만, 나는 아이에게 1등 상품인 면수건 한 장을 전해 줄 수 있었다.

며칠 후 아내에게 다음과 같은 말을 들었다. "엄마들이 대흔이 아빠가 제일 젊어 보인다고 그랬다고 하더라." 그 말이 뭐라고, 나는 그 자리에서는 그러느냐며 빙긋 웃고 말았지만, 아내가 없는 데로 나와서는 그만 으아아아, 하고 두 주먹을 불끈 쥐었다. 뭐랄까, 유럽도 정복하지 못했고 야구 선수가 되지도 못했지만, 어린 시절의 약속을 지킨 어른이 된 것이었다. 타로 아버님, 보고 계십니까, 저도 해냈습니다.

2.

이 '결혼'이라는 주제는 행복한 결혼 생활을 영위하고 있는 것처럼 보이는 정지우 작가가 제안했다. 남궁인 작가의 '나의 진정한 친구 뿌팟퐁커리' 때만 해도 그보다 더 난감한 것은 없으리라 믿었으나, 이제는 그 뿌팟퐁이 천사처럼 보일 지경이다. 아 물론 내가 불행한 결혼 생활을 하고 있다는 건 아니다. 정말로 절대로 아닌 게 아니지 않다. (어…?) 남들만큼, 처럼, 잘 지낸다.

다만 누구에게도 고백한 일이 없는데, 결혼과 관련된 하나의 트라우마가 있다. 정확히 말하자면 '결혼식 트라우마' 같은 것이다. 언젠가부터 결혼식장에 들어가면 식은땀이 나고, 몸이 차가워지고, 심장이 빨리 뛰다가, 결국 하얗게 질려서 나오게 된다. 오랜 친구의 결혼식에서는 견뎌 보려고도 했으나 함께 사진을 찍으며 화가 난 표정을 짓고 말았다. 나를 위해서든 그들을 위해서든 결혼식에 가지 않는 게 맞았다. 그러나 살다 보면 반드시 가야만 하는 누군가의 결혼식이 있기 마련이다. '와, 김민섭이 네 결혼식에 안 왔다고? 그거 아주 오랑캐 같은 놈이네!' 하고 우주까지 소문이 날 만한.

몇 번의 시행착오를 거치던 나는 결국 방법을 찾아냈다. 예식이 진행되는 공간만 아니면 그런대로 괜찮았던 것이다. 그래서 나는 식장에 들어가지 않고 그 바깥에만 있기로 했다. 그에 따라 몇 가지 원칙을 정했다.

1) 결혼식장에는 제일 먼저 간다.
2) 친구를 찾아가서 축하를 건네고 악수도 하고 많이 친하면 포옹도 한다.
3) 축의금을 우리의 관계에서 내야 할 금액보다 약간 더 많이 낸다.
4) 1등으로 밥을 먹으러 간다.
5) 빠르게 식사를 끝내고 사람들이 오기 전에 나간다.

나는 이 다섯 가지의 원칙을 몇 년 동안 굳게 지켜 오고 있다. 누군가는 서운하게 여길지도 모르지만 서로를 위한 일이다. 그러나 꼭 나쁘지만은 않았다. 결혼식장에 가장 먼저 가서 친구를 만나고 나면 조금 더 많은 이야기를 나눌 수 있는 것이다. 와 줘서 고맙다, 그래 기분이 어떠니, 정신이 없어, 무슨 말인지 알아, 너 오늘 밥 많이 먹고 가, 응 그럴게, 엄마 얘가 민섭이야, 어릴 때 놀러 왔던 친구 있잖아…. 언제나 중간보다는 처음이나 마지막이 기억에 남는 법이다. 1등으로 밥을 먹으러 가서 혼자 천천히 이것저것 먹는 기분도 나쁘지 않다. 사진에 없다는 서운함과 미안함은 서로 남겠지만 조금 더 많은 축의금 액수와 정신없이 바쁘게 지나간 시간들은 많은 것을 잊게 해 준다. (그래도 미안하다 친구야.) 가끔은 결혼식의 분위기가 식장을 넘어 전염되고 나면 술을 한두 잔 마시다가 취하기도 했다. 식당에까지 대형 전광판을 두고 결혼식을 생중계하는 건 좀 너무한 것이다.

이러한 트라우마가 왜 생겼는지 나는 사실 알고 있다. 어쩌면 아주 잘 알고 있지만, 어딘가 숨어 있을 그 무의식과 마주하기는 두렵다. 그 심층까지 갈 것 없이 표면 어딘가에 있는 것들을 들추어 보자면, 결혼식이라는 그 예식 자체에 대한 실망도 있다. 우리가 아는 사람의 여러 욕망들이 집결하는 때다. 한번은 친구가 모두가 알 만한 모 기업의 사장 딸과 결혼한다고 했다. 무려 그 기업의 본사 예식장에서 결혼식이 열렸다. 20대나 30대로 보이는 청년들이 입구에서

부터 하객들을 맞이하고 있었다. 모두가 그 기업의 사원들이었다. 그 모습을 보면서, 저 사람들이 왜 여기에 와서 저런 걸 하고 있어야 하나, 하고 슬퍼진 것이다. 그때는 별다른 트라우마도 없던 때지만 친구에게 축하한다는 말을 해 주고는, 적당한 축의금을 내고는, 밥도 먹지 않고 밖으로 나왔다. 그 이후에도 교회에서 대학에서 누군가의 예식을 위해 동원된 사람들을 보면서 결혼식에 대한 막연한 거부감이 커졌다.

아마 언젠가는 이 원칙을 지킬 수 없는 결혼식도 다가올 것이다. 그때쯤이면 이 트라우마가 어떤 방식으로든 극복될 수 있기를 바란다.

3.

대학원생 시절의 나는 가난했다. 얼마나 가난했느냐면, 치킨을 먹는 게 가장 사치스러운 일이어서, 먹다가 행복함과 서러움에 두어 번 울기도 했다. 그때 이미 사회인이 된 친구들이 결혼을 한다고 하면 축의금을 얼마나 해야 하는지 알 수가 없었다. 5만 원, 10만 원, 15만 원, 가장 친한 친구에게는 얼마나 해야 하지. 한번은 오랜 친구의 결혼식에 가서 20만 원인가 30만 원인가를 내고 왔다가 여자친구에게 네 형편에 그게 뭐냐고 잔소리를 들었다. 나는 사실 가능하다면 100만 원이라도 하고 싶었으나, 정말로 내 형편에 그럴 수는 없었고, 사실 많이 무리했던 것이다. 그래서 그 친구와 내가 얼마나 친한 사이인지 설명하다가 그만 화를 내고 말았다. 그 시기의 결혼식이란 대개 부담과 서러움으로 기억되어 있는 듯하다.

가능하다면 내가 쓴 논문이라도 대신 주고 싶었고, 아니면 다음과 같이 말하고 싶었다. '친구야, 내가 너한테 오늘 번 돈을 다 줄게. 그게 얼마인지는 나도 모르지만 얼마 안 될 거라서 미안해….' 그때 나의 급여가 대략 월 80만 원이었는데, 거기에서 대학원 학비를 제외하고 나면 월 10만 원 정도가 남았다. 80만 원으로 계산해도 일당은 3만 원이 채 안 되었다. 나는 정말로 3만 원과 함께 "너에게 오늘 번 돈을 다 넣었…" 하는 편지라도 한 통 넣고 싶었다. 그러나 결혼식의 기록에는 누가 얼마나 돈을 냈는지만 남는다. 그럴 수는 없는 것이다.

몇 년 후, 나는 대학에서 나와 이런저런 일을 겪으며 전업 작가가 되었고, 그때보다는 형편이 많이 나아졌다. 그리고 어느 날 가장 친한 친구가 결혼한다는 소식을 들었다. 트라우마 덕분에 식장에 들어가는 일은 없을 것이지만, 드디어 그 시절의 다짐을 지킬 수 있게 된 것이다. 마침 그날 오전에 잡힌 강연이 있었고 그 친구의 결혼식은 점심이었다. 그 친구와 나 사이에서 내야 할 축의금보다는 그날 강연을 하고 받을 돈이 많을 게 분명했다. 나는 봉투에 그만큼의 돈을 넣어서 "친구 김민섭"이라는 이름으로 내고, 결혼식이 생중계되지 않는 식당에서 혼자 조신하게 밥을 먹고, 나왔다. 다음 날, 친구에게 전화가 왔다.

"민섭아, 뭐 이렇게 많이 넣었냐."

"우건아, 내가 대학원생 때는 결혼식에 가는 게 너무 힘들었다. 돈이 없었거든. 내가 하루 동안 번 돈을 다 줄 수 있으면 좋겠다고 생각했어. 지금은 그때보다는 많은 돈을 번다. 그런데 너에게는 내가 오늘 번 돈을 그대로 다 주고 싶었다."

"고맙다…."

"아냐, 결혼 축하한다."

"그런데 민섭아, 이 500원은 뭐냐."

"아 그게… 원천징수인 3.3퍼센트를 자체적으로 떼고 나니까 딱 안 떨어지고 500원이 남더라고. 근데 그냥 넣었어."

"엄마가 이 500원이 뭔지 궁금해하시더라고. 이 돈이 어떤 돈인지 꼭 말씀드릴게."

그날 번 돈을 다 주고 싶은 친구가 있다는 건 기쁜 일이다. 그러한 결혼식이 얼마나 더 남아 있는지는 잘 모르겠다. 다만 이 마음만은 계속 간직하고 싶다.

민섭_쓰고 지우며 해도 되는 말과 해서는 안 되는 말을 골랐습니다. 이렇게 힘든 글을 쓴 적이 최근에 있었나 잘 모르겠습니다. 그래서 세 편을 썼습니다.

김혼비

합쳐서 뭐가 될래?

사랑한다고 굳이 결혼까지 할 필요가 있을까 생각해 왔던 내가 T와 결혼을 결심하게 된 데에는 몇 가지 이유가 있었다. 연인이던 시절 1년 간격으로 한 차례씩 수술을 받고 입원을 한 적이 있었다. 법적으로 서로의 보호자가 될 수 없다는 걸 번번이 확인하는 답답한 시간들이었다. 서로에 관해 누구보다 잘 알든, 가족보다 훨씬 가깝든, 그런 것들은 아무 관계가 없었다. 법 안에서 우리는 아무 관계가 없었다. 중요한 순간마다 배제되었고, 그 배제는 병원에서만 일어나는 일도 아니었다(그런 점에서 생활동반자법 입법은 정말 중요하고 시급한 문제이다). 그렇다고 법적으로 묶이면서 생기는 편리만이 결혼의 이유는 아니었다. 나는 결혼과 함께 자동 재생되는 가부장제식 아내-며느리 타령에 맞춰 춤을 추고 싶지 않았고, '여자들은 다 그러고 산다'라는 논리 아래 성평등하지 않은 상황에 당연한 듯

놓이고 싶지도 않았는데, 반가부장제-성평등 부분에 있어 T는 나만큼이나 확고했으며, '아내가 차려 주는 따끈한 밥상'이라든지 '우리 엄마와 딸같이 지내는 아내', '아내가 꾸리는 깨끗하고 아늑한 가정' 같은 판타지가 전혀 없었다(있었다면, 난 어느 것 하나 실현시켜 주지 못했을 것이므로 피차 불행해질 터였다). 그래? 그렇다면 한번 해볼까?

그리하여 양가 부모님께 인사를 드리고 결혼이 조금씩 구체성을 띠어 가면서 우리는 결혼에 대해 우리가 고려하는 가치들과 어른들의 그것이 너무나 다르다는 걸 차츰 깨달아 갔다. 그중에서도 '궁합'이 그렇게까지 중요한 문제라는 점에 무척 당황했다. 어른들에게 궁합은 거의 최종심급이었다. 이 세계에서는 100가지 결혼 부적절 사유가 있어도 궁합이 최고라고 하면 거기서 게임 끝인 듯했고, 그 반대의 경우도 당연히 성립 가능했다. 엄마는 나를 붙잡고 나쁜 궁합을 무릅쓰고 결혼했다가 파국을 맞은 사람들의 예를 마치 〈한국을 빛낸 100명의 위인들〉을 부르듯이 쫙 읊었고, 개중에는 나 역시 그 파국의 과정을 처음부터 봐 온 사람들도 끼어 있었기에 딱히 반박하지 못했다. 알겠어, 알겠다고. 결국 2주 후 주말에 엄마와 같이 사주를 보러 가기로 합의하기에 이르렀다. 여기서 중요한 건 '2주 후'이다. 당장 그 주 주말에 가자고 하는 걸 온갖 핑계를 대어 가며 2주라는 시간을 일부러 벌었기 때문이다. 별생각 없이 갔다가 '별로 좋지 않습니다' 같은 말을 엄마가 듣게 된다면 정말 골치 아파질 것 같았다. 좋은 말을 해 주는 곳을 고르기 위해 사전답사와 물밑작업이 필요했다. 마침 어른들 이상으로 궁합을 중요하게 여기는 몇몇 친구들이 있었다. 내 계획에 반색한 그들은 부탁하지도 않았는데 몇 달치 예약이 꽉 차 있는 점집들에 '단골 찬스'까지 써 가며 적극적으로 시간을 잡아 주었고 그렇게 나와 T의 점집 투어가 시작되었다.

결과는 매우 놀라웠다. '별로 좋지 않습니다' 같은 말은 어느 곳에서도 나오지 않았다. 왜냐면! 다들 "절대 안 됩니다"라고 입을 모았던 것이다. 심지어 한 점술가는 "뭐, 결혼식 너무 애써서 준비하지 마세요. 초대도 많이 하지 말고요. 어차피 1년도 못 갈 결혼인데"라고 단언했다. 뭐야, 원래 점술가들은 혹시 자신의 말이 틀릴 걸 우려해서 이래도 맞고 저래도 맞게끔 도망갈 구석 하나쯤은 슬쩍 만들어 놓으며 교묘하게 말하는 거 아니었어? 원래 이렇게 막 솔직담백하고 그래? 와우, 생각보다 화끈들하신데? 하지만 점집에 관해 전문가 수준으로 빠삭한 친구들 역시 입을 모았다. "아니야, 내가 거길 10년 넘게 다녔지만 그분이 그렇게 대놓고 말하는 경우 한 번도 못 봤어." "그렇게까지 말하는 점술가는 잘 없는데… 너희가 정말 안 좋나 보다." 그리고 이어지는 만류에 가까운 걱정들. "사주 이기는 사람 없어. 결혼 다시 생각해 봐." "그분이 궁합에 관해서는 틀림이 없어. 너 어차피 별로 결혼할 생각 없었잖아? 좀 더 고민해 보면 어때?"

당장에 엄마를 데려갈 곳이 한 군데도 없는 것도 문제였지만, 사주 같은 걸 전혀 믿지 않는 나도 모두가 그렇게 말을 하니 마음이 점점 약해졌다. 하지만 그 모든 말에도 전혀 흔들림 없는 T 앞에서 그런 불안한 기색을 보이고 싶지는 않았다. 그런 와중에 N이 별자리 점집을 추천했다. 그곳은 몇 년 전 친구들을 따라 몇 번 간 적이 있는 곳이었다. 몇 번이나 갔다는 건, 당시에는 내가 별점을 꽤 믿는 편이어서라고 생각했는데 나를 처음 데려갔던 G가 "네가 믿길 뭘 믿어. 너 거기서 시키는 대로 안 하고 다 네 마음대로 했으면서"라고 퉁명스럽게(G는 그 점성술사를 굉장히 믿고 따랐기 때문에 그렇지 않은 내 태도를 탐탁지 않아 했다) 말하는 걸 듣고서야 사실은 내가 별점을 그다지 신뢰하지 않는다는 걸 깨달은 후 더 이상 가지 않았던 곳이다. 그래도 이번엔 가 봐도 좋을 것 같았다. 동양에서 서양으로 장르를 한번 바꿔 보는 거야! 이번이 마지막이라는 심정으로, 이번엔 T 없이 혼자 점성술사를 찾아갔다.

별점에는 내가 태어난 순간에 각 별들이 어디에 위치하고 있었는지를 동그란 하늘에 표시해서 보여 주는 '네이탈 차트'(한국말로 하면 '출생천궁도')라는 게 있다. 오랜만에 만난 점성술사는 잠깐 반가워하는 기미를 보이는가 싶더니 금세 심각한 얼굴로 나와 T의 차트를 나란히 보여 주며 말했다. "절대 안 돼요. 근데 또 내 말 안 듣겠지? 그럼 할 때 하더라도 대충 준비해서 대충 결혼해요. 혼인신고 하지 말고. 몇 달 못 갈 결혼에 최선을 다할 필요는 없죠." 우리의 궁합은 동서양을 망라할 정도로 대단한 모양이었다. “뭐가 그렇게 안 맞는 거예요?” “자, 차트를 봐요. 그냥 아주 쉽게 설명해 줄게요. 딱 봐도 둘이 완전 다르죠? 하늘 위에 그려지는 것들이 이렇게 많은데, 이 많은 것들이 일부러 밀어내기라도 한 것처럼 다 정반대에 위치해 있어요. 상극이야, 상극.” 예전에 친구들과 서로의 차트를 같이 본 적이 있었다. 별들이 각각 다른 모양으로 분포한 와중에도 어떤 구간에서는 비슷한 별이 겹치는 부분들이 있기 마련이었는데 나와 T의 차트는 그의 말대로 극명하고 완벽하게 엇갈려 있었다.

“우린 정말 안 되나봐.” 그날 밤, 야근을 마치고 온 T 앞에 차트를 내밀며 말했다. 이번엔 심란한 기색을 숨기지도 못했다. T가 차트를 살펴보는 옆에 앉아 나는 점성술사에게 들은 대로 목성이 어떻고, 하우스가 어떻고, 자세히 설명해 주었다. 차트를 한참 내려다보며 내 말을 가만히 듣던 T가 물었다.

“그러니까 네 하늘 위 별들과 내 하늘 위 별들이 완전 반대라는 거지?”

“말하자면 그렇지.”

“그럼 네 하늘과 내 하늘을 합치면 우주네?”

“뭐?”

“그렇잖아. 이렇게 차트 두 개를 포개면 겹치는 거 하나 없이 우주가 되는 거잖아. 너랑 나랑 합치면 우주야.”

아니 그게 무슨…. 근데 묘하게 설득력 있는데? 이어서 T는 그

동안 우리가 보냈던 시간들을 떠올려 보라며, 우리가 너무 비슷하면서도 너무 달라서 서로로 인해 처음으로 발을 들이게 된 세계들, 그 세계들이 합쳐지면서 만들어진 또 다른 세계들에 관해 이야기했다. 그렇게 세계를 하나하나 넓혀 가다 보면 언젠가는 정말로 우주가 될 것만 같아서 나는 T가 별자리 차트를 해석하는 방식이 점점 마음에 들었다. 점성학적으로 이 해석이 맞는 건지, 완전히 틀린 건지는 이미 아무 상관 없었다. 그렇게 해석할 줄 아는 T여서, 그렇다고 대책 없이 낙관적이지만은 않은 T여서, 점괘들에 정신이 팔려 우리가 함께해 온 날들이 얼마나 신났고 평온했고 놀라웠는지 잠깐 잊고 있던 나에게 하나하나 되짚어 주는 T여서, 나의 흔들림을 늘 단단히 붙잡아 주곤 하는 T여서, 그래, 그런 T여서 내가 사랑하는 거지. 순간 나는 기꺼이 우주가 되어 보는 모험을 하기로 마음을 먹었다. 그것은 내 평생 가장 스릴 넘치는 모험이 될 것이었다.

막판까지 걱정했던 엄마와의 문제는 의외로 싱겁게 끝났다. “T하고 어디어디에 다녀왔는데 둘이 정말 잘 맞대!”라고 아무렇게나 이야기했는데 “그래? 다행이다” 하고 무심히 지나간 것이다. T의 부모님도 T로부터 똑같은 전언을 듣고 “그럼, 됐다!”라며 바로 수긍하고 넘어갔다고 했다. 애초에 궁합에 대해 보였던 지나치게 엄격한 태도와는 너무나도 상반되는 허술한 사실 검증에 우리는 다시 어리둥절해졌지만, 마다할 이유야 없었다. 그렇게 우리는 결혼을 했고, 이름난 여섯 명의 점술가와 한 명의 점성술사의 단언과는 달리 크게 싸우는 일 한 번 없이 올해로 결혼 7년 차에 접어들었다. 가끔씩, 이를테면 앞의 문장 같은 걸 쓰기 위해 결혼한 지 몇 년이 흘렀는지 따져 볼 때마다 깜짝깜짝 놀란다. 벌써 7년이라고? 진짜? 아무래도 우리의 하늘이 겹쳐져 만들어진 작은 우주, 점성학의 세계에서는 진작에 파국을 맞았을 우리가 그에 맞서 개척해 낸 평행 우주 속에서 유영하듯 살다 보니 지구의 시간을 자꾸 잊어서 그런 것 같다.

🐾 혼비_최근에 황두영 작가의 『외롭지 않을 권리-혼자도 결혼도 아닌 생활동반자』를 읽었습니다. 결혼이라는 제도 밖에서도 서로의 법적 보호자가 될 수 있는 세상이 빨리 왔으면, 많은 소중한 '우주'들이 제도와 상관없이 이곳저곳에서 빛났으면 좋겠습니다.

남궁인

시인 A와 뮤지션 P와 작가 K와 뮤지션 L과 고양이 S가 나오는 결혼 이야기

우리 집에서 조촐한 파티가 열렸다. 시간과 기운이 조금 남아 친구들에게 밥과 술을 대접하려고 기획한 파티였다. 실상 친구들이라고 특별한 사람은 없다. 저번에 출연했던 동갑내기 시인 A, 뮤지션 P가 일찌감치 두 자리를 낙점했고, 에세이 연재 사이트 B사의 대표를 맡고 있는 작가 K와 그 회사 소속 고양이 S가 나머지 두 자리를 차지했고, 뮤지션 L이 마지막에 합류했다. 요약하자면 작가 셋, 뮤지션 둘, 고양이 하나의 모임이었다. 각자는 서로 친한 사이가 아니었고 작가 K만 결혼해서 자녀가 둘이었다. 나머지는 다들 혼자서 살아왔다.

모임 시작은 오후 6시 반이었다. 6시 28분에 뮤지션 L에게 조금 늦겠다는 메시지가 왔고, 6시 29분에 작가 K와 고양이 S가 방금 퇴근했다고 남겼으며, 6시 30분에 뮤지션 P는 아직 지하철에 있다고 했다. 예상하던 답변이라 나는 침착하게 요리를 마무리했다. 시인 A는? 그는 원픽답게 우리 집에 일찍 와서 전복에 칼집을 내서 버터구이를 만들고, 내장을 볶아 영양밥에 올리면서 채소 등을 썰고 있었다.

나는 전날 당직을 마치고 일어나자마자 맥주 두 짝과 각종 식재료를 주문해서, 시인 A의 도움 아래 한 상 커다랗게 차렸다. 메뉴는 고등어시래기김치찜, 굴로 풍미를 더한 쑥전, 전복버터구이, 전복 내장과 채소로 지은 영양밥과 달래간장, 제철 두릅과 같이 구운 등심, 중화풍가지볶음, 파김치와 기본 반찬, 망고를 포함한 제철 과일이었다. 이렇게 써 두면 정말 그럴듯하지만 차려놓은 것을 보면 더 그럴듯했다. 심지어 맛있었다. 솔직히 시간과 기운이 조금 많이 나야 할 수 있는 것들이었는데, 가끔은 무엇인가 맞아떨어진다.

그들은 적당히 늦게 도착했다. 언제나 그렇듯 사람들은 내가 기꺼이 먹을 만한 요리를 할 수 있고, 심지어 맛있다는 사실을 확인하면 상당히 놀란다. 풍성하게 차려졌지만 약간 어색한 자리에서 친구들은 맥주를 마시며 적당히 취해 가기 시작했다.

사실 나름대로 이들을 불러 모은 이유가 있었다. 이들이 교류하는 모습을 보고 싶었다. 나는 이 친구들을 단출한 자리에서만 보았다. 모두가 예술가인 만큼 각자의 예술관은 독창적이고 흥미로웠다. 그리고 모두는 더 나아가고 싶은 욕심이나 이루고 싶은 목표가 있었다. 맛있는 요리를 대접하면, 이들이 술 한잔 나누는 편안한 자리에서 어떤 시너지 효과를 낼까 궁금했다.

P는 올해로 12년 차 뮤지션이며 러시아어에 능통하고 중앙아시아에서 전공 학문을 연구하다가 돌아온 경력이 있으며 인생 작가로 친기즈 아이뜨마또프를 꼽는다. L은 9년 차 포크 뮤지션이며 인생 작가로 장 폴 사르트르와 W.G. 제발트를 꼽으며 자신이 수학하는 학문 이름을 앨범 제목이나 곡 제목에 넣었고 현재 소설가 등단을 준비하고 있다. 시인 A는 정지용을 연구해서 박사 과정을 수료했고, '자기 말로는' 평론가들이 등단작이 너무 좋아서 앞으로 더 좋은 시를 쓰기 힘들겠다고 격려했다며 '자기가 직접' 말했다. 고양이 S는 러시아 작가의 이름을 딴 별칭이 있었고, 체호프의 희곡 〈바냐 삼촌〉을 연출한 경력이 있으며 좋아하는 작가로 이반 투르게네프를 꼽았다. 작가 K는 결혼을 했다. 이들이 모이면 어떤 이야기가 나올까 궁금했다. 각자의 취향을 조합하면 다른 예술적 분야가 만들어질 수도 있을 것 같았다.

맥주가 한 짝이 넘어가고 미혼의 뮤지션 P는 본색을 드러냈다. "요즘 오마이걸이 너무 좋아요. 음악 자체도 다른 가수보다 더 좋은 것 같고…." 뮤지션 P와 초면이었던 뮤지션 L은 말했다. "저는 요즘 아이즈원… 아이즈원만 들어요." 시인 A는 기회를 놓치지 않고 들어왔다. "남궁 작가는 유명한 오마이걸 팬이에요." 안 그래도 테이블에는 오마이걸 입체 사진이 서 있었다. 뮤지션 P가 기회를 놓치지 않고 물었다. "원픽이 누군가요." "저는 유, 유아." "다들 유아로 많이들 들어오시죠." 나는 속으로 생각했다. 뮤지션 P는 이미 그 자리에 가 있군. 그러니까 '들어오다'라는 표현을 사용하는군.

이제 집에 있는 프로젝터가 빛을 발할 시간이었다. 각자의 원픽은 커다란 화면 위에서 춤을 췄다. 고양이 S는 에이프릴 레이첼 양에 대한 유명한 밈에 관해 언급했고, 항상 한 발자국 더 진보하는 시인 A는 옆 나라의 멤버가 48명인 아이돌 뮤비를 신청했다. 그리고 영상이 나오는 동안 그룹의 역사와 중간중간 출연하는 멤버의 근황을 소개하기 시작했다. 우린 역시 박사라면 저 정도의 학식이 있어야 한다며 경탄했다. 그 뒤 대화는 거의 추임새에 가까웠고, 거대한 프로젝터의 독무대였다. 밤사이 우리는 의견을 모았다. 아이돌의 시대다. 바야흐로 아이돌의 시대다. 이윽고 맥주 두 짝은 전부 비었고 냄비는 바닥을 드러냈으며 우리는 다음을 기약하고 헤어졌다.

집에 혼자 누워 생각했다. 여섯이 모였지만 결혼이나 그 비슷한 것도 전혀 화제에 오르지 않았군. 방금 유일하게 결혼한 작가 K의 갑작스러운 선언이 떠올랐다. "다음 주까지 결혼에 대한 에세이를 써야 하는데 결론이 너무 힘들어요. J 작가가 일방적으로 자기 쓰기 편한 주제를 정해서, 어쩔 수 없이 결혼은 신중해야 된다는 에세이를 써야 할까 봐요." 나는 이렇게 답했다. "저는 해 보지도 않았는걸요." 결혼에 대한 소회를 단독으로 잠시 털어놓은 작가 K는 우리 집 프로젝터를 부러운 눈길로 보더니 세부 사항과 이것저것을 물었다. 자기가 꿈꾸던 많은 것이 이 독신남의 집에 모조리 있다면서 일단 프로젝터부터 알아봐야겠다고 했다. 이후 단톡방에서 작가 K는 이런 메시지를 남겼다. "잠시 뒤 프로젝터가 도착합니다. 새로운 세계에 눈을 뜨게 해 주셔서 감사합니다." 그를 본 우리는 저것이 결혼이란 것이로군, 생각할 수밖에 없었다.

남궁_고양이 S가 소속 직원인 B사 대표를 맡고 있는, 기혼자이자 두 아들의 아버지이며 '결혼'이라는 주제로 마감을 해야 하는 남성 작가 K 과연 그는 누구인가.

문보영

고래 알아보기

뇌이쉬르마른과 수리마리파라는 비에 젖은 벤치에 앉아 있다. 그들은 사랑과 정체성에 관한 이야기를 나누고 있다.

수리마리파라: 내가 좋아하는 나 자신이 되는 게 중요해.

뇌이쉬르마른: 사랑에 빠졌을 때 우리 자신을 잃지 않는 건 중요하지.

수리마리파라: 그런데….

뇌이쉬르마른: 그런데?

수리마리파라: 내가 너무 나면 그게 할 짓인가?

뇌이쉬르마른: 그렇지…. 구릴 수 있지.

수리마리파라: 그리고….

뇌이쉬르마른: 그리고?

수리마리파라: 내가 나면 그게 정말 나인가?

그때, 어떤 남자가 그들 앞을 속보로 걸어갔다. "우리 남편인가?" 수리마리파라가 말했다. 수리마리파라의 남편인 수리마리고래가 일을 마치고 공원으로 오기로 했기 때문이었다. 뇌이쉬르마른은 수리마리파라가 자신의 남편을 타인과 자주 헷갈려 한다는 사실을 지적했다. "나도 알아. 그런데 나는 남편을 밖에서 만날 때면 늘 조금 긴장해. 내가 그 사람을 알아보지 못할까 봐." "네 남편인데 어떻게 알아보지 못할 수가 있어?" "항상 집에서 보던 사람을 밖에서 보면 밖이라는 환경이 그 사람을 알아보지 못하게 방해하는 것 같아."

수리마리파라와 수리마리고래는 왕년에 클래식 기타 동아리 회원이었다. 기타 동아리에 처음 간 날, 주황색 벙거지 모자를 쓴 선배(이하 주벙모)가 클래식 기타를 연주하고 있었다. 수리마리파라는 통기타와 클래식 기타의 차이를 잘 몰랐기 때문에, 사람들이 발판에 발을 얹고, 허리를 꼿꼿이 펴고서 보면대를 보며 기타를 연주하는 풍경에 조금 당황했다. 주벙모는 수리마리파라를 환영하며 동아리를 소개했다. 그렇게 수리마리파라는 클래식 기타 동아리에 주기적으로 나가게 되었다. 주벙모는 수리마리파라에게 클래식 기타 운지법을 가르쳐 주었는데, 수리마리파라가 기타를 잡자마자 (잡기만 했는데) 재능이 보인다고 했다. 수리마리파라는 웃으라고 하는 말인 줄 알고 따라 웃었다. 그런데 주벙모는 수리마리파라가 손가락으로 기타의 현을 뜯자 (처음 뜯은 건데) 더욱 감탄하며 그녀가 기타에 엄청난 재능이 있다고 말했다. 그 말은 진심이었다. 그래서 수리마리파라는 저 사람은 나를 좋아하나 보다, 하고 생각했다. 사랑에 빠진 사람은 잘 틀리나 보다, 하고도 생각했다. 잘 틀리고 자꾸 틀리고 너무 많이 틀리기. 좀 틀려야 사랑이기 때문에. 틀린 사람은 다른 각도에서 상대방을 보는 사람이므로 그 사람의 새로운 면을 발견할 확률도 높았다. 그러니 사람들이 더 자주 틀리면 좋을 것이다. 그런데 한 명만 틀리면 안 되고, 둘이 동시에 틀려야 사랑이라는 사건이 발생할 수 있는데….

좌우간, 사랑에 빠진 인간은 일단 틀리다, 하고 수리마리파라는 생각하게 되었다.

주병모가 수리마리파라에게 기타를 가르쳐 줄 때 구석에서 개인 연습을 하던 이가 있었으니 그의 이름은 고래였다. 고래가 제일 잘하는 건 보면대와 발판 접기였다. 저놈이 기타를 치러 오는 건지 발판 접기를 하러 오는 건지 싶을 정도였다. 말을 걸려고 하면 가버리고, 가 버리고, 가 버려서 어느 순간부터인가 수리마리파라는 놈이 신경 쓰이기 시작했다. 게다가 고래는 구석에서 혼자 작은 노트에 뭔가를 끄적이곤 해서 더욱 궁금증을 자아냈다.

하루는 수리마리파라가 고래에게 무슨 글을 쓰냐고 물어보았다. 고래는 "읽어 볼래?" 하고 물었다. 그래서 수리마리파라는 고래의 글을 읽었다. 고래가 어떠냐고 물었다. "되게 좋다." 수리마리파라가 말했다. "정말…?" 고래가 물었다. "응! 네 글에는 아무것도 없어." 수리마리파라가 근거를 댔다. "칭찬이야?" 고래가 물었다. "당연하지! 엄청난 재능이야!" 수리마리파라가 말했다.

그게 그들이 클래식 기타 동아리에서 나눈 대화의 전부였다. 수리마리파라는 고래를 은밀히 짝사랑했지만 고래는 전혀 알지 못했다. 고래 옆에 있을 땐 세상이 연해졌다. 주변이 신경 쓰이지 않았고 그래서 주변 자극에 둔해졌다. 세상이 계속 흐릿하고 연할 수 있다면 고래 옆에 있고 싶었다. 그래서 수리마리파라는 고래에게 다가가 말을 걸었는데 고래는 고래처럼 입을 꾹 다물고 기타만 쳤다.

그리고 7년이 지난 어느 날, 주병모의 결혼 소식을 계기로 둘은 연락을 하게 되었다. "너 갈 거야?" 고래가 수리마리파라에게 물었다. 수리마리파라는 고래가 자신에게 말을 건 게 처음이어서 이렇게 답했다.

"다른 사람한테 보내려던 문자 잘못 보낸 거 같은데."

고래는 당황했다. 실은 고래도 수리마리파라에게 관심이 있었다. 그러나 주병모가 수리마리파라를 좋아하는 사실을 알았기 때문에 자신의 마음을 감추었던 것이었다. 그런데 고래는 이제 더 이상 바보로 살고 싶지 않았기 때문에 7년 치의 용기를 긁어모아 이렇게 말했다. "너한테 물어본 거 맞아." 그러자 수리마리파라가 말했다. "난 안 갈 거야." 고래는 시무룩해졌지만 포기하지 않고, 그럼 그날 일정이 있느냐고 물었다. 수리마라파라는 집에서 자거나 밖에 나가서 숨 쉴 거라고 말했으므로, 둘은 주병모의 결혼식 날 둘이서 따로 만나게 되었다. 그들은 잠실에 있는 '치앙마이의 기적'이라는 태국 음식점에서 만나기로 했다.

고래와 만나기로 한 날이 왔다. 그런데 수리마리파라는 고래를 알아보지 못할까 봐 걱정이 되었다. 고래의 얼굴을 떠올려 보려고 했는데 흐릿했던 것이다. 너무 많이 떠올리고 생각해서 지워지고 닳아 버린 얼굴이었다. 오랜 시간 제멋대로 생각해서 변형되어 버린 얼굴이었다.

고래를 만나러 '치앙마이의 기적'으로 향하는 길. 어두운 겨울 저녁이었다. 골목을 돌았는데 전방 15미터에서 고래와 닮은 사람이 걸어오고 있었다. 수리마리파라는 멀리서 그 사람의 전체적인 형상을 보았다. 고래인지 확신하기 어려웠다. 그런데 상대방도 수리마리파라를 의식하는 것 같았다. 그쪽도 만나러 가는 사람이 있는 모양인데, 그 사람이 수리마리파라와 닮았는지 실눈을 뜨고 그녀를 살피는 듯했다. 그들은 티 내지 않고 서로를 스캔했다. 생각해 보면, 그 사람은 고래일 리가 없었다. 약속 장소와 반대 방향으로 가고 있었기 때문이다. 하지만 가까워질수록 더욱 고래인 것 같았다. '그런데 알아본다는 건 어떻게 하는 거지?' 수리마리파라는 문득, 사람이 사람을 알아보는 일의 메커니즘이 이해되지 않았다. 전혀 알 수 없었다. 무엇을 보고 알아보는 거지? 그걸 어떻게 하는 거야? 수리마리파라는 고개를 절레절레 저었다. 그러나 약속 장소에 간다면 확실히 덜 헷갈릴 거라고 수리마리파라는 생각했다. 누군가를 알아보게 만드는 요소에는 그 사람의 얼굴, 손가락, 발가락, 목소리도 있지만 약속 장소도 그러한 요소 중 하나일 것이었다. 약속 장소에 있다는 사실은 누군가를 누군가로 보이게 도울 것이다. '여기에서 만나기로 했다는 사실'이 그들을 그들이게끔, 서로를 서로로 보이게 돕는다는 점에서 약속 장소야말로 그들의 정체성인지도 몰랐다.

상대방이 전방 2미터까지 다가왔다. 수리마리파라는 그 사람의 얼굴을 똑바로 쳐다볼 자신이 없었다. 상대방이 수리마리파라의 얼굴을 보더니 흠칫했다. 그것으로는 부족했다. 그쪽에서 '어!' 정도만 해 줘도 바로 알아볼 수 있을 것 같았다. 알아보는 기색을 좀 더 확실히 내비친다면, 그녀는 고개를 들 것이고, 그 사람의 얼굴은 고래의 얼굴과 딱 들어맞을 것이며, 그 순간 초점이 맞춰지면서 그녀는 그를 알아볼 수 있을 것이었다. 전방 1미터. 둘은 이제 아주 가까워졌다. 그러나 그들은 서로를 알아보지 못한 채 서로를 지나치고 말았다.

방금 지나친 이가 고래였다면, 둘은 식당에서 만나 좀 전에 서로를 지나쳤던 순간을 회고하며 '어떻게 못 알아볼 수 있지?', '너무 오랜만에 만나서 그래. 그래도 반갑다, 야' 따위의 말을 어색하게 주고받을 것이다.

수리마리파라는 치앙마이의 기적에 도착했다. 음식점의 문을 열고 들어가 주위를 둘러보았다. 알 만한 얼굴은 없다. 그녀는 빈 테이블에 자리를 잡고 무릎에 가방을 내려놓은 뒤 숨을 길게 내쉬었다. 그때, 고래에게서 연락이 왔다.

"뛰어가는 중이야!"

3분 뒤, 누군가 땀을 흘리며 허겁지겁 치앙마이의 기적의 문을 열고 들어왔다. 땀이 그 사람을 그 사람이게끔 보이게 하였다.

"너구나!" 수리마리파라는 고래를 한 번에 알아보았다.

결혼 후에도 수리마리파라는 낯선 곳에서 남편을 만날 때, 그를 알아보지 못할까 걱정하는데 사실 걱정만 하고 알아보지 못한 적은 없다. 수리마리고래가 우산을 들고 뚜벅뚜벅 걸어오고 있다. "우리 남편이다!" 수리마리파라가 사랑하는 사람에게 달려간다. 비 온 벤치에 앉아서 엉덩이는 젖어 있다.

보영_수리마리파라와 고래의 결혼을 축하합니다. 뇌이쉬르마른도 좋은 짝을 찾기를….

오은

곁에 두고 싶어서

“그래서 결혼은 언제 할 거냐?” 마침내 시작되었다. 이번 추석은 어떻게 넘어갈 수 있을까 했었는데 어김없었다. 명절이 돌아오면 머리가 아팠다. 친척 어른들의 훈수는 무방비 상태일 때 표창처럼 날아들었다. “네?” 나는 멍하니 천장만 올려다보았다. “아직은 바빠서요.” 대화를 중단할 가능성은 낮아도 ‘바쁜 쪽’으로 방향 전환을 할 수 있을 줄 알았다. “바쁘니까 결혼을 해야 하는 거야.” “네?” 천장과 다시 친해져야 할 시간. 그리고 기다렸다는 듯 이어지는 결혼이 가져다주는 안정감에 대한 이야기. ‘그래서 훈수는 언제 끝나는데요?’ 끔벅이는 형광등처럼 속으로만 연신 묻던 말.

결혼에 대한 질문은 설과 추석을 거치며 매해 다양하게 변주되었다. “결혼을 할 때가 되지 않았을까?”라고 넌지시 묻는 어른도 있었고 “결혼을 하면 좋은 게 얼마나 많은 줄 아니?”라고 말을 꺼낸 뒤 회유하는 어른도 있었다. 그때마다 나는 숙제를 못한 채 등교하는 아이의 뒷모습을 떠올렸다. 숙제가 있는 줄 알았지만 자신의 힘으로 할 수 없던 아이, 숙제에 대해 물어볼 사람도 숙제를 도와줄 사람도 없던 아이, 선생님께 혼날 것을 알면서도 묵묵히 걸음을 뗄 수밖에 없는 아이, 원래는 학교 가는 것을 좋아하지만 오늘따라 유독 학교 가기가 싫은 아이…. 아이는 혼자 힘으로 할 수 없는 것들에 대해 생각한다.

"네가 뭐가 부족해서 결혼을 안 하니?" 식사 후 상을 정리하는데 작은아버지의 물음이 날아들었다. '제가 부족한 게 얼마나 많은데요.' 천장의 형광등만 멀뚱멀뚱 바라보다가 나도 모르게 생각지도 않았던 말이 튀어 나갔다. "부족한 게 없으니까 결혼을 안 할 수도 있지 않을까요?" 자리에 있던 친척 어른들이 일제히 놀랐지만, 가장 놀란 것은 나였다. 속으로만 했어야 하는 이야기가 입 밖으로 나가버리다니. 경솔한 나 자신이 그렇게 원망스러울 수가 없었다. 바람 좀 쐬러 나갔다 오겠다고 말하고 허겁지겁 밖으로 나왔다. 아주 천천히 논길을 걸었다. 어릴 때부터 취업할 때까지 흩뿌려지던 무수한 훈수가 떠올랐다. 흩뿌려지던 것들 중 어떤 것은 가슴에 비수처럼 박히기도 했다.

해가 바뀌고 다음 명절이 돌아왔다. "그래도 결혼은 해야지." 친척 어른들의 전술이 바뀌었음을 나는 단박에 알아차렸다. 어르고 달래는 방식의 훈수가 시작된 것이다. '그래서'에서 '그래도'의 이동 때문에 내 마음은 더욱 무거워졌다. "저는 지금이 좋아요." "지금보다 더 좋아질 수 있다니까!" 나는 또다시 천장을 올려다본다. 명절 직전에 갈아 끼우는지 형광등은 늘 부담스러울 만큼 쨍하다. "그분도 그 집에서는 소중한 사람일 거예요." "너는 소중하지 않니?" 갑자기 화장실이 가고 싶다. 화장실에 가고 싶다고 생각하면 이상하리만치 화장실이 간절해진다. 쭈뼛거리며 자리에서 일어난다. 뒤통수가 따갑다.

나는 예의 그 아이를 떠올린다. 아이의 뒷모습은 오늘도 그림자를 끌고 허정거린다. 아이가 멘 가방은 아이가 짊어지기에 몹시 무거워 보인다. 가만히 아이를 따라가고 있는데, 아이가 갑자기 뒤돌아본다. 놀란 것은 나다. 아이의 얼굴이 비 갠 뒤 하늘처럼 해맑다. "제 보물들 구경하실래요?" 아이가 가방을 연다. 그림책도 보이고 토끼 인형도 보인다. 잡동사니가 가방 안에 가득하다. 보물이라고 했지, 참. 잡동사니라고 생각한 나 자신을 책망한다. 아이는 아는지 모르는지 웃음을 그치지 않는다. "곁에 두고 싶어서 저는 보물을 항상 가지고 다녀요." 나는 갑자기 눈물이 난다. 그동안 잃어버린 것들이 봇물처럼 흘러내린다. 어느새 보물 대신 봇물을 곁에 두게 된 나이가 되었다.

아무래도 나는 결혼을 하지 않을 것 같다. 안 하는 게 아니라 못하는 거라고 말하는 친구에게는 환하게 웃으며 고개를 끄덕인다.

결혼 생각만 하면 나의 단점이 떠오르기 때문이다. 나이를 먹을 때마다 단점이 하나씩 늘어나는 것 같다. 나는 지금 적어도 서른아홉 가지의 단점이 있는 셈이다. 도리질을 하고 다시 아이를 떠올린다. 곁에 두고 싶어서 보물을 가지고 다니는 아이. 아이는 자라면서 곁에 누군가를, 혹은 무언가를 두는 게 얼마나 커다란 일인지 깨달았을 것이다. 그것을 단순히 '책임'이라고 말할 수는 없을 것이다. 자신의 뒷모습과 친해지는 일이 얼마나 쓸쓸한지, 아이만 안다. 아이는 알기에 아무 말도 하지 않는다. 곁을 지키기 위해서, 무엇보다 스스로를 지키기 위해서.

오은_결혼은 사랑이라는 '어쩔 수 없음'을 기꺼이 받아들이겠다는 선언이 아닐까. 그러나 나는 이 글을 쓰면서 어쩔 수 없이 어쩔 수 없음을 포기하는 사람에 대해 생각했다.

이은정

결혼도 독신도 미친 짓

한창 친구들의 청첩장을 많이 받았던 20대 후반에 나는 자주 예식장에 있었다. 웨딩드레스를 입은 친구에게는 예쁘다는 말을 열 번쯤 해주었고, 턱시도를 입은 친구의 신랑에게는 축하한다는 말을 건넸다. 예비부부의 뒤태를 바라보며 끝날 줄 모르는 주례사를 끝까지 경청하다 보면 눈물이 났다. 나는 거의 매번 울었다. 함께 참석한 친구들은 훌쩍거리는 나를 보며 한마디씩 했다. "야, 울지 마. 결혼식장에서 울면 사연 있어 보여."

당시 내 친구들은 죄다 빨리 결혼을 해 버렸다. 밤새도록 함께 술을 퍼먹었던 친구들이 서둘러 결혼을 하고 서둘러 애 엄마가 되는 바람에 나는 밤새도록 술을 퍼먹을 친구들이 한꺼번에 사라졌다. 어쩔 수 없는 일이어서 섭섭하진 않았지만, 곧 섭섭한 일은 일어나기 시작했다. 결혼식, 집들이, 돌잔치 등에 불려 다니며 제법 많은 돈 봉투와 시간과 마음을 쏟았는데 그들은 점점 내게서 멀어졌다. 그리고 아주 가끔 이혼하느니 마느니 하는 문제가 발생할 때만 연락이 왔다. 남편 욕을 하면서 밤새도록 함께 술을 퍼먹을 친구가 필요할 때만.

나는 마음을 다쳐서 날 찾는 사람들을 외면하지 못하는 사람이다. 친구들도 그런 내 성향을 알고 있었고 어느 정도는 이용했을 것이다. 부부 싸움을 하고 날 찾아온 친구와 밤새도록 술을 퍼먹어 주었고 가끔은 같이 울어 주었다. 그건 친구의 마음을 쉬게 해 주기 위함이었다. 나는 그녀들이 이혼하지 못할 거라는 걸 알고 있었다. 진짜 이혼할 사람은 남편과 싸운 날 친구와 밤새도록 술을 퍼먹지 않는다. 단순히 자기편을 들어 줄 술친구가 필요한 날일 뿐이다. 그때 조심해야 할 것이 있다. 절대 이혼을 장려해서는 안 된다. 친구 남편 욕을 너무 노골적으로 해서도 안 된다. 부부 사이가 다시 원만해졌을 때, 모든 상황은 사라지고 본인만 나쁜 친구가 되어 있을 것이다. 그저 속이 후련해질 때까지 쏟아져 나오는 남편 욕을 받아 주는 것으로 족하다. 나는 듣는 걸 잘하는 사람이라서 다행이었다.

지금은 부부 싸움을 하고 날 찾는 친구가 없다. 이제 다들 결혼한 지 10년이 넘었으니 아마도 관계를 유지하는 기술을 익혔을 것이다. 어떤 것은 그냥 넘어가기도 하고 때로는 싸우더라도 화해하는 법을 체득했겠지. 우리 부모들이 그랬듯 자식 때문에 참고 살기도 하겠고 이혼이 두렵거나 혹은 그놈이 그놈이라는 우스갯소리에 위로받으며 살지도 모른다. 어쨌거나 결혼하고 싶을 만큼 좋아하는 사람을 만난다는 건 기적 같은 일이다.

오래전, 유난히 날 좋아했던 제자가 청첩장을 들고 찾아왔다. 나는 그가 고작 청첩장만 주기 위해 십수 년 만에 날 찾지는 않았을 거라 확신했기에 축하한다는 말은 미루기로 했다. 밥 먹었냐고 물었더니 술을 먹자고 해서 우리는 포장마차에 마주 앉았다. 그는 딱히 행복해 보이지 않았다. "확신이 서지 않아요."

나는 가만히 해 줄 말을 고르며 녀석의 표정을 살폈다. 내가 기억하기로 그는 청소년기에도 그랬다. 어떤 선택이든 결정하는 데에 누군가의 조력이 필요했고 거의 90퍼센트는 조력자를 의지하는 녀석이었다. 분명 내 말이 중요하게 작용할 것임을 알고 있었기에 나는 신중해야 했다. "어떤 확신이 있어야 하는데?" 물었더니, "이 사람이다! 그런 거 있잖아요"라고 대답했다. "그런 게 있어야 한다고 생각하면서 그렇지 않은 사람과 청첩장까지 찍은 거야?" 내 물음에 녀석은 이런저런 마음들을 털어놓았다. 여친이나 양가에 문제는 없어 보였고 아무래도 결혼 전 흔히 겪는 불안 같아 보였다.

"확신하고 걷는 길은 거의 없어. 매일 걷던 길도 걷다가 넘어지기도 하고 처음 가는 길에서 기적을 만날 수도 있어. 여친에게 너는 100프로 확신일 것 같니?"

녀석이 키득키득 웃었다.

"내 생각엔 말이야. 40프로 둘이 만나서 80프로가 되어 가는 과정이 결혼이 아닐까 생각해. 인생에 100프로는 없으니까. 여친, 사랑은 하니?"

"사랑해요."

"근데 무슨 확신이 더 필요해. 결혼 축하한다!"

"감사합니다, 선생님. 술값은 제가 낼게요."

어이가 없었다. 청첩장 들고 찾아온 놈이 내는 게 당연하지. 생색은.

녀석은 지 결혼식에서 지가 축가를 부를 정도로 의외의 모습을 보였고 주례사는 여전히 길었고 뷔페는 여전히 먹을 게 없었다. 이듬해 첫 딸을 낳았다는 소식만 들었는데, 녀석도 애 엄마가 된 내 친구들처럼 언젠가부터 연락이 없다. 사람들이 결혼 후엔 날 찾지 않는 게 잘 살고 있다는 증거인 것 같아서 한편으로는 씁쓸하지만, 이해 못 할 것도 없다. 이제는 우리가 만나더라도 공감하며 대화할 수 있는 주제들이 많지 않으니까. 나는 글에 미쳐 있고 그들은 육아에 지쳐 있고, 나는 나를 제일 사랑하고 그들은 사랑해야 할 남편과 애들이 있으니까.

'결혼은 미친 짓'이라는 노래도, 책도, 영화도 있다. 그 미친 짓을 포함해서 온갖 미친 짓 많이 해 본 내 생각엔 어떻게 살아도 미친 짓이다. 그중 최고로 미친 짓은 나처럼 혼자 쓸쓸하게 늙어 가는 게 아닐까. 싸우고 화해하고 지지고 볶고 하는 것이 재미지, 혼자 밥 먹고 혼자 자고 혼자 나를 독차지하고 사는 건 지루하다. 간혹 결혼했냐는 질문에 말막음용으로 쓰는 말이 있다. "문학이랑 결혼했어요." 물론 그건 말도 아니다. 사람은 사람과 결혼해야지.

운이 좋으면 행복할지도 모르니까 한 번은 해 보는 게 좋지 않을까? 두 번도 나쁘지 않고.

은정_진짜 문학이랑 결혼했습니다.

정지우

결혼이 취향

아내가 서울에서 직장을 다니면서, 주말부부 생활을 한 지 몇 주가 흘렀다. 그러면서 아이와 단둘이 잠드는 날들도 늘어 간다. 아이도 처음에는 나와 둘이서 자는 걸 낯설어했지만, 이제는 더 이상 밤에 아내를 찾지 않는다. 대신 내 옆에서 큰 불안감 없이 곧잘 잠들곤 한다. 어제는 아이의 잠든 숨소리를 들으며, 아이의 작은 손을 붙잡아 보았는데, 언젠가 네 손이 아주 작던 시절 아빠랑 단둘이서 참 많은 밤을 함께했었단다, 하고 말해 줄 날을 생각했다.

생각해 보면, 누군가와 매일같이 둘이서 잠드는 일은 아내와 결혼을 전후한 시절을 제외하면 거의 없었던 일이다. 그래서인지 조금은 이상하게도, 아이와 단둘이 자는 게 마치 연인과 자는 듯한 느낌을 자아냈다. 근 몇 년은 아내랑 아이와 함께 셋이서 자긴 했지만, 주로 아내와 아이가 둘이서 먼저 꼭 붙어 자고, 나는 매트리스

두 개를 붙인 넓은 공간에서 조금 멀찍이 새벽 늦게 잠들곤 했기에, 이렇게 잠드는 느낌이 새삼스러운 듯하다.

원래는 혼자였다가, 어느덧 둘이 되었고, 둘이서 많은 밤을 보내고 난 뒤에는, 또 어느덧 셋이 되었다. 그랬다가 이제는 다시 둘이 된 셈인데, 돌이켜보면, 근 몇 년간 그런 나날들에 참 부지런히도 적응해 왔구나 싶은 생각이 든다. 결혼 이후에는 그야말로 모든 게 새로운 적응의 연속이었다. 새로운 집, 새로운 생활, 새로운 아이, 새로운 관계 같은 것들이 줄줄이 이어졌는데, 이제는 결혼 생활이라는 것도 제법 익숙해져서 결혼 이전이 어땠는지를 애써 생각해야만 그 생활이 기억난다. 혼자이던 생활의 생생함조차 많이 옅어졌다.

결혼이라는 게 인생의 큰 사건이고, 대단한 변화인 것도 사실일 테지만, 아마도 다른 모든 일이 그러하듯이 또 어느덧 당연하다는 듯이 적응하게 되는 일이기도 할 것이다. 처음 운전을 하고 달라졌던 생활처럼, 처음 대학교에 입학하고 성인이 되었던 것처럼, 처음 강연을 다니거나 수업을 하며 한 명의 사회인이 되었던 것처럼, 그렇게 남편이 되고 아빠가 되는 일도 내게는 다르지 않게 느껴졌던 것 같다. 결혼 생활에는 이전에는 없던 고충이 있는 만큼, 마찬가지로 이전에는 없던 종류의 행복이나 기쁨이 있고, 또한 전과는 다른 종류의 불안이나 걱정을 가지게 되기도 한다. 그런 것들은 종류가 다소 달라졌을 뿐, 유사한 비율로 모든 삶에 존재하는 게 아닐까 싶기도 하다.

사실, 결혼이 마치 지구에 살다가 화성으로 이주한 것처럼 삶이 대단히 달라지는 일이라든지, 일생일대의 가장 중요한 결정이라는 식으로 이야기하는 경우들도 있다지만, 내가 느낄 때는 그 정도로 엄청난 일인 것 같지는 않다. 그저 살아가는 와중에 있을 수도 없을 수도 있는 일 가운데 하나이며, 인생의 어느 일들이 그렇듯 누군가에게는 적응할 만할 수도, 누군가에게는 그렇지 않을 수도 있는 일들 중 하나가 아닐까 싶다. 결혼의 표면적인 특성 중 하나인 더 이상 다른 이성을 선택할 수 없다는 사실만 생각해 보더라도, 누군가에게는 그것이 엄청난 상실감일 수도 있지만, 다른 누군가에게는 오히려 속 편해지는 일일 수도 있듯이 말이다.

오히려 결혼 자체보다는 아이의 탄생이야말로 확실히 삶에서 남다른 경험이라는 느낌이 여러모로 있었는데, 특히, 내 인생에서 이런 절대적인 '불가역성'을 경험한 적이 있었나 싶었다. 어쩌면 세상 대부분 일은 돌이키거나 번복할 수 있지만, 정말이지 탄생과 죽음에 관한 문제만큼은 거의 유일하게 결코 되돌릴 수 없는 무엇이 아닌가 싶기도 하다. 그런 불가역성의 경험이란, 분명 이질적인 것이었고 나의 삶에 대한 태도도 알게 모르게 크게 달라졌으리라.

아이의 탄생은 내가 결코 번복할 수 없는 운명에의 구속이 어떤 것인지 느끼게 했다. 그리고 그로 인해, 아내와의 관계도 확실히 변화할 수밖에 없었는데, 그 이전에는 그저 애인이었고 사랑하게 되어 함께 사는 사람이었다면, 아이의 탄생 이후에는 아무래도 평생 아이의 엄마이자 아빠라는 걸 부정할 수 없는 어떤 관계성이 형성되었다고 느끼게 되었던 것이다. 그럴수록, 이 관계를 더 잘 유지하고 지켜 내야겠다는 생각이 들지 않을 수 없었다.

마치 일단 태어난 이상 내가 나 자신과 나의 삶에 책임감을 지녀야 하는 것처럼, 아이가 탄생한 이상, 이 아이와 이 관계와 이 가정에 더 충실해야 한다는 운명을 부여받은 듯 느껴졌다. 그리고 그런 운명에의 순응이란, 결코 불쾌한 것은 아니었는데, 어찌 보면 내 삶에 더해진 필연이 오히려 삶의 방향성을 잡아 준달까, 삶에서 응당 해야 할 일들이 무엇인가에 대한 확고함을 쥐어 주는 듯 느껴지기도 했다. 나는 더 이상 내 삶의 무한한 자유라는 부담을 떠안지 않아도 되고, 어느 정도 내 삶을 운명에 맡기고, 그 운명에 따라도 좋다는 마음을 지닐 수 있게 된 셈이다. 내가 충실해야 할 것은 정해졌고, 나를 풍요롭게 하거나 채워줄 것이 무엇인지도 정해졌으며, 이제 나는 그 필연과 잘 지내기만 하면 되는 것이다.

그렇게 보면, 역시 인생은 '트레이드 오프'라는 아내의 신조랄게 맞다는 생각이 든다. 결혼이 주는 여러 어려움이나 부담감은 있지만, 한편으로는, 다른 종류의 어려움이나 부담감은 덜어졌다. 특히, 내가 덜어낸 부담감이라면, 저 무한한 선택들 속에서, 무한히 노출된 자유의 부담일 것이다. 대신 운명의 비호를 받게 되었고, 이제 그 운명 속에서 얼마나 잘 살아 낼지만이 중요하게 된 셈이다. 그런데 생각해 보면, 나는 예전부터 늘 조금 운명을 믿고 싶어 하는 구석이 있었고, 다소 신비주의적인 것들을 흠모하거나 깊은 관심을 기울이기도 했던 터였다.

그렇게 운명이 삶에 도래하길 남몰래 기다려 왔는데, 결혼과 아이의 탄생이란 일종의 운명으로서 내게 도래해 준 셈이다. 그렇게 불가역적인 삶의 어떤 필연 속으로 점점 더 걸어 들어가게 되는 이 느낌이 나는 아무래도 내 적성이라고 말해도 좋을 듯하다. 이제 나는 더 이상 황야의 자유를 누리지 않아도 되며, 내게 주어진 정원을 잘 가꾸기만 하면 된다는 것은, 역시 모험가보다는 정원사 쪽이 취향이라고 말해 왔던 나의 삶에 어울리는 것이 아닐까 싶다. 그렇다면, 역시 결혼과 또 그 속에서 아이와도 함께 살아가는 일이란, 운명이 취향인 사람에게는 썩 나쁘지 않은 일일 거라고 생각한다. 운명을 좋아하는 사람은 아마 결혼도 좋아하지 않을까, 하고 그저 선부른 결론을 내려 본다.

지우_제 취향은 결혼이 아닌가 싶은 마음을 담아 글을 써 보았네요. 오늘은 제가 결혼식 때 아내에게 불러 주었던 노래 남겨 봅니다. 커피소년의 〈너는 특별해〉입니다.

언젠가,
커피

김민섭

저는 커피를 싫… 아닙니다

작가라면 커피를 사랑해야 할 것 같다. 이전 세대의 작가들이 정갈하게 연필을 깎아 원고지에 사각사각, 그러면서 막걸리도 한 잔 하는, 그런 모습으로 상상된다면, 우리와 동시하는 젊은 작가들은 노트북으로 MS워드에 타다다닥, 그러면서 시럽을 넣지 않은 원두커피를 마시는, 다른 모습으로 상상되곤 한다. 아침에 일어나 직접 원두를 내리고 그 향긋한 커피 한 모금과 함께 하루의 글쓰기를 시작하는, 그러면서 애인의 것까지 두 잔을 예쁘게 내려서 '식탁 위에 커피 올려놨으니까 깨면 마셔요' 하고 귓가에 속삭여 주는 멋진 작가들도 있을 것이다. 작가와 커피라니, 이건 마치 곰돌이 푸우와 꿀, 뽀빠이와 시금치, 뽀로로와 안경처럼, 분리될 수 없는 꿀조합과도 같다.

다만 나는 커피를 좋아하지 않는다. 사실 '싫어한다'라고 쓰려다가, 그러면 안 될 것 같아서 순화했다. 커피를 처음 발견한 사람들은 이것을 신의 음료라고 하면서 마셨다고 들었다. 세상에, 콩을 태우듯이 볶아서 그걸 걸러 낸 물을 처음 먹어 볼 생각을 한 사람은 누구일까. 나라면 한 모금을 마셔 보고는 '아, 쓰다…' 하고 그만두었을 것이다. 시럽을 넣으면 달달해지기야 하겠으나 그건 어떤 음식이든 마찬가지다. 나는 이 쓰고, 비싸고, 향기만 좋은 음식을, 굳이 좋아하지 않기로 했다. 그래서 나는 나를 위해 커피를 타 본 일이 아직 없다. 스무 살부터 지금에 이르기까지 그럭저럭 계속 연애를 하면서도 카페는 거의 찾지 않았다. (아, 그럼 뭐했지….) 지금의 아내와도 테이크아웃만 두어 번 해 보았을 뿐이다. 언젠가 한 번 정말로 격하게 싸웠던 날 서로의 최후통첩 비슷한 것을 하기 위해 결연히 동네의 프랜차이즈 카페를 찾은 것이 아마도 유일하겠다. 나는 아직도 아내가 커피를 좋아하는지 싫어하는지, 잘 알지 못한다.

사실 그 언젠가의 첫 단추부터 많이 잘못되었다. 인근 서울여고 학생들과 생애 첫 미팅을 하던 고등학생 김민섭 씨는, 커피 한 잔의 가격이 2000원인 것을 보고 그만 "아니 이거 집에서 먹으면 200원이면 될 거 같은데…"와 같은 말을 하고 말았다. 그때 누군가가 나의 그 무지몽매함을 크게 꾸짖고 교정해 주었다면 좋았겠으나 그러한 문물을 처음 접한 강북 마포 키즈들의 수준이 결국 거기서 거기였다. 대부분이 나에게 동조했던 것이다. 나를 비롯해 누구도 애프터 비슷한 것도 받지 못한 미팅이었다. '역시 우리 얼굴이 문제였겠지…' 하고 다들 쭈그러들었으나, 사실은 그 태도와 말들이 문제였다. (아, 물론, 얼굴도….)

카페라는 공간에서 향유하는 것이 커피라는 물성 그 자체가 아님을 알기까지 아주 오랜 시간이 걸렸다. 카페로 들어서는 그 문의 질감, 그 안의 공기와 온도, 테이블이나 의자의 높낮이와 위치, 조명의 밝기와 색상, 나오고 있는 음악의 종류와 볼륨, 그에 더해 거기에 오는 사람들의 결까지, 그 모든 게 아슬아슬하게 서로 조화를 이루면서 커피 한 잔의 비용을 구성하고 있는 것이었다. 그걸 처음으로 인지한 때가 무려 서른 가까이 된 박사과정 1기 즈음이었다. 1930년대의 문화사 자료를 읽어 나가다가 "근대인들은 드디어 물건뿐 아니라 공간과 시간에도 돈을 지불해야 한다는 사실을 알게 되었다. 그게 모던의 시작이었다"라는 내용과 마주한 것이다. 그것을 어느 석사과정생이 "카페에서는 커피가 아니라 내가 점유한 그 공간과 시간의 비용을 지불하는 것"이라고 번역해 주고 나서야, 나는 내가 근대인조차 못 되는, 비동시성의 동시성을 완벽하게 구현해 온 인간인 것을 알았다. 그간의 행태가 실로 부끄러워졌다.

나는 사람과 연결되기 위해서는 커피보다 술이 더욱 필요하다고 믿어 왔다. 언젠가 친해지고 싶었던 학부생이 나에게 "형, 언제 커피 한 잔 같이해요"라고 말해서 그와 일부러 거리를 두기도 했다. 술이 아니라 커피라니, 아무래도 나를 싫어한다는 말을 저렇게 돌려서 한 모양이군, 하고 저 세상 번역을 하고 만 것이다. 그도 나와 친해지려 했다는 것은 나중에야 알았다. 그제야 '아, 요즘은 커피라는 걸 마시면서 친해지는구나…' 하는 뒤늦은 깨달음을 얻었다. 친해지고 싶은 사람과 친해지는 데도 커피부터 시작해 술에 이르는 단계가 차근차근, 차곡차곡, 필요한 법이었다. 그래서 이제는 나도 누구에게 '우리 술부터 한잔 하시죠!' 하고 용감하게 말하지 않는다. 그런 말을 꾹 참고, "저어, 언제 커피 한 잔 같이…"라고 조심스럽게 묻는다. (여전히 술이 좋지만….) 그때의 마포 키즈들은 여전히 "야, 누가 카페에서 커피 마시냐! 그 돈이면 뜨끈하고 든든한 국밥을 한 그릇 먹겠다"라고 호기롭게 말하고 곧 쭈그러들지만, 나는 그들을 타이르고 계몽할 수 있는 사람으로 조금은 진화했다.

내가 카페에 자주 가게 된 것은 대학에서 나온 이후부터다. 커피를 마시러 간 건 아니고, 연구실이 없어지고 나니 글을 쓸 만한 공간이 카페밖에 없었던 것이다. '요즘 사람들은 카페에서 일을 한다지…' 하고 쭈뼛쭈뼛 동네의 스터디 카페를 찾았다. 가끔 학교 앞의 북 카페에 책을 읽으러 (사실 만화책을 읽으러) 종종 가기는 했지만, 일을 하기 위해 홀로 카페를 찾은 것은 그때가 처음이었다. 처음 며칠은 '와, 4500원을 내면 여섯 시간이나 여기에서 일을 할 수 있다니. 게다가 내 연구실 자리보다 넓잖아!'하고, 그간의 인생을 손해 본 기분이 들 만큼 좋았다. 갈 때마다 A4 용지 몇 쪽을 채워 올 만큼 일도 잘되었다. 물론 커피는 몇 모금 마시지도 않은 것을 나오면서 모두 버렸다. 그러나 나는 곧 그 카페에 가지 않게 되었다. 내가 글을 쓰고 있으면 나보다 몇 살 어려 보이는 20대 청년들이 저마다 무거운 가방을 메고 와서는 곁에 앉았다. 그들은 가방에서 똑같이 생긴 두꺼운 책을 꺼냈다. 9급 공무원 수험서였다. 노량진에 갈 수 없는 그들은 노트북이나 패드 같은 것으로 인터넷 강의를 들었다. 사실 거기까지는 괜찮았는데, 모두가 정사각형의 작은 기계를 꺼낸 이후부터는 더 이상 버틸 수가 없었다. 그건 초시계였다. 그들은 초 단위로 시간을 재면서 문제를 풀어 나갔다. 그 카페에서 내가 제일 외롭고 간절한 사람인 줄 알았는데, 사실 가장 팔자가 좋은 사람이었다. 나는 밖으로 나왔다. 커피를 곁에 두고 글을 쓰는 일은 나중에 해야겠다고 마음먹었다. 그때 쓰게 된 글이 『대리사회』다.

지금은 카페라는 공간이 익숙해졌다. 스타벅스에 가서 '싸이렌 오더'를 통해 커피를 주문하고, '저런 걸 먹어도 되나' 하고 망설였던 샌드위치나 샐러드 같은 것도 먹는다. 한두 모금씩 마시던 커피가 서너 모금으로 늘었고, 결국 언젠가는 나도 모르게 그만 '아, 카페인이 떨어져서 일이 안 되는 것 같은데 아메리카노를…' 하고, 정말로 커피'만' 마시러 카페를 찾고 말았다. 아, 내가 아는 김민섭은 이런 사람이 아니었는데, 결국 좋아하지 않는 무엇에 중독되었다. 이쯤 되면 '커피를 싫어하지는 않습니다' 하고 이 글의 두 번째 문단 첫 줄을 수정해야 할지도 모르겠다. 다만 아직은 커피가 있는 공간 바깥에서 조금 더 많은 것을 경험하고 감각하고 기록하고 싶다. 이전처럼 물류 상하차를 한다든가 대리운전을 한다든가 하는 방식이 아니더라도, 그러면서 배울 수 있는 삶의 태도들을 커피보다는 곁에 두고 싶다. 그러나 작가가 아닌 개인 김민섭으로서는 타인에게 '저어… 괜찮으시면 같이 커피라도 한 잔…' 하고 조심스럽게 말을 건네는 사람이고 싶다. 커피와 먼 작가이면서 커피와 가까운 개인이 되면 그럭저럭 괜찮은 삶이 아닐까.

아내와 내가 마주 보고 커피를 마신 건 더 싸우기 위해 카페에서 만났던 그때 한 번뿐이지만, 사실 매일 커피를 마시던 때가 있었다. 맥도날드에서는 퇴근하는 사람들에게 22온스 컵에 커피든 콜라든 가득 담아 갈 수 있게 해 주었다. 한번은 거기에 아메리카노를 가득 채우고 시럽을 일곱 번 정도 펌핑해서 넣었다. 같이 일하는 대학생 크루가 "이렇게 먹어야 맛있어요"라고 알려 주었기 때문이다. 그러면서 "이렇게라도 맥도날드의 재산을 축내야죠"라며 결의에 찬 표정을 지었다. 그건 정말로 맛있는 커피였다. 아마도 일을 마치고 나서 카페인과 당이 동시에 필요한 몸이 되었기 때문일 것이다. 그런데 집에 와서 올려 둔 반쯤 남은 커피가 없어졌다. 아내가 모두 마신 것이었다. "맥도날드 커피가 맛있네. 나 처음 먹어 봤는데"라면서, 다음에 또 가져오면 좋겠다고 말했다. 나는 그때 아내가 커피를 마시는 사람인 것을 알았다. 그다음부터는 퇴근할 때 일부러 22온스 컵에 아메리카노를 가득 담아서 가져다주었다. 아내는 그것을 이틀 동안 조금씩 나누어서 다 마셨다. 아껴 마신 것인지 그만큼이 정량이었는지는 잘 모르겠다.

덧, 일곱 번의 시럽은 과한 것 같아서 아예 시럽을 타지 않고 가져다주었더니 "맥도날드 커피 맛이 변했어. 맛이 없네"라고 해서, 계속 가득가득 넣어서 가져다주었다. 하긴, 나도 그때의 그 시럽 일곱 번을 넣은 커피가 어떤 커피보다도 맛있었다.

민섭_같이 커피 한 잔 해요. (그리고 술도 한 잔….)

김혼비

커피와 술, 코로나 시대의 운동

『아무튼, 술』이라는 책을 쓴 사람이 굳이 할 말은 아니지만, 어떤 가혹하기 이를 데 없는 신이 나타나 이제부터 평생 술과 커피 중 단 하나만을 마실 수 있는 저주를 걸겠으니 무엇을 고르겠냐고 묻는다면 고민할 것도 없이 (하지만 좀 울면서) 커피를 택할 것이다. 술을 끊을 자신은 있지만 커피 없이 살 자신은 없다. 올해만 봐도 그렇다. 보름 가까이 술을 안 마신 적은 있어도 커피를 거른 적은 하루도 없다. 집에 술이 떨어진 적은 있어도 원두가 떨어진 적은 없는 것처럼.

나의 아침은 대개 원두를 갈며 시작된다. 요즘은 친구들이 마침 비슷한 시기에 좋은 원두를 선물로 잔뜩 보내 줘서 세 종류의 원두 중에 그날그날의 기분에 따라 고를 수 있는 커피 호황기를 보내고 있다. 신맛이 돌며 산뜻한 커피를 마시고 싶을 때는 시카고 커피 브랜드인 '인텔리젠시아'의 원두를 고른다. 의역하면 이름이 '배우신 분'이라는 점이 약간 비웃김 포인트인데, 커피 맛에 살짝 섞여 있는 자두 향이 입 안에서 우엉 향으로 돌변하는 것도 코믹하게 느껴지는 유쾌한 커피다. 도드라지는 맛 없이 부드럽고 묵직한 커피가 필요할 때는 코로나 발발 직전에 가까스로 오스트리아 국경을 넘어온 유서 깊은(무려 1876년에 오픈한) '카페 첸트랄'의 원두를, 쓴맛이 그리울 때는 '일리' 원두를 꺼낸다. 고른 원두를 핸드밀에 넣고 가만히 갈고 있으면 자갈 밟는 소리와 함께 하루의 바퀴가 슬슬 움직이기 시작하는 기분이 든다. 이렇게 커피 내려 마시는 시간이 너무 좋아서 커피를 마시려고 하루를 시작하는 건 아닐까 싶을 때도 있다. 하긴 오직 커피를 마시고 싶어서 운동도 다시 시작했으니 전혀 일리 커피 없는 이야기는 아닐 것이다.

2월부터 두 달 넘게 아무런 운동도 하지 않았다. 근 5년간 오직 축구와, 축구를 더 잘하기 위한 보조 운동으로 간단한 웨이트트레이닝과 요가를 번갈아 해 왔는데, 이 운동 루틴을 코로나가 완전히 해체해 버렸다. 2월 22일에 있었던 친구 결혼식 이후 5월 25일인 현재까지 한 번의 팟캐스트 녹음, 한 번의 인터뷰, 한 번의 술자리를 빼고는 회사 동료와 가족 외에 그 누구도 만나지 않았을 정도로 코로나를 조심하고 있다 보니(감염자가 되는 건 물론이고 누군가에게 전파자가 될까 봐 너무 두렵다), 백신이 나오기 전까지는 어디서 무엇을 하다가 왔을지 모를 스물두 명이 살 부딪치고 땀 섞이는 축구는 도저히 안 되겠어서 포기했고, 공기 중에 떠다니는 비말이 에어컨 바람의 환류로 멀리 확산될 수 있다는 연구 결과를 알고 나니 여름에 피트니스 센터나 요가원 같은 실내에 갈 자신도 없어지면서 그동안 해 왔던 운동들이 선택지에서 사라져 버린 것이다.

운동을 안 하면 안 하는 대로의 안락함이 또 있기에 거기에 젖어 어영부영 지내던 어느 날, 갑자기 커피가, 운동을 하고 땀에 푹 젖은 채로 집에 돌아와 샤워를 마친 뒤 마시는 시원한 디카페인 커피가 격렬하게 마시고 싶었다. 그 커피는 어디서도 구할 수 없고, 오직 마시고 싶은 만큼 격렬하게 운동을 해야만 세상에 존재할 수 있는 커피였다. 똑같은 성분일지라도 그냥 커피를 마실 때와는 맛의 차원이 다른 커피. 며칠 내내 그 맛이 머릿속을 떠나질 않던 차에 서울시 무인 공공 자전거 '따릉이'가 눈에 들어왔고, 급기야는 마스크를 쓴 채 '따릉이'를 끌고 라이딩에 나서기에 이르렀다. 9년 만에 타보는 자전거였고, 17년 만에 해 보는 라이딩이었다. 30분이 채 안 되었을 무렵, 나는 당황하기 시작했다. 자전거가 원래 이렇게 재미있는 거였어? 왜 그동안 별로 재미없을 거라고 지레짐작해왔던 거지? 자전거의 재미에 잔뜩 고무된 나는 첫 라이딩에서 단숨에 16킬로미터를 달렸다. 정해진 따릉이 반납 시간만 아니었으면 더 달렸을지도 모른다. 집에 돌아와 커피를 마신 건 물론이다. 두 달 반 만에 마신 '운동 직후의 커피'는 끝내줬다. 그 어떤 최상급의 원두도, 최고의 바리스타도 이겨 낼 수 없는 맛이었다. 심지어 디카페인인데도.

요즘은 매일 저녁마다 마시고 있다. 그날 이후 매일 자전거를 타기 시작했기 때문이다. 커피의 쓴맛을 보려다가 자전거의 단맛까지 알고 말았다. 최근에는 T와 함께 중고로 미니 스프린터와 미니벨로를 하나씩 구입했다. 자전거는 '자전거 몸체 길이+자전거 간 안전거리'만큼의 사회적 거리 두기가 가능하다는 점에서 코로나 시대에 최적의 운동인 것 같다. 곧 폭염이 닥치겠지만 늘 폭염 속에서 축구도 두 시간씩 했으니 라이딩도 괜찮겠지! 매일 조금씩 강도를 높이며, 허벅지가 타들어 가는 듯한 아픔을 즐기며, 올해 안에 90킬로미터 종주를 목표 삼아 신나게 자전거를 타고 있다. 아주 가끔은 샤워를 하고 나와 커피 대신 T와 술을 마시기도 한다. 그것은 그것대로 즐거운 일이다. '하루'라는 음반에 숨겨진 보너스 트랙 같은.

나에게 술이 삶을 장식해 주는 형용사라면 커피는 삶을 움직여 주는 동사다. 원두를 갈면 하루가 시작되고 페달을 밟으면 어디로든 갈 수 있고 디카페인 커피를 마시면 하루가 끝난다. 형용사는 소중하지만 동사는 필요하다. 생각해 보면 여행에서도 그랬다. 오로라를 보던 압도적인 순간이나 유빙에 둘러싸였던 꿈결 같은 순간에는 늘 한두 잔의 술이 함께하며 찬란한 빛을 더해 주었지만, 그런 순간들 뒤에는 아침마다 마주하는 이국의 낯선 공기를 좀 더 편안하고 친밀한 무엇으로 바꾸어 주며 차분하게 하루의 모험을 계획하게 만들었던 한두 잔의 커피가 있었다. 아무리 엉망진창인 하루를 보냈더라도 아침에 마실 맛있는 커피를 생각하면 그래도 내일을 다시 살아 볼 조그만 기대가 생기고, 여전히 엉망진창인 하루를 보내다가도 저녁에 자전거를 탄 뒤 마실 끝내주는 커피를 생각하면 아주 망한 날만은 아닐 것 같은 조그만 위안이 생긴다. 오늘도 이렇게 무사히 원두를 갈고 있는 한, 나는 괜찮을 것이다.

그리하여 가혹하기 이를 데 없는 신 앞에서, 술과 커피 중 하나라는 일생일대의 질문 앞에서, 나의 대답은 역시 '커피'가 된다. 물론 비장의 카드 하나를 계산에 넣어 두기는 했다. 위스키를 베이스로 넣는 '아이리시 커피', 제 아무리 신이라도 아이리시 커피가 커피가 아니라고 우기지는 못할 것이고, 나는 위스키를 아주 듬뿍 넣을 것이다.

혼비_백신이 나오기 전까지는 축구도 못 할 테고 여럿이 함께하는 술자리도 거의 가지지 못할 텐데요. 자전거와 커피에 기대어 이 시간을 건너 보겠습니다. 모두들 부디 무탈하게!

남궁인

커피를 사용하는 방법

"커피로 어떤 이야기를 해 볼까요?"

"저는 커피를 못 마셨어요. 하지만 지금은 마실 수 있어요."

"못 마셨던 이야기부터 시작해 봅시다."

"누구나 처음부터 커피가 입에 맞는 건 아니잖아요. 저는 보수적인 집에서 자랐어요. 대학 들어갈 때까지 부모님이 용돈도 한 푼 안 줬고, 냉장고에서 콜라도 마음대로 못 꺼내 마셨어요. 부모님이 커피를 허락할 리 없죠. 커피는 술, 담배 같은 거였어요. 그러다가 고3 때 갑자기 열심히 공부하기 시작했어요. 그 모습을 보고 부모님이 용돈을 조금 줬어요. 그 돈으로 수능 3일 앞두고 독서실에서 자판기 커피를 한 번 뽑아 먹었어요."

"그 전에는 자판기 커피 뽑아 먹을 돈도 없었나요?"

"네. 별명이 '전교에서 가장 가난한 자'였어요."

"그래서요?"

"마실 때는 그냥 커피 맛이구나 했는데 집에 가서 자려니까 잠이 안 오는 거예요. 가뜩이나 늦게까지 공부하는 게 습관이라 수능에 맞춰 생체 리듬을 조절하고 있었거든요. 덕분에 완전히 망가졌죠. 커피에 입을 댄 걸 얼마나 후회했는지 몰라요. 커피에 트라우마가 생겼죠."

"그래서 수능은 잘 봤나요?"

"네."

"그렇게 대답하려면 얼마나 잘 봐야 하나요?"

"많이 잘 봤어요."

"뭐 잘됐다는 얘기잖아요…. 그 뒤에 커피를 다시 마신 건 언제인가요?"

"대학 때 소개팅 나가서요. 저는 트라우마가 있어서 커피 마실 바에 차라리 같은 양의 소주를 마시겠다던 학생이었어요. 그런데 소개팅에서 바로 술 마시는 것도 조금 그렇잖아요. 그래서, 지금도 기억나요, 커피숍에 가서 아무것도 모르니까 '오늘의 커피'를 마셨어요. 그런데 점차 기분이 붕붕 뜨는 것 같으면서 지금 무슨 얘기 하는지도 모르겠고 식은땀 나고 막 집에 가고 싶은 거예요. 양해를 구하고 소개팅 중간에 막 도망쳤어요. 집에 와서도 고생을 좀 했고요."

"소개팅을 망쳤나 보네요."

"그날은 조금 어색했죠. 그래서 커피를 못 마셔서 미안하다, 나중에 술집에서 패자부활전을 하자, 라고 메시지를 보냈더니, 알겠다며 술집으로 나오더라고요. 자기도 술 먹고 싶었다고 하면서요. 알고 보니 잘 맞는 사람이었어요."

"그래요. 또 잘됐네요."

"그러고는 정말로 커피 안 마셨어요. 10년도 넘었네요. 여자친구랑도 술만 먹었으니까. 그동안 밤을 새면서 힘든 일을 많이 했지만 커피는 안 마셨어요. 졸리면 어떻게 하냐고 물어보면, 졸리면 자야지 커피는 무슨 커피, 이랬단 말이에요. 커피숍 가면 딸기나 바나나 요거트 같은 것 먹고요. 사람들이 참 신기해하기도 했고, 가끔 답답해하기도 했어요. 술은 잘 먹으면서 커피는 못 마신다고 하니까요."

"그런데 지금 커피 드시고 계시잖아요?"

"그것도 계기가 있었죠. 그 뒤에 술도 잘 마시고 커피도 잘 마시는 여자친구를 만난 거예요. 하루 종일 입에 커피를 주렁주렁 달고 사는 사람 있죠. 앞에서 종일 너무 맛있게 먹으니까 나도 한번 먹어 볼까, 생각이 드는 거예요. 그래서 탈감작이라고 하죠. 조금씩 마시면 적응되는 거. 처음에는 아메리카노 한 잔 떠놓고 여덟 시간 동안 8등분으로 소분해서 먹고 그랬어요. 점차 괜찮아지더라고요. 결국 여자친구가 주문할 때 나도 커피 한 잔, 이라고 할 수 있는 사람이 된 거예요."

"그냥 커피 배운 얘기네요. 그분이랑은 잘됐나요?"

"어휴 죽고 못 살았죠."

"뭐가 이렇게 다 잘됐어요?"

"그러게요. 말해 놓고 보니까 그러네."

"조금 좌절을 겪은 이야기는 없어요? 커피를 못 마셔서 힘들었다든가."

"술은 그럴 수 있지만, 커피는 못 마신다고 사회생활이 어렵지 않잖아요. 사람들에게 좌절감을 주는 존재도 아니고요. 냄새만 맡아도 향긋해서 좋고, 배워 두니 여행 가서 커피 한 잔의 여유를 누릴 수도 있고, 여러모로 제겐 긍정적인 존재였던 것 같아요."

"저기요. 그런데, 제가 들은 이야기가 있거든요. 웬만하면 안 꺼내려고 했었는데."

"무슨 이야기요?"

"저 앞 커피숍에서 여자친구분이랑 헤어질 때 얼굴에 아메리카노 맞았다면서요."

"네? 어디서 들으셨어요?"

"친구분 많이 없으신가 봐요. 그 정도 소문나면 주변에서 알려줄 법도 한데. 우리끼린 아메리카노 싸대기라고."

"…."

"그때 스웨터 입고 계셨는데 얼음이 옷에 주렁주렁 붙고 그랬다면서요."

"그만. 그만하시죠."

"향기도 사방에 그윽했다고…."

"네. 여기까지. 만나서 반가웠습니다. 그러면 안녕히."

남궁_만나서 반가웠습니다. 그러면 안녕히….

문보영

그녀가 살면서 만난 커피 중
가장 빠르게 사라진 커피로 기억된다

뇌이쉬르마른은 이 닦기 싫어서 커피를 마시지 않았다. 오줌이 마려울까 봐 물을 마시지 않았고, 똥이 싸고 싶지 않아서 밥도 안 먹었다. 뇌이쉬르마른은 그저 길을 걷고 있다. 그녀 앞으로 세 명의 사람이 손을 잡고 걸어가고 있다. 가운데 있는 자는 다섯 살 정도 된 남아로 방금 누나의 손을 놓고 검지로 자신의 똥꼬를 팠다. 손을 바지 안에 넣어서 확실히 파고서 좀 더 만족할 때까지 판 다음 손을 꺼내 냄새를 한번 맡아 보고 다시 누나의 손을 잡는다. 나머지 한 손은 처음부터 끝까지 아빠의 손을 잡고 있다. 그들은 손을 잡고 어디론가 빠르게 가고 있다. 똥꼬 파는 아이를 본 뇌이쉬르마른은 자신이 한 번도 아빠의 손을 잡아 본 적이 없다는 사실을 깨달았다. 그러나 그저 기억나지 않는 것일 수도 있다. 똥꼬 판 손으로 아빠의 손을 잡았던 경험이 뇌이쉬르마른에게도 있었을지도 모른다.

총 네 명의 사람이 죽은 거지, 라고 뇌이쉬르마른의 어머니는 말한다. 뇌이쉬르마른의 아버지가 고등학생 때의 일이다. 그날 학교는 무슨 이유 때문인지 오전 수업만 했다. 집에 돌아와 보니 대문에서부터 향냄새가 났다. 집에 들어가니 친척들이 와 있었고 식탁에는 형 사진이 놓여 있었다고 한다.

아버지에게는 키가 크고 무릎이 붉은 누나가 있었는데, 누나는 그날 이후 죽은 동생의 환영을 보았다. 그리고 동생이 죽은 지 세 달 후, 집에서 갑자기 쓰러진 후 병원에 입원했지만, 누나는 동생이 아직 집에 있다며 자신을 집에 데려다 달라고 애원했다. 그래서 가족들은 누나를 집에 데려다주었는데 누나는 집에서도 동생의 환영을 보았다. 가족은 무당을 불러 굿을 했다. 뇌이쉬르마른의 아버지는 굿이 싫었다. 무복, 꽃 갓, 징 소리가 아름다운 게 싫었다. 며칠 뒤 누나는 동생을 따라갔다. 그날도 무슨 이유 때문인지 학교가 빨리 끝나 이른 시간에 귀가하는 길이었다. 아버지는 담벼락을 따라 걷고 있었다. 앰뷸런스 소리가 컸다. "앰뷸런스 소리가 너무 크다. 앰뷸런스 소리가 너무 크다." 그는 그 자리에서 그 문장을 두 번 반복했으며 누나가 죽은 이후 그 문장을 여러 번 되풀이하게 된다. 집에 도착했을 때 앰뷸런스는 병원으로 돌아가고 있었고 식탁 위치가 미묘하게 달랐다. 그리고 집에는 아무도 없었다. 신발장의 신발들은 그대로였으나 놓인 각도가 이상했다. 두개골이 식탁을 때렸고 어머니는 신발을 신지 않고 어디론가 간 것이다. 앰뷸런스 소리가 너무

켰어. 불필요할 정도로 켰다, 고 그는 생각했다.

이듬해 뇌이쉬르마른의 아버지는 서울에 있는 대학에 진학하게 되었다. 그의 지친 어머니는 지친 기쁨을 보였다. 어머니 또한 시름시름 아프기 시작했다. 단 한 번, 그녀는 큰 병원에 가기 위해 서울로 올라와 아들을 만났다. 아버지는 왠지 기분이 좋지 않았다고 한다. 왜일까. 어머니가 집으로 돌아가고 그는 보이지 않는 비닐이 온몸을 돌돌 감싼 것 같았다.

어머니가 서울에 다녀가고 반년이 지났을 때였다. 여름이었고, 그는 하숙집에 있었다. 그는 학교를 잘 나가지 않았고 학교가 아닌 곳만 돌아다녔다. 학교가 빨리 끝나는 날은 누가 죽는 날이었으므로, 학교가 빨리 끝나지 못하도록 아예 학교를 나가지 않았던 것이다. 시원한 가을밤. 하숙집 주인이 방문을 두드렸다. 등 뒤가 서늘했다고 그는 기억한다. 누군가 방문을 두드렸을 뿐인데 소름이 돋았고 온몸을 둘둘 감싸던 비닐이 갑자기 스르르 벗겨져 그를 완전히 풀어져 버리게 했다. 그러나 비닐에 싸여 있던 그의 몸은 너무나 흐물거리는 것이어서, 사실은 비닐이 그나마 그의 형체를 잡아 주고 있었던 것을 그는 몰랐다. 그는 완전히 물이 되어 땅바닥에 철퍼덕 쏟아진 것이다. 그는 하숙집 주인이 건네주는 전화를 받았다. 사촌 동생이었다. "어머니 돌아가셨어…." 사촌 동생은 말했다. 그는 화났다. "그런데 그걸 왜 네가 말해?" 그는 인내심을 잃었다. 누가 죽었다는 사실을 죽은 당사자가 말하지 않고 다른 것들이-향초 냄새나 앰뷸런스 소리 혹은 식탁의 잘못된 위치, 혹은 사촌 동생이-대신 말하는 게 화가 났다.

그는 오랫동안 외톨이로 살았고 죽고 싶었다. 어느 날 그는 산에 올라갔다. 좋은 절벽을 찾으러 올라갔던 것이다. 그는 신발을 벗었다. 그리고 뛰어내리려고 했는데 유치원생들이 우르르 몰려왔다. 턱에 모자의 끈을 건 아이들이었다. 산은 바람이 셌다. 그날따라 아주 센 바람이 불었다고 한다. 아이들은 자신 있게 모자를 던졌다. 예전에도 해 본 것처럼. 모자를 던지자마자 모자는 휙, 돌아왔다. '여기서 몸을 던져 봤자 돌아오겠군, 모자처럼 사소하게.' 그는 그런 생각을 했는지도 모른다.

대학 졸업 후 뇌이쉬르마른의 아버지는 놀이동산 건설 현장에 취직하게 된다. 그리고 회사에서 무료로 일본어 강좌를 들을 기회를 제공했다. 놀이동산과 일본어라니. 선생님은 일본어학과 졸업반이었다. 아버지는 그녀를 멀리서 처음 보았다. 모래바람을 건너 까만 점이 어디론가 가고 있었다. 까만 점인데 컸다. 무슨 점이 저렇게 크담. 아버지는 그런 생각을 했다고 한다.

그는 눈에 띄기 위해 한 번만 수업에 나가고 그 이후 수업에 나가지 않았다. 그러나 까만 점에게 아버지는 처음부터 없는 사람이어서 더 없어질 것도 없었다. 그리고 2주 뒤, 티 나기 위해 아버지는 수업에 나갔다. 88올림픽이었다. 수업을 하러 갔다가 허탕을 친

까만 점은 집으로 돌아갔다. 그리고 수업을 들으러 간 아버지는 강의실이 비어 있어서 어리둥절했다. "선생님 어디 가셨어?" 하고 직장 동료들에게 물으니, 동료는 지금 뛰어가면 그녀를 만날 수 있다고 했다. 동료는 그를 오토바이로 태워 줬다. 시외버스 터미널에서 그는 까만 점을 붙잡았고, 할 말이 있다고 말했다.

"수업 빼먹어서 죄송합니다."

그러나 그는 더 이상 말을 잇지 못하고 다시 돌아왔다. 까만 점은 웃으며 "그럼 앞으로 빠지지 마세요. 하루 나오시더니 안 나오더군요!" 하고 말했단다. '효과가 있었구나!' 그는 속으로 환호하며 집으로 돌아왔다. 뇌이쉬르마른의 아버지는 이후 수업을 한 번도 빠지지 않았고 맨 앞에서 수업을 들었다. '이건 이거다, 저건 저거다.' 까만 점은 칠판에 글자를 쓰며 일본어를 가르쳤다. 까만 점은 확실했다. 아버지는 흐릿했고. 그래서 그는 까만 점 옆에 있으면 자신의 삶도 확실해질 거라고 생각했다. 까만 점은 너무 멋져. 뇌이쉬르마른의 아버지는 생각했다.

어느 날, 그는 회사 근처 카페에서 혼자 커피를 마시고 있는 까만 점을 발견했다. 그는 다가가 인사했다. 그녀가 두툼한 책을 읽고 있었기 때문에 그는 자신이 그녀를 방해했다는 느낌을 받았다. "무슨 책인가요?" 그가 물었다. "소방관에 관한 책이에요. 소방관이 되는 게 꿈이거든요." 그녀는 말했다. "자꾸 불이 나잖아요. 이상하게 제가 있는 곳에 불이 자주 나거든요. 눈앞에 불이 나는데 내가 그 불을 끌 수 있다면 정말 좋을 거예요." 그녀가 부연했다. 그리고 아버지는 뜨거운 커피를 한 잔 주문했는데, 왠지 그녀의 시간을 방해한 것 같아 미안했고, 커피가 나오자마자 원샷했다. 그리고 그는 "그럼 수업 때 뵙겠습니다, 선생님. 나중에 저희 동네에 불나면 출동해 주십쇼"라는 말을 남기고 황급히 자리를 떴다. 그가 가고 나서 그녀는 그가 두고 간 머그잔에 손을 대 보았는데, 머그잔은 아직도 뜨끈했다. 뜨거운 커피를 원샷하고 간 것이다. 그 커피는 그녀가 살면서 만난 커피 중 가장 빠르게 사라진 커피로 기억된다.

뜨거운 커피를 원샷하고 혀와 목구멍이 데였을 그를 생각하니 그녀는 왠지 마음이 쓰였고, 어느 날 그게 사랑이라는 걸 묘하게 깨달은 뒤, 그에게 다가가 데이트 신청을 했다. 둘은 자주 만나게 되었고 이곳저곳을 함께 돌아다녔다. 뇌이쉬르마른의 어머니는 그와 만날수록 그의 온몸에 밴 슬픔과 절망을 보게 되었다. 그러나 그는 사랑의 영향으로 조금씩 회복되고 있었다. 3년 뒤, 둘은 결혼했고 1년 뒤 뇌이쉬르마른을 낳았다. 둘은 기뻤다. 아니, 셋은 행복했다. 뇌이쉬르마른이 걸을 줄 알게 되었을 때, 셋은 종종 뇌이쉬르마른을 가운데 두고 걸었을 것이다. 걷다가 뇌이쉬르마른은 똥꼬를 한번 긁적이고 그 손으로 다시 사랑하는 자들의 손을 잡았을지도 모를 일이다. 걷기 싫을 땐 떼를 썼을 것이다. 그러면 그녀의 양옆을 지키는 두 명의 사람들은 그녀의 팔을 힘껏 들어 그네를 태워 주었을 것이다. 그건 밟기 싫은 바닥을 건너뛰는 놀이 같은 거였다. 뇌이쉬르마른이 네 살이 되던 해, 아버지는 여전히 공사 현장에서 일했다. 또 다른 놀이동산을 짓고 있었다. 그날, 건물 꼭대기에서 두꺼운 철근이 떨어졌다. 그는 안전모를 쓰고 있었고 허리도 편 채 꼿꼿이 걸었을 것이다. 그런데 철근은 그의 허리를 관통했다.

"어떻게 허리를 맞은 거지요? 내면은 사자나 호랑이처럼 네 발로 기어 다녀서 그런가요."

뇌이쉬르마른은 어머니에게 물어보았다.

보영_ 그러나 뇌이쉬르마른의 아버지는 깨어났습니다. 그리고 가족과 함께 행복하게 살았습니다. 그는 영웅이니까요.

오은

나는 늘 한발 늦는다

얼마 전 정은 작가가 쓴 『커피와 담배』(시간의흐름)를 읽었다. 커피와 담배라니, 동명의 짐 자무시 영화가 떠오르다가도 이 둘의 조합은 언제부턴가 내 일상 깊숙한 곳에 들어와 있었다. 아침에 일어나면 담배부터 찾게 된 지, 그리고 커피를 마셔야 비로소 하루가 시작된다고 느낀 지 제법 오래되었다. 직장 생활을 할 때는 하루에 넉 잔 이상의 커피를 마셨던 것 같다. 출근길 각성을 위한 커피, 점심시간의 한가로움을 만끽하는 커피, 오후의 식곤증을 물리치는 커피, 야근을 위한 커피….

책에는 인상적인 대목이 여럿 있었다. 가령 이런 것. "낯선 도시를 여행할 때 커피는 내게 환대의 자리를 만들어주었다. 카페에 들어가서 커피를 주문하고 내 테이블에 커피가 놓이면 나는 잠시 동안 그 도시에 받아들여진 느낌이 들었다." 커피는 여유와 떼려야 뗄 수 없는 기호식품이지만, 언제부턴가 나는 그것을 쫓고 쫓기듯 갈구했다. 에스프레소를 한입에 털어 넣은 뒤, 카페인을 충족시켰으니 얼른 일해야 한다고 스스로를 구석으로 몰았다. 커피는 매일 "환대의 자리"가 아닌 '환멸의 자리'에 놓였다.

여유가 없을 때일수록 커피 생각이 간절했다. 커피 기구를 사 모으기 시작한 것도 그때부터였다. 직접 커피를 내려 마시게 되면 사라진 여유를 되찾을 수 있을 것 같다는 희망이 있었다. 에스프레소 머신을 들이고 드리퍼와 여과지를 구입했다. 캡슐 커피 머신과 수동 그라인더까지 사고 나니 나만의 커피 라이프가 본격적으로 시작된 것 같았다. 이런 기세라면 바리스타 자격증도 딸 수 있을 것 같았다. 수동 그라인더에 원두를 넣고 가는 시간은 하루 중 내가 가장 좋아하는 시간이었다. 원두의 고소한 냄새는 물론이거니와 그것이 갈리는 소리도 참 좋았다. 21세기의 맷돌이 수동 그라인더가 아닐까 생각하며 웃기도 했다.

이상하게도 커피 기구를 사면 살수록 여유는 점점 부족해졌다. 비단 시간적 여유뿐 아니라, 주방 공간의 여유도 덩달아 사라졌다. "이건 또 언제 샀대?" 서울에 올라온 엄마가 찬장을 열어 보고 혀를 끌끌 찼다. "한 번도 안 쓴 거네. 먼지 보관 용기야?" 엄마의 쓴소리는 에스프레소 더블 샷보다 더 썼다. 틀린 말이 하나도 없었기 때문이다. 더치커피 기구를 구입하는 것을 마지막으로 커피 기구 구입을 멈추었다. 한 방울 한 방울 천천히 떨어지는 모습을 지켜보고 있으면 이상하게 안도감이 들었다. '빨리 더 빨리', '많이 더 많이'의 세상에서 장시간에 걸쳐 우려내는 방식은 시간을 거스르는 듯 보이기도 했다.

이사를 하면서 사 모았던 커피 기구들을 주변에 나누었다. 어느새 나는 커피를 좋아하다가 어떤 계기 때문에 갑자기 싫어하게 된 사람이 되어 있었다. 여전히 커피를 좋아하지만 커피 만드는 공정을 싫어한다는 걸 너무 늦게 깨달았다. 수동 그라인더를 건넬 때 망설임의 시간이 가장 길었다. '커피콩 가는 시간을 내가 얼마나 좋아했는데!'와 '좋은 추억이 있을 때 빨리 넘겨!' 사이에서 갈팡질팡했다. 수동 그라인더를 받은 친구는 타들어 가는 내 속도 모르고 이런 말을 했다. "이제 전동 그라인더 사는 거야?"

수동 그라인더를 넘기고 돌아오는 길에는 드립백과 더치 원액을 구입했다. 최소한의 수고를 들여 커피를 마시고 싶은 게 나란 인간이다. 이걸 깨닫기 위해 시간과 자본을 과하게 투자한 셈이다. 『커피와 담배』를 읽다가 고개를 끄덕이면서 도리질하게 된 부분이 있다. "커피는 유일하게 사치를 부릴 수 있는 영역이고 내가 다른 세계로 넘어갈 수 있는 영역이었다. 커피는 내가 나를 사랑하고 대접할 수 있는 쉬운 방법이다. 커피는 민주적이다. 커피는 쉽게 손을 내밀어준다. 가진 것이 아무것도 없는 내가 발을 반쯤 걸치고 삶의 여유를 꿈꿔볼 수 있게 한다." 구구절절 맞는 소린데, 나는 왜 커피와 여유를 맞바꾸었을까. 커피가 내민 손을 뿌리친 손으로 왜 다시 커피를 테이크아웃하게 된 걸까.

커피가 담배를 부르고 담배가 영화를 부르듯, 간만에 나는 커피를 마시며 뭉게뭉게 상상의 구름을 피워 올린다. 더치커피 기구를 받은 친구는 지금도 그것을 잘 사용할까? 한 방울 한 방울 가까스로 떨어지는 커피를 바라보며 무슨 생각을 할까? 수동 그라인더를 받은 친구는 하루 중 언제 커피콩을 갈까? 커피콩이 갈릴 때 나는 소리 덕분에 괜스레 미소를 짓곤 하지 않을까? 그나저나 전동 그라인더의 가격은 얼마지? 정신 차리자. 상상의 구름이 먹구름이 되기 직전, 나는 현실로 귀환한다.

주위를 둘러보니 카페에서 따뜻한 커피를 마시고 있는 건 나뿐이다. 나는 늘 한발 늦는다.

오은_영화 <커피 카피 코피>는 '15세 관람가'라고 되어 있지만, 난 13살 때 이 영화를 보았다. 당시 커피를 마셔본 적이 없었던 나는 커피를 마시며 좋은 카피를 쓰기 위해 코피를 쏟는 그들을 이해할 수 없었다. '15살이 되면 이해할 수 있을까?' 생각하다 보니 엔딩 크레디트가 올라가고 있었다. 한발 앞섰다고 생각했을 때조차 한발 늦었던 셈이다.

이은정

마실 수 없는 커피

산복도로 왼쪽에 마트가 있고 마트 안에 작은 커피 매장이 있다. 목적지에 도착하기 전에 나는 항상 그곳에서 아메리카노 한 잔을 테이크아웃한다. 차 안에 커피 향이 퍼지면 그리움이 밀려들기 시작한다. 커피가 쏟아지지 않도록 조심해서 오르막길을 오르고 황량한 주차장에 도착하면 커피를 들고 3층으로 올라간다. 염불 소리와 향냄새가 내 몸을 덮친다. 커피 속에 참회하는 마음을 담아 언니 앞에 놓는다. 언니야, 나 왔어.

언니는 커피를 참 좋아했다. 아침에 일어나면 커피부터 마시는 언니가 이상하게 보일 때도 있었다. 괜히 아메리칸처럼 폼 나게 살고 싶어 하는 것 같기도 했다. 커피 마시는 게 뭐가 이상해서, 그저 흔한 모닝커피가 뭐 그렇게 유별나다고 언니의 취향을 존중하지 못했을까. 고급 카페에 앉아 비싼 커피를 사 먹는 언니가 사치스럽다고 생각한 적도 있었다. 내가 커피를 좋아하지 않아서 그런 생각을 한 것이겠지. 언니는 그렇게 이기적이고 못된 동생이 좋아하는 음식을 아무 말 없이 자주 사 주곤 했지만, 나는 언니가 죽고 나서야 커피를 사 준다. 언니는 마실 수도 없는 커피를, 죄책감과 미안함에 절어서.

5월은 대놓고 가정의 달이라는 수식이 붙는다. 작년 가정의 달에 언니가 세상을 떠났고 올해 가정의 달에는 언니의 일주기가 있다. 결코 변함없을 내 생애 가장 슬픈 날이 역시 변함없을 가정의 달 안에서 매년 나를 기다릴 거란 뜻이다. 뿔뿔이 흩어져 사는 가족들이 언니를 추모하기 위해 모이는 유일한 날일 테니, 가정의 달이 맞긴 한 건가. 언니가 두고 간 조카들의 어린이날은 분말수프 없는 라면 같고, 언니가 두고 간 부모의 어버이날은 향기 없는 카네이션 같다. 언니가 두고 간 동생들의 5월은 조카들의 라면에 수프를 뿌려 주고 부모에게 꽃향기를 맡게 해 주느라 애태우는 달이 되었다. 남겨진 가족들은 각자 언니를 만나러 갈 때마다 커피를 산다. 언니는 마실 수도 없는 커피를, 죄책감과 미안함에 절어서.

최근, 내게도 마실 수 없는 커피가 있었다.

지난달에 일이 있어서 서울행 기차를 타야 했다. 내가 없는 동안 아픈 장군이를 돌봐 주기 위해 엄마가 우리 집에 와 있었다. 외출 준비를 마치고 현관문을 나서는 내게 엄마가 만 원짜리 지폐 세 장을 주었다. 비싼 커피를 사 먹으라고 했다. 촌년 서울 가서 기죽지 말라는 마음인가 싶었다. 나는 5000원짜리 커피를 사서 기차에 올랐다. 엄마가 준 용돈은 쓰지 않았다. 늙은 엄마가 주는 돈은 이상하게 쓸 수가 없는 게, 살면서 언제 또 받을 수 있을지 모르기 때문이다. 기차가 출발하자 엄마한테 전화를 걸었다. "엄마, 잘 다녀올게. 엄마가 준 돈으로 비싼 커피 샀어." 엄마가 웃으며 말했다. "그래. 잘했어. 그 정도는 써도 돼. 우리 딸 잘 다녀와."

유난히 커피를 좋아했던, 비 오는 날 우산도 없이 먼 길 떠난 언니가 떠올라서 그날의 커피는 잘 넘어가지 않았다. 커피에서는 향불내가 났고 맛은 썼다. 하필이면 콕 집어서 비싼 커피 사 먹으라고 엄마가 준 용돈이 다시는 큰딸한테 못해 볼 거 한풀이하는 것 같기도 하고, 나도 언니가 그렇게 좋아했던 커피 한 잔 사 준 적 없는 것 같아서 흔들리는 기차처럼 속이 울렁거렸다. 몇 모금 마시지 못한 채 서울역에 도착했고 역에 내려서 남은 커피를 몽땅 버렸으니, 내 생애 가장 비싼 커피가 되었다. 제아무리 비싼 커피도, 시럽 듬뿍 넣은 커피도, 때론 고약하게 쓰거나 눈물 맛이기도 하더라.

어쩌면 아침마다 식사 대신 진한 커피를 마시며 출근하는 사람들은 하루의 무게를 들이켜는 것일지도 모르겠다. 오늘도 이겨내려고, 오늘까지는 버텨 보려고, 최대한 제정신으로 일터에 나가기 위해 쓰디쓴 각성제가 필요한 건지도 모르겠다. 그렇다면 커피 한 잔의 무게는 살아 내야 하는 하루치의 무게인 걸까. 언니가 떠난 뒤에야 이따위 깊은 생각을 하게 되었다. 그때 알았다면, 언니가 살아 있을 때 느꼈더라면 언니에게 모닝커피를 한 번쯤 건넸을지도 모르는데 늘 그렇듯 깨달음은 늦고 기다려 주는 사람은 없다.

나는 요즘 자주 커피를 마신다. 누가 건네지 않으면 내 손으로 커피를 사거나 만들어 먹는 일이 드물었고 여전히 커피 맛도 잘 모르지만 자꾸 찾게 된다. 입으로 글을 쓰는 것도 아닌데 글을 쓰면 이상하게 자주 목이 마르고 어느새 책상 위에는 머그잔부터 종이컵까지 여러 개의 컵이 줄지어 있다. 분명 나는 커피 애호가는 아니지만, 커피를 마실 때마다 떠오르는 향불내는 일종의 자극제가 되어 준다. 이를테면 이런 말들이 머릿속에서 뱅뱅 돈다.

오늘도 글을 쓰자. 뭐든, 쓰자.
오늘도 버텨 보자. 모질고, 독하게.
어떻게든, 살자. 살아 내자.

🐾 은정_곧 있으면 언니의 일주기입니다. 아메리카노 한 잔을 사서 언니한테 가겠지요. 언니가 어디까지 갔는지는 모르겠지만, 갈 길이 남았다면 커피 한 잔 마시고 가라고 놓고 올게요. 제가 사람이라서, 늦게 깨닫고 늦은 후회나 하는 한낱 사람이라서, 5월이 슬프고 커피는 씁니다. 오늘 아침 당신의 커피는 부디 달콤했으면 좋겠습니다.

정지우

미신에 기대어

나는 하루도 빠짐없이 매일 커피를 마신다. 1년 중 커피를 마시지 않는 날은 손에 꼽을 정도가 아니라, 아예 존재하지 않는다. 그런데 그 이유는 커피 자체로부터 대단한 각성 효과를 느껴서 커피가 꼭 일상에 필요하다고 생각하기 때문은 아닌 듯하다. 묘한 일이지만, 커피를 마시는 이유는 커피를 마시면, 명확하진 않아도 어떤 효능이 있어서 더 효율적인 하루를 보내게 되지 않을까 하는 막연한 기대감 같은 것 때문이다. 그런 약간의 미신 혹은 모호한 믿음이 단 하루도 빠짐없이 커피를 마시게 하는 것이다.

이건 아무래도 이상한 일이다. 커피를 마시지 않는 날과 커피를 마신 날을 비교해 본 일 자체가 거의 없고, 커피를 마시기 전과 마시고 나서의 차이를 명확히 느끼는 것도 아닌데, 무언가 기대하며 매일 커피를 마시기 때문이다. 반대로 말하면, 커피를 마시지 않으면 어딘가 불안하다. 혹시 내가 잠이 덜 깨서 덜 효율적인 하루를 보내게 되는 건 아닐지, 커피 한 잔으로 더 힘낼 수 있는데 커피를 마시지 않아서 덜 좋은 하루, 덜 명료한 하루, 덜 영감을 얻는 하루를 보내게 되는 건 아닌지 묘한 불안감이 드는 것이다. 그런 거의 무의식에 가까운 습관이 내게 매일 커피를 마시게 하는 셈이다.

그에 비하면, 담배는 그 효과가 아주 명확하다. 담배를 피우기 전과 후는 모세가 바다를 가르듯이 확연한 차이로 다가온다. 사람마다 그 효과가 다르다고 하는데, 나 같은 경우는 담배를 피우면 무척 선명한 각성 효과가 일어난다. 몽롱하던 상황에서도 정신이 번쩍 들고, 진행되지 않던 일이 척척 진행되기도 하며, 써지지 않던 글이 써지거나, 의욕이 없던 시간이 갑자기 의욕 넘치는 시간으로 바뀌기도 한다. 그런데 오히려 이토록 효과가 명료한 담배는 커피만큼 자주 손대지 않는다. 하루에 한두 개비 피울까 말까 하기도 하고, 어느 때는 몇 주 내내, 한두 달 내내 그저 피우지 않기도 한다. 그런 확실한 효과에 대해서는 알게 모르게 부담스러움을 느끼는 것일지도 모르겠다.

그러니까 이건 꽤나 확실한 사실인데, 나한테 커피는 담배만큼 각성 효과가 크지 않고, 오히려 심리적인 효과 이상으로 몸에 직접적인 영향을 주는지도 애매하다는 이유로, 바로 그 사실 때문에 매일같이 마시게 되는 것이다. 오늘도 커피 한 잔으로 하루를 시작하면 조금 더 명료한 정신으로 더 나은 하루를 보낼 테지, 오후에는 할 일이 많은데 커피 한 잔이 도움이 되겠지, 요즘에는 늘 잠이 부족한데 커피 한 잔을 마시면 조금은 보완이 될 테지, 하는 믿음이 커피로 자꾸 손을 뻗게 한다. 그런데 어쩌면 이런 불명확한 믿음, 애매모호한 마음의 이끌림 같은 것이야말로 삶을 지배하고, 삶을 끌고 가며, 삶에서 가장 강력하고 굳건한 무언가가 되는 건 아닌가 싶은 생각이 든다.

청년 시절, 나는 매일같이 글을 쓰고 책을 읽고 영화를 보았다. 보통 주변 친구들은 학점 관리며, 취업 준비며, 동아리 활동이나 대외 활동 등으로 바쁠 때도, 나는 아웃사이더에 가까운 생활을 자처하며 매년 수백 편의 책과 영화를 탐닉했고, 수백 장에 이르는 글을 홀로 쓰곤 했다. 그런데 그런 것들이 무엇을 주는지는 명확하지 않았다. 그런 것들로 하루를 채워 넣는다고 해서, 자격증이 주어진다거나, 많은 돈을 벌게 된다거나, 어떤 숫자나 성적이나 증명이 새겨진 종이를 받을 수 있는 것도 아니었다. 그런데 그런 무엇을 얻을지 모른다는 그 막연한 미래가 오히려 나를 더 깊이 그 모든 것들을 매일같이 좇도록 만들었을지도 모른다. 내가 미래에 막연히 어떤 작가가 되든, 지식인이 되든, 예술가가 되든, 혹은 그저 삶을 누리는 어떤 문화인이나 여행가가 되든, 그 무엇일지 모르는 여정에의 이끌림이야말로 나를 그리로 끌어당기는 가장 강력하고도 굳건한 원

동력이 되었던 것이다.

어쩌면 나는 지금도 알 수 없는 어느 미래를 향해 가고 있다. 그곳은 막연한 행복, 아직 그 형태를 알 수 없는 기쁨, 무엇인지 모르지만 그래도 삶을 긍정할 수 있는 사랑 같은 것들이 내 삶에 녹아 있는 어떤 양지바른 곳이 될 거라고 나는 믿고 있을 것이다. 그 신기루처럼 빛나는 어느 애매모호한 곳을 향하여, 내가 하루하루를 차곡차곡 쌓아 넣고 있다는 느낌이 들곤 한다. 그것이 단지 곁에 있는 사람에 대한 다정함이든, 오늘을 보다 더 기억하고 돌보고자 썼던 글 한 편이든, 더 삶을 사랑하고자 찾아 들었던 음악 한 곡이든, 나는 어느 토끼굴 속으로 조금씩 삶의 조각들을 굴려 넣고 있는지도 모를 일이다. 아마 삶에 대한 성실함이란, 그렇게 이루어 가는 것이 아닐까 싶다.

그렇게 나는 오늘도 또 커피 한 잔을 마신다. 언젠가부터 집에는 함께 글쓰기 모임을 하던 한 카페 사장님이 선물해 준 드롱기와 커피콩이 쌓여 있다. 아침마다 커피콩이 갈리는 소리를 듣고 있으면, 오늘 하루도 역시 조금은 더 명료한 날이 될 것 같은 묘한 깨어남을 느낀다. 그렇게 나는 안수기도를 드리듯이 내 안에 커피를 쏟아 넣는다. 아마 커피 덕분에 나는 더 나은 하루를 또 보낼 것이다. 오늘 곁에 있는 사람에게 건넨 친절 덕분에 더 나은 관계가 미래 어딘가에서 기다리고 있을 것이다. 오늘 저 깊이를 알 수 없는 호수로 던진 작은 조약돌 하나가 어느덧 쌓여 수면 위로 드러날 날이 있을 것이다. 그렇게 보이지 않는 곳에 믿음을 던져 가며, 삶을 쌓아 나간다.

지우_이번 글에는 질은의 〈백야〉라는 곡을 남겨보고 싶습니다. 제가 무척 사랑하는 곡인데, 이 글과 어울렸으면 좋겠네요.

언젠가,
그 쓸데없는

김민섭

모두의 쓸데없음을 존중하며

얼마 전 N 작가가 자신의 친구에게 나를 소개하면서 "여기 계신 김민섭 작가님은 어, 음, 이러저러한 분이고 최근에는 김동식 작가의 소설을 기획하면서 작가로서의 삶을 간신히 연장하셨습니다"라고 해서, "그것 참 정확한 소개로군요!"라고 신나게 추임새를 넣은 기억이 있다. (N 작가는 함께 이 〈책장위고양이〉 연재를 하고 있는 일곱 명 중 한 명이다. 아 N이 아니라 NG 작가라고 해야겠다. 성이 두 음절이니까!) 이전에 '생명 연장의 꿈, 메치니○○'이라는 음료수가 유행이었다. 그 요구르트를 마시면 몸이 건강해져서 한 병을 마실 때마다 다만 0.1초라도 더 살 수 있으려나. 그런데 돌이켜보면 작가로서의 삶을 꾸역꾸역 이어가게 해 준 몇 가지 계기들은 대개 누군가에게 '쓸데없는 일'이라는 말을 반드시 들은 것들이었다.

나는 사실 어린 시절부터 쓸데없는 일을 별로 하지 않았다. 그렇다고 쓸 데 있는 일을 남들만큼 해 온 것도 아니고, 그럭저럭 적당히 살아온 모양이다. 그래도 몇 가지의 기억은 있다. 언젠가 왜 그랬는지, 작고 투명한 플라스틱 통 안에 온갖 씨앗을 모으기 시작했던 것이다. 그걸 간직하고 있으면 여러 세계를 품고 있는 기분이 되어서 든든해지곤 했다. 해바라기 씨앗, 무궁화 씨앗, 목단나무 씨앗, 코스모스 씨앗, 채송화 씨앗, 볍씨, 그런 걸 수집해 나갔다. 그때 외할아버지였던가 누구였던가, 그가 나에게 "그런 쓸데없는 짓이나 하고 말이야!"라고 말했던 것 같다. 나는 그 말을 듣고 혼자 밖으로 나와서 울면서 씨앗을 다 버리고 그 플라스틱 통도 버리고 집으로 돌아왔다. 그 이후로 한 번도 씨앗을 모아 본 일이 없다. 또 언젠가는 신문 스포츠면의 사진들을 잘 오려서 스케치북에 풀칠해서 붙였다. 내가 좋아하는 야구 선수들의 사진이 많았다. 그때 어머니가 "여기에다가 무슨 쓸데없는 짓이야"라고 말했던 것 같다. 나는 그 이후로 무언가를 오려서 모아 본 일이 없다.

사실 씨앗을 모으는 일도 좋아하는 스포츠 선수의 사진을 모으는 일도, 둘 다 정말로 쓸데없는 일이기는 했다. 그러나 내가 거기에 굴하지 않고 계속 그 일을 했더라면 혹은 언젠가 내가 정말로 쓸데없다고 판단해 스스로 그만두었다면, 나의 삶은 조금은 긍정적인 영향을 받았을 것이다. 그러고 보면 누군가는 타인의 작은 비난에도 자신을 행복하게 만들던 그 쓸 데 있는 일을 직접 나서서 와르르 무너뜨리고 만다. 그러고는 '이건 정말 엄청난 계획이 있었던 건데 너 때문에 다 망한 거야!'라며 아주 오랜 시간 동안 그를 미워하며 지낸다. 그러나 누군가는 그에 굴하지 않고 '응, 그러거나 말거나.' 하고는 자신을 위해 그 일을 지속해 나간다. 나중에는 무언가 결과물을 만들어 내고 자신을 비난하던 이들이 '야, 걔가 그래도 생각이 깊은 애였어! 너네는 왜 그렇게 못하냐.' 하고 다른 타인을 비난하게 만든다. (그러고 보면 누구를 비난하는 사람은 그저 비난할 대상이 필요할 뿐이다.) 불행히도 나는 작은 비난에도 쉽게 무너지는 사람이었다. 그래서 남들이 쓸데없다고 규정한 일들은 대개 스스로 그만두었고 딱 하나만 남겨 두었다. 그게 아마도 '글쓰기'였다. 당장의 입시 공부를 하는 게 낫다는 말을 몇 차례 들었지만 "아닙니다, 이건 그냥 계속할래요" 하고 해 나갔다. 사실 글쓰기는 그만두고 말고의 일이 아니라는 걸, 그때부터 막연히 짐작하고 있었다.

지금의 나는 몇 가지의 쓸데없는 일이 연결되고 확장되면서, 작가로서의 생명을 이어나가고 있다. 두 가지를 소개하자면 김민섭 찾기 프로젝트(2017)와 김동식 소설집 기획(2018)이었다. 먼저 김민섭 찾기 프로젝트는 첫 해외여행을 위해 구매한 후쿠오카 왕복 항공권을 이름이 같은 청년에게 양도한 일이다. 아이가 몸이 아파 가지 못하게 되어 환불하려고 하자 여행사에서는 10만 8000원을 주고 산 것을 1만 7000원만 환불해 줄 수 있다고 했다. 차라리 양도

할 수 있는지 묻자 대한민국 남성이고, 이름이 같고, 여권의 영어 이름 스펠링이 모두 같은 사람을 찾아오라고 했다. 그래서 페이스북에 "김민섭 씨를 찾습니다, 후쿠오카 왕복 항공권을 드립니다"라는 글을 올렸다. 며칠 뒤 그 조건을 모두 충족하는 93년생, 나와 열살 차이가 나는 대학생이 나타났다. 그는 학교에서 디자인을 전공하고 있는데 졸업 전시 비용이 부족해 휴학하고 일을 하고 있다고 했다. 그때 누군가가 "저는 고등학교 교사입니다. 제가 가르치는 학생들 중에는 집안 형편이 어려워 항공권을 준다 해도 가지 못할 사람들이 많습니다. 어딘가에 있을 김민섭 씨도 그럴지 몰라서, 결례가 되지 않는다면 제가 30만원의 숙박비를 부담하고 싶습니다"라고 말했고, 누군가는 유효기간이 한 달 남은 그린패스권을 (하루 종일 공짜로 버스를 탈 수 있는 티켓을) 보내왔고, 누군가는 공항에서 와이파이 기계를 렌탈해 주겠다고 했다. 그러던 중 모 기업에서 "학생의 졸업 전시 비용까지 후원해 줄 수 있다면 좋겠습니다. 작가님이 글을 써 주시면 펀딩을 열어 볼게요"라고 말해서, 2박 3일 동안 300만 원에 가까운 돈이 모였다.

다음으로 NG 작가가 말했던 김동식 소설집 기획은, 내가 자주 가던 인터넷 커뮤니티의 작은 게시판에 계속 단편소설을 올리던 '복날은 간다'의 책을 만든 일이다. 그는 이해할 수 없는 문체와 작법과 속도로 글을 써 나갔다. 나는 그의 팬이 되어서 "와, 이런 소설 처음 읽어 봅니다. 재미있습니다!"라는 댓글을 달며 그를 지켜보았다. 그러다가 어느 날, 사흘에 한두 편은 꼭 쓰던 그가 1년 3개월 만에 300편을 써냈을 즈음, 우연한 기회로 그를 인터뷰하게 됐다. 중학교 1학년 때 학교를 자퇴하고 성수동의 주물공장에서 10년 넘게 일을 하고 있다는 서른세 살 김동식 작가와는 그렇게 만났다. 그는 독자들의 댓글을 보면서 맞춤법부터 문체, 작법까지 모두 배웠다고 했다. 소수의 심사위원들이 작가 자격증을 주어야 소설가가 될 수 있는 문단 시스템에서, 그는 평범한 사람들이 작가로 만들어 낸 시대의 작가처럼도 보였다. 그래서 이런저런 과정을 거쳐 그의 소설집 『회색인간』이 나오는 데 기획자로 참여했다. 『회색인간』은 지금 25쇄를 찍은 것으로 들었다. 김동식은 2018년 '오늘의 작가상' 최종심에 올랐고, 세 군데가 넘는 기획사에서 드라마와 영화 판권을 사 갔다. 중고등학교에서는 그의 책이 인기가 많아서 학교 강연에 초빙하기 위해서 번호표를 뽑고 기다리고 있다.

김민섭 찾기 프로젝트를 할 때는 "야, 그런 쓸데없는 일 하지 말고 그냥 1만 7000원 환불받아서 치킨이나 시켜 먹어"라는 말을 들었고, "아니 그래서 너한테는 뭐가 남는데? 왜 그런 쓸데없는 일을 하는지 이해할 수가 없다"라는 말도 들었다. 그러나 1만 7000원을 돌려받느니 차라리 나와 이름이 같은 사람을 행복하게 해 주고 싶다, 라는 마음으로 시작한 그 일 덕분에, 나는 조금은 새로운 태도로 세상을 바라보게 됐다. 그 이야기를 듣고 싶어 하는 사람들이 아주 많아져서 여기저기에서 초청을 많이 받았고, 나는 그 내용으로 지금 다음 단행본을 쓰고 있기도 하다.

김동식 소설집 기획을 할 때는 "아니 맨날 핸드폰으로 그 게시판을 보고 있으면 뭐하는데, 쓸데없는 일이잖아"라거나 "밤에 안 자고 쓸데없는 걸 읽고 있어. 눈 나빠지니까 잠이나 자"라는 말도 들었다. 멋진 제목의 두꺼운 책을 읽는 것도 아니고, 핸드폰으로 인터넷 게시판의 추천 많이 받은 글이나 읽고 있으니까, 누구에게나 쓸데없고 한심해 보이기는 했을 것이다. 그러나 그 과정을 통해서 나는 '지금 읽히는 글이 무엇인지' 감각할 수 있게 됐고, 김동식이라는 작가와 만날 수 있게 됐고, 또 그 이후에도 몇 명의 젊은 작가와 인연을 맺게 됐다. 모 편집자는 출판사 편집장에게 "왜 김민섭처럼 그런 작가를 못 찾아오느냐"라는 말을 들었다고도 한다. 그런 걸 쓸데없는 일로 규정하면, 당연히 그럴 것이다. 아내가 언젠가 나에게 "그래서 남 좋은 일만 한 거 아냐?"라고 물어서, "김동식 작가의 책이 팔릴 때마다 기획 인세로 출판사에서 몇 퍼센트를 받기로 했어. 지난달 기획 인세가 내 책의 인세보다 많아" 하고 말해 주었다. 지금은 아내도 나도 김동식 작가가 있는 방향으로 아침에 일어나 세 번의 절을, 아, 아닙니다.

이제는 누구도 나에게 "왜, 쓸데없는 일을 하고 있어"라는 말을 하지 않는다. 다 이유가 있겠지, 뭔가 멋진 일을 준비하고 있겠지, 하고 짐작하는 듯하다. 그러나 그런 건 아니고 정말로 어쩌다가 그렇게 되었다. 다만 내가 즐겁고 내가 편안하고 내가 옳다고 믿는 일들을 삶의 곁에 두고 조신하게 조물조물 만들어 가다 보면, 언젠가 "와, 너 사실은 정말 멋진 일을 하고 있었던 거구나!" 하고 주변에서 말해 주는 것이다. 사실 내가 쓸 데 있다고 판단하고 했던 몇 가지 일들은 잘되지 않았다. 결국 쓸데없음과 쓸 데 있음은 누구도 규정할 수 없다. 다만 타인의 모든 일을 존중하는 삶의 태도를 가져야 한다. "그거 정말 쓸데없는 일이잖아"라는 말을, 나는 절대로 하지 않으려 한다. 그게 씨앗을 모은다든지 사진을 오려 붙이는 일이라고 하더라도 그렇다.

나는 쓸 데 있는 일과 쓸데없는 일을 계속해서 함께 해 나가고 싶다. 그러다 보면 대충 30년쯤 뒤에 NG 작가에게 "어, 음, 이번에는 이 일로 작가 생명을 또 간신히 연장한 김민섭 작가이십니다"라는 소개를 들을 수 있지 않을까. 그때 나는 옆에서 고개를 끄덕여야겠다. 나의 작가로서의 삶이 93년생 김민섭 씨와 김동식 작가뿐 아니라, 그들과 그들을 다정하게 끌어안아 준 여러 타인들에게서 배운 삶의 태도와 함께 계속 이어질 수 있기를 바란다.

이 〈책장위고양이〉의 연재 역시 정지우 작가가 처음 나에게 제안했을 때만 해도 크게 쓸 데 있어 보이는 일은 아니었지만, 시즌 1을 잘 마무리하고 출간에 이르렀다. 쓸데없는 일들도 결국 여러 고리로서 연결되며 언젠가는 정말로 쓸 데 있는 장소에 더욱 단단하게 다다르는 법이다. 모든 독자께 진심으로 감사를 보낸다. 덕분에 시즌2를 상상할 수 있게 되었고 셸리도 북크루의 책장에서 계속 살아갈 수 있게 되었다. 오늘의 쓸데없음으로 인해 우리는 언젠가 반드시 다시 가장 쓸 데 있어 보이는 어느 자리에서 반갑게 만날 수 있을 것이다.

민섭_북크루의 로고를 제작해 준 사람은, 93년생 김민섭 씨입니다. 김민섭 찾기 프로젝트는 여전히 계속 연결되고 있습니다.

김혼비

캐리어만큼의 세계

어쩌다 나의 집에 놀러 온 친구들이 '정체가 밝혀지는 순간 당장 도망쳐야 하는 국제 스파이나 살 법한 집'이라는 감상평을 내놓았을 만큼 1시간 안에 커다란 캐리어 하나와 작은 핸디 캐리어 하나에 다 쓸어 담을 수 있는 정도의 짐만 갖고 10년을 살았다. 실제로 20대 중반부터 나의 삶의 궤적은 국제 스파이와 조금 비슷한 구석이 있었다. 전공과 직업의 성격상 정해지는 상황에 따라 이 나라에서 저 나라로 옮겨 다녀야 할 일이 많았기 때문이다. 첫 4년간은, 길게는 8개월, 짧게는 5개월을 옮겨 다니며 살았고(여기서 말하는 '살았다'의 기준은 '집'이라고 할 만한 고정된 나의 공간이 있고 월급을 수령하기 위해 그 나라 은행구좌를 텄을 경우이다), 7년을 살았던 홍콩에서도 대학원에 다녔던 2년 반을 제외하고는 언제든 떠날 수 있다는 가능성을 항상 염두에 두며 살았다. 그러다 보니 나의 짐은 대개의 항공사

비행기 수하물 규정 무게인 큰 캐리어 25킬로그램과 핸드캐리어 10킬로그램을 기준으로 유지되곤 했다. 여기서 넘치면 넘치는 만큼 항공사에 돈을 지불하는 것도 싫었고, 자주 짐을 꾸렸다 풀었다 하다 보니 짐이 늘어나면 늘어나는 만큼 귀찮았다.

사실 나와 비슷한 처지에 있던 동료들 중에는 언제 떠날지 모른다손 치더라도 일단은 정착민처럼 이것저것 갖추고 사는 걸 선호하는 쪽이 훨씬 많았다. 미래의 걱정 때문에 현재의 기쁨을 포기하지 않는 그들이 멋있어 보여서 흉내도 내보았지만, 금세 깨달았다. 나는 미래에 닥칠 구체적인 걱정거리(수하물 규정 무게를 넘어서는 짐과 떠날 때 처분해야 하는 짐)가 늘어나면 현재의 기쁨도 줄어드는 사람이라 그렇게 살 수 없다는 것을. 걱정을 감수하면서까지 꼭 가지고 싶은 것도 별로 없었다. 그렇게 나는 10년 동안 캐리어 두 개만큼의 세계 속에서 35킬로그램 미만의 무게들과 함께 살았다. 속옷과 양말을 제외한 옷들은 스무 벌 이상 가져 본 적 없고, 신발은 구두부터 운동화까지 다섯 켤레 이상 넘겨 본 적이 없으며, 아이섀도와 립스틱은 늘 최대 두 종류를 번갈아가며 썼고, 장식품이라고 할 만한 건 추억하고 싶은 작은 물건들 몇 개가 전부였다. 책의 경우(책만큼은 한국의 부모님 집에 맡겨 놓는 '창고 찬스'를 쓰긴 했지만) 중요한 몇 권만 빼놓고는 떠나기 전에 현지에 사는 사람들에게 다 나누어 줬고, 심지어 홍콩에서 한국에 들어올 때는 논문을 위해 사들였던 피 같은 자료들마저 다 처분했다.

한국에서 드디어 '정착'이라는 걸 한 후에도 습관은 쉽게 바뀌지 않아서 늘 은연중에 살림의 무게를 마음속 저울에 달아 보고 상상 속 캐리어에 넣어 보며 쓸데없는 것들의 등장을 경계하곤 했지만, 결혼이 결정된 뒤 새집으로 부모님 집에 맡겨 두었던 책장 세 개 분량의 책들과, 못지않은 분량의 T의 책들과 살림이 들어오면서는 나의 스파이적인 삶도 끝이 났다. 나의 '쓸데없는'의 기준이 지나치게 엄격하다는 걸 스스로도 알고 있어서(이를테면 신발이 다섯 켤레에서 일곱 켤레로 늘어날라치면 두 켤레를 '쓸데없는 것'으로 계산해 버리는 식이었다), 의식적으로 '쓸모'의 범위를 도장 깨기 하듯 하나하나 넓혀 갈 무렵, 갑자기 도장 몇 개를 한꺼번에 깨뜨려야 하는 일이 일어났다. 그것도 은유법엔 전혀 흥미 없는 지나치게 직설적인 신이 네 마음속에 아직도 '쓸모'의 표준규격처럼 남아 있는 캐리어를 부숴 버리라는 메시지를 전하기라도 하듯 진짜 캐리어가 부서지면서 말이다.

T와 동행한 출장을 마치고 공항 수하물 벨트에서 캐리어를 내리는데 바퀴와 인접한 부분의 가방판이 깨져 있었다. 나와 10년간 세상을 누볐던 그 캐리어는 아니었고(그것은 한국으로 아주 들어오던 날, 이제 제 소임을 다했다는 듯 거짓말처럼 망가졌다), 친구가 결혼 선물로 준 대형 캐리어로 신혼여행과 이번 출장, 이렇게 두 번의 아이슬란드 여행을 우리와 함께했다. 다음 날 바로 AS를 맡겼고, 며칠 후,

시차 적응에 여전히 실패해서 오후가 되어서야 느지막이 일어난 나에게 T가 캐리어 소식을 전했다. "담당자한테서 연락이 왔는데, 간단하게 고칠 수 있는 게 아니라서 망가진 건 본사로 보내고 대신에 새걸 보내주겠대." "그래? 무상으로?" "응." "우와, 잘됐다!"

가격이 몇십만 원 나가는, "캐리어 속 물건들 다 합쳐도 캐리어 하나 값을 못 이긴다"며 농담 삼았던 캐리어였다. 부서진 부분뿐만 아니라 이곳저곳 끌고 다녔으니 여기저기 스크래치도 나 있고 자세히 보면 살짝 우그러든 부분도 있었는데 완전 새것으로 바꿔준다니 횡재가 아닐 수 없었다…는 나만의 생각이었다. 이어질 이야기가 더 있었다. T는, 담당자에게 부서진 것도 같이 보내 줄 수 없냐고 물었더니 그건 회사 정책상 안 된다고 했다며 "너만 괜찮으면 AS는 없던 일로 하고 그냥 부서진 걸 다시 보내 달라고 하고 싶어"라고 말했다. 뭐라고? 새것 대신에? 부서져서 더 이상 쓸 수도 없는데?(제정신이야?) 나의 의문은 점점 미래로 확장하며 늘어 갔다. 그럼 나중에 여행갈 때는? 새 캐리어를 또 사? 추가 지출도 지출이지만 그럼 좁은 집에 그 커다란 캐리어를 두 개나 두고 살자고?(제정신이야?) 대체 왜?

"그거, 우리 신혼여행 따라갔다 온 거잖아." "근데?" "'근데'라고? 저걸로 설명이 안 돼? 이번 출장에서 너랑 거의 한 달을 끌고 다닌 것만으로도 추억이 한가득인데, 무려 너랑 간 신혼여행도 함께한 애라고. 우리의 두고두고 기념할 만한 중요한 사건, 인생에서 절대 못 잊을 순간들을 함께한 애라니까?" 이어서 T는 신혼여행 막바지에 아이슬란드에서 핀란드로 넘어갔을 때 항공사의 실수로 저 캐리어만 혼자 스웨덴으로 가는 바람에 이틀간 애타게 기다렸다가 호텔 로비에서 극적으로 조우했던 순간에 관해 이야기했다. T가 이야기하면 할수록 캐리어와 함께했던 순간순간들이 생생하게 떠오르며 애틋한 마음이 커져갔고 우리의 소중한 기억들 전부가 그 캐리어 안에 고스란히 담겨 있을 것만 같…지 전혀 않았다. 기억들은 우리 머릿속에 담겨 있다고! 캐리어는 그냥 캐리어일 뿐이라고! 왜? 그런 식으로 따지면 신혼여행 때 함께 했던 옷신발양말가방모자시계아이폰아이폰충전기보조배터리노트침낭독서등 다 평생 간직해야겠네?

…라고 낭만도 피도 눈물도 없는 10년차 미니멀리스트의 사고회로가 발동했지만 말하지는 않았다. 평소 T에게 몇십 만원은 결코 작은 돈이 아니었다. 게다가 보내 준다는 새것을 마다한다면, 우리의 평소 경제관념과 행동 범위 안에서 이렇게 비싼 캐리어를 또 사서 쓸 일은 없으리라는 것은 T도 잘 알았다(그것이 바로 친구가 우리에게 그 캐리어를 선물한 이유이기도 했다). 마음에 드는 브랜드의 캐리어를 사용할 기회도 잃고, 몇십만 원도 잃는 이 셈법이 얼마나 이상한지도 잘 알았다. 그럼에도 포기할 수 없을 정도로, 그 부서진 캐리어는 T에게 무엇과도 바꿀 수 없는 어떤 것이었다. 그 마음이 전해지니 T에게서 그걸 빼앗고 싶지 않았다. 쓸데없는 물건도 누군가가 이

토록 사랑한다면 더 이상 쓸데없는 물건이 아닌 거였다. 아니, 다 떠나서! T가 캐리어를 은연중에 '애'라고 표현하는 순간, 이건 그냥 끝난 것이다! 으이그. 그래, 뭐, 돈은 됐고. 우리가 당장 여행을 갈 것도 아니고, 그래서 당장 새것을 살 것도 아니고, 원래 있던 자리로 캐리어가 돌아오는 거니까 공간이 비좁을 걱정도 나중에, 그때 가서 하자.

"그래, 그렇게 해." 나의 흔쾌한 동의에 T는 대단히 기뻐하며 담당자에게 전화를 했고, T의 뜻을 전해 들은 담당자는 대단히 당황하며 자신이 이해한 바가 맞는지 거듭 확인한 끝에 이런 경우는 처음이라며 "정 그러시다면…"이라고 말끝을 흐리며 부서진 캐리어를 그대로 보내 주기로 했다. 옆에서 그 통화를 듣고 있는데 강한 '현타'가 밀려왔다. 아, 이렇게 내 인생 최고로 쓸데없는 데다가 부피까지 큰 물건을 집에 들이는구나. 게다가 그게 캐리어라니. 과장 조금 보태 거의 반평생을 캐리어 크기만큼의 세계 속에서 살아온 내가 바로 그 캐리어 크기만큼의 쓸데없음을 받아들이게 된 이 상황이 인생의 거대한 농담 같아서 심란한 와중에 웃기기도 했다.

하지만 거대한 농담이 하나 더 기다리고 있을 줄은 몰랐지. 다음 날, "본사에 신혼여행의 추억이 깃든 소중한 물건이라 새것 대신 망가진 걸 그냥 받겠다는 고객님의 뜻을 전했더니 모두 크게 감동하셔서 정책상 사실 안 되지만 그냥 새것도 함께 보내드리기로 결정하였습니다"라는 메시지가 온 것이다. 뭐라고? 그래서 지금 대형 사이즈 캐리어 두 개가 함께 올 거라고? 맙소사. 그 회사는 뭐 산신령이야? 지금 이거 금도끼 은도끼야? T는 너무나 감사하다며 담당자에게 신경 써서 고른 기프티콘을 선물로 보내고 있었고, 저렇게 한쪽에서는 따뜻하고 아름다운 휴먼 드라마가 펼쳐지고 있는데, 낭만도 피도 눈물도 없지만 캐리어는 두 개나 갖게 된 미니멀리스트는 이걸 좋아해야 하는 건지 말아야 하는 건지 애매한 기분에 휩싸인 채로 머리를 싸맸다. 이게 뭐야!

하지만 결과적으로 캐리어 두 개가 오면서 나는 쓸데없는 물건들에 한결 관대해졌다. T가 이런저런 이유들로 차마 버리지 못하는 물건들도(그렇다, 그에게는 너무나 이유가 많았다), 옛날 같았으면 '쓸데없는 것'으로 분류했을 법한 실용적이지는 않으나 삶을 조금 즐겁게 만드는 물건들도 기꺼이 집에 들여놓기 시작한 것이다. 물론 갑자기 10년 묵은 습관이 바뀌었을 리는 없고, 머릿속에 새로운 계산이 들어선 것이다. 나중에 여차하면 쓸데없는 모든 것들을 저 쓸데없는 캐리어 하나에 다 집어넣어 치우면 되겠다는 계산(이 책이 나오면 T에게 이 속내를 들키겠군). 캐리어 크기만큼의 세계에서 캐리어 크기만큼의 '쓸데없는' 세계로 진정 넘어온 것이다.

여전히 나는 마음에 쏙 들어서 갖고 싶은 노트를 발견했을 때 자동으로 집에 있는 노트의 재고부터 헤아리는 사람이다. 이미 충분한 양의 노트가 있다면 아무리 마음에 들어도 그 노트를 사는 건 기쁨이기보다 부담이다. 갖고 있는 노트 한 권을 부지런히 다 써서 그 노트를 들여놓을 자리가 생겼을 때 사야 비로소 크고 온전하고 안정적인 기쁨을 얻는다. 그때 가서 그 노트를 놓치게 되더라도(인연이 아닌가 보지, 뭐). 나도 나의 이런 기질이 낭만도 멋도 없는 것 같아서, 쓸데없는 것들과 알콩달콩 살 줄 아는 재미를 잘 모르는 것 같아서, 쓸데없는 것들을 기어이 쓸 데 있는 것으로 만드는 뜨거운 사랑이 부족한 것 같아서 마음에 안 들지만 어쩌겠는가. 넘쳐흐르는 것보다 약간 부족한 듯싶게 재고와 필요의 짝을 맞춰 나가는 게 더 즐거운 것을. 그래도 요즘은 얼결에 생긴 저 캐리어를 끌고 쓸데없는 세계를 조금씩 여행하는 중이다. 솔직히 또 다른 재미가 있다는 걸 부인할 수 없다. 하지만 정말 딱 저 캐리어 하나만큼까지다!

혼비_최근에 '탕진잼', '흥청망청 사는 행복'을 주제로 원고 청탁을 받은 적이 있습니다. 새삼 깨달았어요. 저는 못-탕진잼, 못-흥청망청이라 절대 쓸 수 없는 주제라는 것을. 이쪽 분야는 이번 생에서는 아무래도 그른 것 같습니다….

남궁인

내 쓸모없었음에 바쳐

작가라는 이름으로 활동하자 사람들은 내게 많은 것을 궁금해했다. 그중 생각지도 못한 질문이 있었다. 어머니가 너를 어떻게 키웠냐는 것이다. 호기심 어린 눈빛은 마치, 자녀의 좌뇌를 이과적으로 개발하면서 우뇌를 문과적으로 함양시키는 방법이 무엇인지 듣고 싶은 것 같았다. 충분히 가능한 호기심이었다.

하지만 어머니는 내가 아는 한 자녀의 좌뇌와 우뇌에 번갈아 물을 주려고 노력하지 않았다. 사실 그런 노력이 과연 무엇을 뜻하는지 잘 모르겠으며, 그런 교육이 구체적으로 존재한다면 조금 기괴할 것 같다. 대신 어머니가 내게 하신 것 하나는 확실하다. '그 쓸데없는' 짓 좀 제발 그만하라고 반복해서 말씀하셨고, 결국 아들에게 계속 졌다. 일단 특별한 교육 방식을 채택하신 분은 분명 아니다.

중·고등학교 때, 나는 다른 학생들처럼 이상한 짓을 많이 했다.

게임도 좋아했고 PC통신에도 빠져 있었으며 반항을 일삼았다. 사실 여기까지는 평범했다. 고분고분 부모 말 잘 듣고 게임과 인터넷 절제하는 10대가 어디 있겠는가. 하지만 결정적인 반전이 있었다. 그 학생은 일탈에서 돌아와 갑자기 벼락치기로 입시에 성공했다.

대학에 입학하자 참으로 구렸던 고등학교 시절은 모조리 미화되었다. 입학 후 2년간 또 이상한 짓을 많이 했다. 과음과 폭음에서 이어지는 일화들이다. 그 역시 입시 성공의 여운이 남아 여전히 미화되었다. 하지만 지나치게 놀아 본격적으로 학교를 1년 쉬게 되었다. 이제 가정 단위에서 더 이상의 미화는 없었다. 하지만 세상 첫 좌절을 겪은 나는 오히려 본격적으로 막 나가기 시작했다.

스물둘의 여름날 나는 집에 누워 있다가 갑자기 어머니에게 말했다. "소자, 잠깐 목포에 다녀오겠습니다." "기차로? 버스로?" "아뇨, 자전거 타고요." "같이 갈 친구가 있니?" "아뇨." "그런데 어떤 자전거?" "친구가 준 삼천리 자전거요." "며칠 걸리는데?" "가봐야 알죠." "미쳤구나." "뭐 할 일도 없으니까요." 당시 어머니는 약간 순순했다. 집 구석에서 노는 아들이 어디 나간다니 나쁘게는 생각 안 하셨다. 거대한 서막의 전조인 걸 아직 깨닫지 못하셨다.

"언제 출발하니?" "지금이요." 나는 정말 말이 떨어진 순간 자리에서 일어나 짐을 챙겨 나왔다. 그리고 집 앞에 묶여 있던 자전거에 올라타 지도책을 보며 목포로 향했다. 5일간 죽으라고 자전거를 밟았다. 갈비탕 한 그릇에 밥 세 공기를 말 수 있다는 것과 지방 여관은 옆방 괴성이 그대로 들린다는 사실을 알았다. 최종 결론은 '오르막이 있으면 내리막이 있다'였다. 5킬로그램 감량에 성공해 돌아왔다.

그 뒤 집에서 잠드는 일을 수치나 치욕으로 여기는 사람처럼 살았다. "어머니, 동아리에서 9박 10일 하계 봉사를 갑니다." "어머니, 남양주에서 7박 8일간 열리는 축제에 스태프로 참가합니다." "어머니, 수원 화성에서 축제가 열리는데 5박 6일입니다." "어머니, 동남아에 한 달 정도만 다녀옵니다." "어머니, 한국 실험 예술제 7박 8일입니다." 개강이 약 네 달쯤 남았을 때 나는 끝내 이렇게 선언했다.

"찔끔찔끔 나가기도 조금 그러니 이번에는 본격적으로 집을 떠나겠습니다. 배를 타고 중국 천진으로 가서 대륙을 횡단해 히말라야와 네팔을 건너 인도에서 표를 구해 돌아오겠습니다. 개강 전에는 오겠습니다."

"보자보자하니 미쳤구나."

"기왕 노는 거 제대로 하겠습니다."

어머니는 이번에는 조금 만류하셨으나, 어차피 못 보던 아들을 조금 길게 못 보는구나 생각하시는 것 같았다. 결국 나는 진짜로 그 길을 육로로만 횡단하고 돌아왔다. 어마어마한 방랑이었다.

이제 의학과 개강이었다. 어머니에게 아들은 이제 놀 만큼 놀았으니, 열심히 공부해서 훌륭한 의사가 되는 것 말고는 다 쓸데없는 일이었다. 하지만 나는 딱 그것 빼놓고는 모조리 다 하려는 사람 같았다. 세상 맛을 봤더니 브레이크가 없었다. "어머니, 방학입니다. 26박 27일 국토대장정에 갑니다." "몸 상하니 좀 쉬어라." "대학생 때 한 번은 해 봐야죠." 돌아온 다음 날이었다. "어머니, 동아리에서 이번에도 9박 10일 하계 봉사를 갑니다." "안 죽고 돌아온 게 용한데 또 간다고?" 그리고 또 돌아온 다음 날이었다. "어머니, 양평에서 이번에도 축제가 있습니다. 개강 전날 옵니다." "마음대로 해라. 마음대로." 나는 꼭 그 일정을 전날쯤 통지했다. 어머니는 매번 놀라시며 일단 한 번만 말리셨고, 지쳤는지 두 번까지는 안 말리셨다. 개강날 돌아와 어영부영 2학기가 끝나가는 참이었다. 나는 겨울 방학 전날 이렇게 말했다.

"어머니. 저는 내일 블라디보스톡에 배편으로 가서 시베리아 횡단 열차를 탑니다. 어디까지 갈지 몰라서 언제 돌아온다고도 못 말합니다." "아니 시절이 이렇게 좋은데 왜 소련에 가. 게다가 지금 12월인데 시베리아 횡단을 탄다고?" "작년 12월에는 에베레스트에 있었는걸요." "아니 작년 12월에 그딴 미친 곳에 있었는데 왜 지금 말해." "그걸 어떻게 다 말해요." "너무 추우니까 집에 있자." "안 돼요. 가야 합니다." 어머니는 이번에 두 번쯤 말렸지만, 결국 나는 길을 떠났다. 물론 시베리아는 고시원과 비교도 안 되게 추웠다.

당시 전화비를 아낀다고 외국 나가면 집에 전화를 안 했다. 하지만 한 달 만에 처음으로 어머니가 꿈에 나와 공중전화를 찾았다. 공교롭게도 보스니아였다. "어머니, 보스니아예요." "미친. 소련에 간 놈이 왜 보스니아에 있어." "소련에서 국경 10개 넘어 왔어요. 그리고 엄마 소비에트연방 해체된 지 오래됐어요." "거기는 전쟁 안 해?" "전쟁 끝난 지 10년이나 됐어요(보스니아 내전, 1992~1995). 지금 전쟁 폐허 구경하는데 멋져요. 건물에 총 자국도 남아 있고요." "어휴."

엄마는 다음으로 예루살렘에서 내 꿈에 출연했다. "엄마 오랜만이네요." "거기 어디니. 집에 좀 와라." "여기 예루살렘인데 돈이 떨어져서 일을 조금 해야 할 것 같아요." "저번에는 보스니아라며. 전쟁하는 데만 골라 가냐. 돈 보내 줄게 집에 좀 와라." "받을 계좌도 없는데요. 그런데 여기 중동 분쟁이 나서 분위기가 안 좋아요. 지금 다마스쿠스 광장인데… 시위대가."

정말 그 순간 시위대의 폭발음이 터졌다. 나는 전화를 끊고 어디론가 숨었다. 이후 나는 정말 텔아비브 소재 레스토랑에 접시 닦이로 취직을 했으며, 간신히 카이로에서 비행기 표를 구해 돌아왔다. 마침 개강 날 새벽이었고, 심지어 학교 등록도 못 했다. 그때 어머니는 처음으로 자다가 벌떡 일어나서 내 등짝을 때렸다. "미친놈. 미친놈아. 좀 쓸모가 있는 곳에 목숨을 걸어라."

이후 대학 시절은 중국 어학연수를 가거나 실크로드 횡단을 가거나 호주에 시를 쓰러 가거나 히피로 살러 나가는 등의 험난한 난코스가 이어졌다. 하지만 어머니는 체념하셨는지 두 번 이상 반대하지 않으셨다. 그 와중에 나는 어머니에게 고백했다. 어머니 저는 글을 쓰고 싶습니다. 어머니는 지칠 대로 지쳐 계셨다. "인아, 글 쓰는 사람 가난하고 힘들다. 그러지 말고 작사를 해라. 작사가 돈이 된단다." "저는 시를 쓸 건데요." "인아, 시인은 안 건강해." "엄마가 어떻게 알아요." "그냥 내가 알아. 작사가가 될 거면 작사하고 다른 거 할 거면 괴로우니까 글 쓰지 마." 하지만 나는 작사를 어떻게 하는지 몰랐고, 다만 시가 좋아서 시를 썼다. 그래서 시를 썼다. 가끔 어머니에게 보여드렸으나 왠지 이해를 못 하신 것 같았다. 사실 당시 누구도 이해하지 못했다. 어머니는 그냥 잠자코 내가 시 쓰는 걸 보셨다. 사실 그전에 했던 짓들에 비하면 손해 볼 일 없는 안전하고 양호한 취미였다.

그래서 어머니는 끝내 내가 평생 응급실에서 일하기로 결정했을 때 말리지 않고 걱정만 하셨는지 모르겠다. 지원서를 낼 때, 나는 너무 불행을 많이 겪어서 내가 어디까지 불행할 수 있을지 꼭 봐야겠다, 라고 소리까지 질렀는데 말이다. 방랑에 취해 집에 안 들어오던 아들이 의사가 되자 꼬박꼬박 이틀에 한 번씩 들어와 죽음처럼 잠을 잤다. 밤늦게 일어나면 밥상머리에서 환자가 갈려 죽은 이야기나, 연장을 들고 온 조폭 이야기를 털어놓았다. 그 위태로운 아들을 보고 어머니는 무슨 생각을 하셨는지 모르겠다. 다만 무를 수 없으니 몸 상하지 말라고만 하셨다. 응급실 폭력을 막아 달라고 청원을 넣고 계신지는 나중에 알았다.

그 시기도 넘어 나는 전문의를 취득했고 작가도 되었다. 어머니는 그간 내 책에 많이 출연하셨다. 자식을 따뜻하고 멋진 말로 위로하는 자애로운 어머니 역할이었다. 어머니는 작가 아들을 키웠더니 참 좋다고, 다른 사람에게도 신경써서 말해야겠다며 웃으신다. 하지만 이렇게 웃기까지 얼마나 많은 시간들을 견디신 걸까. 진짜 웃고는 계신 걸까. 40년 가까이 아들을 키웠지만 어머니는 아직 걱정이 더 많다. 그리고 '그 쓸데없는' 짓을 벌이던 아들을 지켜보았을 어머니를 생각하니 마음이 아린다. 이 글은 결국 나의 평범했던 어머니에게 바쳐지고야 말았다.

남궁_연재 내내 '그 쓸데없는' 짓을 하던 나에 대해 생각하다 보니, '그 쓸데없는' 짓을 지켜보던 어머니에게 생각이 가닿았다. 모든 글은 결국 어머니에게로 귀결되는 것이 아닐까 생각한다.

문보영

비변화

뇌이쉬르마른의 친구 황구의 이야기다.

황구는 이방을 여행 중이었다. 골목을 걷던 중, 어떤 카페의 측면에 매료되어 들어갔다. 카페 측면에는 테라스가 있었고 작은 계단이 있어 출입이 가능했다. 테라스에는 1인용 나무 테이블 세 개가 띄엄띄엄 놓여 있었는데, 테이블 별로 의자는 한 개만 놓여 있었다. 맞은편이 필요 없는 손님을 위한 테이블이었다.

황구는 카페에서 기이한 경험을 했다. 약간은 불쾌하기도 한 경험이었다. 종업원이 다가오자 황구는 수박주스와 아메리칸브렉퍼스트를 주문했다. 그리고 여느 때와 같이 글을 쓰기 위해 가방에서 공책과 필통을 꺼냈는데, 공책 사이에 끼워져 있던 볼펜이 바닥에 떨어졌다. 떨어진 것은 확실했지만 바닥에 부딪히는 소리는 나지 않았다. 이런 일은 황구에게 유독 자주 일어났다. 물건을 떨어뜨렸는데 떨어졌다는 느낌만 있고, 소리는 나지 않는 경우. 게다가 바닥을 둘러봐도 물건을 찾을 수 없다. 날아갔나? 그럴 때 황구는 즐겁고 기묘한 인상을 받았다. '물건이 사라졌다! 순간이동을 한 거지.' SF 영화 같은 걸 보면 다른 세계로 통하는 신비의 입구를 쉽게 볼 수 있다. 손을 휘휘 저어 원을 그리면 다른 시공간으로 이동하는 입구가 생긴다거나, 난로에 들어가 주문을 외워 다른 공간으로 이동하는 마법 등. '그런데 만일 저쪽에서 손바닥이나 맨홀 뚜껑 같은 걸로 입구를 막고 있으면 어떡하지? 그럼 이동자는 이쪽과 저쪽 사이에 끼게 될 텐데…. 그런 이들을 위해 통로에 비상식량이나 비상 휴대폰 같은 것을 구비해 놓는 것도 한 방법일 거야.' 황구는 생각했다.

어쨌거나, 황구는 물건을 떨어뜨렸는데 바닥에서 연필을 찾을 수 없었다. 떨어뜨린 연필은 몽당연필에 알루미늄 펜대를 끼운 것으로 바닥에 떨어질 때 필시 소리가 날 것이었다. 소리가 나지 않은 것으로 보아 의자와 벽 사이에 꼈거나 무릎에 떨어졌거나, 하여간 바닥이 아닌 곳, 바닥과 테이블 사이 허공 어딘가에서 존재를 감추고 있을 거라고 황구는 생각했다. 이러한 상태를 황구는 '잠재적 떨어짐 상태' 혹은 '떨어짐의 중간 상태'라고 명명했다. 아니면 물건은 다른 시공간으로 이동한 걸지도 모른다. '그건 좋은 일이지.' 황구는 생각하며 필통에서 똑같이 생긴 연필(몽당연필에 알루미늄 펜대를 끼운 것)을 꺼내 일기를 썼다.

테이블 위에는 원목 냅킨꽂이가 놓여 있고 그 옆에는 투명 플라스틱 메뉴판이 서 있다. 황구는 주스를 마시며 일기를 쓰고 있다. "오늘도 잠이 오지 않았다. 졸리지 않는 이유는 아직 살지 않았기 때문이다…. 덜 살았다는 게 문제의 원인이다. 덜 살았다는 게… 그런데… 덜… 사는 것은 더 사는 거나 적당히 사는 것보다 어려운 일이다…. 오늘도 먹을 것을 찾으러 배회했다…."

따위의 일기를. 종업원은 채소스크램블과 프랜치토스트, 샐러드 그리고 작은 빵과 오트밀로 구성된 아메리칸브렉퍼스트를 가져다주었다. 아, 그리고 케첩 통도. 황구는 자리를 마련하기 위해 일기와 필기구를 가방에 대충 쑤셔 넣었고, 서 있는 메뉴판과 냅킨 홀더의 자리를 조정하기 위해 손을 갖다 댔는데, 잘못 건드리는 바람에 냅킨 홀더가 바닥에 떨어졌다. 그런데 방금 테이블에 접시와 케첩 통을 내려놓은 종업원이 황구보다 먼저 그것을 주웠고 카운터로 가져가 버렸다. '자리가 부족해 보여서 그러나 보군.' 황구는 생각했다.

황구는 오랜만에 식사다운 식사를 하며 여유를 만끽했다. 포크와 나이프를 이용해 프렌치토스트를 한 입 크기로 썰어 꿀에 푹 찍어 먹었다. 약간의 허기를 달랜 뒤 황구는 그릇을 옆으로 조금 밀어 자리를 마련한 뒤 공책을 꺼내 몇 가지 감상을 끄적였다. 그런데 공책을 잘못 움직이는 바람에, 테이블 위에 서 있던 플라스틱 메뉴판이 가장자리로 내몰리더니 바닥으로 추락했다. 그것이 바닥에 떨어지는 소리가 났다. '아이쿠, 내 물건도 아닌데.' 황구는 식탁 아래로 허리를 굽혀 떨어진 물건을 주우려 했다. 그때, 누군가 뒤에서 기다렸다는 듯이 다다닥 달려왔다. 그 소리에 황구는 약간 위협을 느꼈다.

종업원은 긴 팔을 뻗어 떨어진 메뉴판을 주웠다. 황구는 허리를 굽힌 채 고개만 돌려 종업원의 뒷모습을 보았으나 그의 뒷모습은 왠지 냉담했다. 황구는 이제 조금 언짢았다. '나에게도 주울 능력이 있는데! 떨어트렸다는 죄목으로 압수하는 건가?' 그녀는 식사 전에 떨어뜨린 연필의 행방이 문득 의심스러웠다. 종업원은 한번 떨어트린 물건은 돌려주지 않는 듯했다. 어떤 존재들이 CCTV를 통해 항시 황구의 행동을 감시하고 있다가, 그녀가 물건을 떨어트리면 '탈락!' 하고 (지네들끼리) 외치며 사람을 보내는 것은 아닐까. 물건을 떨어트린 자를 벌하기 위해, 물건이 미처 다 떨어지기도 전에 허공에서 낚아채는 건 아닐까. 황구는 문득, 안 보이는 무시무시한 존재가 자신의 삶 곳곳에 잠복하고 있었다는 인상을 받았다. 살면서 그녀가 떨어트리고 잃어버린 물건은 수도 없이 많았다. 그 물건들은 대체 어디로 사라졌을까? 황구는 화가 났다. 손에서 놓친 뒤로 다시는 만나지 못하게 된 물건들. 헤어롤, 연필, 마우스, 모자, 단추, 인공눈물, 휴대폰 등등.

황구는 허리를 펴다가 식탁에 머리를 쿵, 하고 찧었다. 그래서 식탁에 있던 포크와 나이프 그리고 공책, 필기구 등, 자잘한 소품들이 바닥으로 우두두 떨어졌고, 마침 바닥과 가까워 유리했던 황구는 물건들이 떨어진 자리를 한눈에 스캔했다. 그것은 눈으로 못을 박는 의식 같은 건데, 물건들이 달아나거나 사라지는 것을 방지하기 위함이었다. 물건들에게 실제로 순간 이동이라는 마법의 능력이 있을지라도 보는 자리에서 대놓고 그런 마법을 쓰지는 않을 터. 황구는 떨어진 물건들을 주섬주섬 주워 품에 꼭 껴안았다. 그녀의 곁을 떠난 물건들을 되찾는 심정으로. 황구는 공책과 포크, 나이프 그리고 필기구를 품에 안고, 테이블에 머리를 박지 않게 주의하며 허리를 폈다. 그리고 제 할 일을 하기 위해 다시 나타난 종업원을 최대한 무섭게 노려보았다. 그러자 종업원은 새 포크와 새 나이프를 가져다주기 위해 돌아갔다.

그 사이, 황구는 자신의 물건과 포크와 나이프 모두를 품에 안고 측면 계단을 통해 카페를 황급히 빠져나갔다. 종업원은 포크와 나이프를 그대로 들고 타조처럼 황구를 마구 쫓아왔다. 그러나 전직 육상 선수인 황구를 따라올 방법은 없었다.

황구는 헉헉대며 뛰었고, 상대방을 완전히 따돌리자 천천히 걸었다. 그녀는 이곳에서 철저히 이방인이었으므로 자신이 어디로 가고 있는지 알 수 없었다. 그러나 그녀는 걸었고, 가다가 빵집에서 난 화재 현장을 목격했다. 그리고 떠돌이 개를 만났는데 5년 전에 자신이 잃어버린 개와 똑같이 생겨서 갑자기 눈시울이 붉어졌다. '이방이란 정말 이상하군! 끊임없이 이상한 게 출몰해.' 그녀는 사람들이 그래서 여행을 좋아하나 보다, 하고 생각했고, 이런 생각만으로 그녀는 자신이 조금 변한 것 같았다. 좋은 쪽인지 나쁜 쪽인지, 하여간 그런 생각이 들었다.

제대로 식사를 하지 못한 탓에 그녀는 조금 배가 고팠다. 그녀가 카페에서 도망쳐 나온 지 이제 15분이 지났다. 그녀는 이제 어디 좀 들어가 허기를 달래고 일기를 쓰면서 숨을 고르고 싶어졌다. 그러나 주변 카페들은 너무 시끄럽거나 실내 장식이 마음에 들지 않았기 때문에 황구는 총 4개의 카페를 지나쳤다. 그리고 하염없이 걸었다. '아까 같은 카페만 아니면 되지' 하고 그녀는 거의 포기했다. 그런데 그 순간, 너무나 아름답고 그녀의 취향에 꼭 들어맞는 카페가 나타났다. 카페 입구에는 고풍스럽고 푹신한 소파 (소파 앞에 발을 놓을 수 있는 미니 의자까지 놓여 있음)가 놓여 있었다. 그녀는 여기서 좀 쉬어야겠다, 하고 카페에 들어갔다. 약 17분의 도망과 산책 끝에 황구는 폭신한 소파에 몸을 파묻고 발을 길게 뻗었다. 물건들을 껴안은 채. 그때, 황구는 자신의 몸 위로 넓은 그림자가 드리우는 것을 느꼈다.

그녀는 인상을 쓰며 올려다보았다. 예의 종업원이었다. 측면에서 보았던 카페는 정면에서 본 카페와 조금 달랐지만, 어쨌든 분위기는 비슷했다. 하지만 황구는 전혀 깨닫지 못했다. '또 비슷한 것에 끌렸다니.' 그녀는 17분 동안 자신과 함께 세상을 활보한 이 작은 친구들을 돌려주어야 할까, 아니면 또 도망가야 할까? 중요한 일은

3초 안에 무조건 결정나기 마련이었다. 그러나 그 3초 동안 황구는 몸을 움직일 수 없었다. '또 똑같은 카페를 들어오다니. 17분 동안 나는 아무것도 달라지지 않은 거야. 17분간 바뀌지 않았다면 앞으로의 17분 후에도 나는 바뀌지 않을 것이고, 그 이후 소시지처럼 수만 개의 17분을 줄줄이 이어 만든 인생을 통과할 때까지 나는 바뀌지 않을지도 몰라!'

카페에서 도망치고 17분간 관람한 세상은 그녀에게 아무런 변화를 일으키지 않았고 쓸모가 없었던 걸까? 그녀는 17분 이전의 자기 자신과 현재의 자신이 끔찍하게 동일하다는 사실에 역겨움을 느꼈다. 그러나 유지된 자아 혹은 변화된 자아 중 무엇이 더 쓸모에 가까운가? 그녀는 갸우뚱했다. 어쨌거나 17분이 지나도록 그녀는 여전히 자기 자신이었다.

보영_떨어진 물건들은 모두 어디로 갔을까요. 돌아온다면 기쁘겠지만, 지금 계신 곳에서 행복하시다면 그곳에서 잘 지냈으면 좋겠습니다.

오은

난데없이 쓸데없이

대학교 졸업을 한 학기 앞둔 시점이었다. 나는 군대에 다녀오지 않은 상황이었다. 재수해서 입학한 데다가 1년 동안 휴학한 적도 있어서 이것저것 따질 필요도 없이 이미 몇 발 뒤처져 있는 셈이었다. 주변 사람들은 평온하게 지내는 (것처럼 보이는) 나를 이상하게 바라보았다. "걱정 안 돼?"라고 물으면 "걱정한다고 달라져?"라고 받아치는 게 당시의 나였다. 겉으로는 쿨한 척했지만 속은 매시 매분 매초 타들어 가고 있었다. 고시 준비를 위해 휴학한 친구가 어느 날 내게 말했다. "그래도 너는 믿는 구석이 있는 거지?"

그 말을 들었던 날이 아직도 생생하다. 믿는 구석은커녕, 당시의 나는 스스로에 대한 믿음이 이미 바닥을 친 상태였다. 다들 어떤 목표를 향해 전력 질주를 하고 있었는데, 나만 오리걸음으로 나아가는 것 같았다. 제자리걸음이거나 뒷걸음질일 수도 있었다. '될 대로 되겠지'는 내가 정말 싫어하는 말이었는데, 어느 순간 나는 그렇게 살고 있었다. "아무래도 나를 믿어야겠지?" 웃으면서 대답했지만 목소리는 유난히 떨리고 있었다.

'믿긴 뭘 믿어. 얼른 자리나 뜨자.' 속마음을 들키지 않기 위해 거짓말을 했다. "이걸 어쩌지? 생각해 보니 믿음이 있네?" 나는 일정이나 약속을 써야 하는 빈칸에 '믿음'을 집어넣고 말았다. 다행히 친구는 찰떡같이 알아들었다. "응, 얼른 가 봐. 내가 쓸데없이 말이 많았네?" 자리를 떠 터벅터벅 언덕길을 내려오는데 갑자기 다리에 힘이 풀렸다. 친구가 내 이야기를 하고 있는 것 같았다. 쓸데없는 말, 쓸데없는 글, 쓸데없는 밝음…. 스물다섯, 나는 사회적 표준에서 점점 비켜나고 있다고 느꼈다.

그로부터 7년이 더 지난 후에야 나는 첫 직장을 구하고 있었다. 친구들은 이미 어엿한 직장인이 되어 있었다. 그사이 나는 대학원에 진학해 '문화기술'이라는 것을 공부했고 2년간 보건소에서 공익근무요원으로 복무했다. 보건소에서 퇴근하는 길, 고시 준비하던 예의 그 친구를 우연히 만난 적이 있었다. "이게 얼마 만이야. 잘 지내지?" "응, 너는 아직 이 동네 살아?" "뒤늦게 공익근무 중이야. 그렇게 됐어." 고시 패스에 성공한 친구는 멋진 슈트를 입고 있었다. "그래도 좋아 보인다." 친구는 할 말이 별로 없는 표정이었다. "좋아 보인다니 다행이네." 나는 실없이 웃으며 대꾸했다. 그야말로 쓸데없었다.

공익근무 소집 해제가 몇 달 남지 않은 무렵, 처음으로 구직 사이트에 접속해 보았다. 채용 정보, 신입 공채, 헤드 헌팅, 인재 검색…. 노동자와 사용자의 인터페이스가 명확하게 구분되는 사이트였다. 사람으로 접속했다 하더라도 여기서는 모두 '인적 자원'이었다. 자원으로 평가받는다는 것은 이용 가치를 묻는 질문에 쭈뼛쭈뼛 대답하는 것과도 같았다. "당신의 용도는 뭔가요?" 혹은 "당신을 쓸 데가 있을까요?" 같은 질문 말이다. 그 질문에 대답할 기회도 얻기 전, 나는 좀 더 현실적인 질문과 맞닥뜨려야 했다. "토익 점수가 없다고요? 대학원에서 왜 대학 전공을 살리지 않았나요?"

소집 해제가 임박했을 때, 한 기업에서 면접을 보았다. 예상하지 못한 질문들이 사방에서 날아들었다. 임기응변을 발휘해서 그럭저럭 상황을 모면하고 있던 중 난데없이 이런 질문을 받았다. "시인이 이런 일 할 수 있겠어요?" 그때 나의 포커페이스는 무너지고 말았다. 눈에서는 클로버가, 코에서는 하트가, 귀에서는 다이아몬드가, 입에서는 스페이드가 쏟아져 나오고 있었다. "시인이 왜요?" 나도 모르게 튀어 나간 말을 어찌할 수 없었다. 그 뒤로 면접 시간이 어떻게 흘렀는지 도무지 기억나지 않는다.

저 장면은 가끔 꿈속에 등장해 이불 킥을 하며 일어나게 만든다. 나쁜 일에 관한 것이라면 쓸데없이 기억력이 좋다. 슬픈 일은 시도 때도 없이 나를 일으켜 세우고 아픈 일은 그런 나를 다시 제자리에 눕힌다. 그런 기억은 으레 난데없이 날아든다. "시인이 이런 일 할 수 있겠어요?" 같은 면접 질문처럼. "난데없이 무슨 시냐", "쓸데없이 무슨 시냐"라는 소리를 들은 지 18년, 나는 여전히 시를 쓰고 있다. 자발적으로 난데없고 쓸데없어진 지 꽤 오랜 시간이 흘렀다고도 말할 수 있을 것이다. 이게 다 나쁜 일, 슬픈 일, 아픈 일을 잊지 못해서다.

나의 삶의 중요한 지점에는 늘 쓸데없음과 난데없음이 있었다. 지금까지 이것을 쓸 데가 없었다. 그래서 여기에 쓴다.

오은_첫 면접을 보았던 직장에서 3년 10개월을 일했다. 사직서에는 이렇게 썼다. "다른 곳에서 다른 생각을 하며 다른 꿈을 꾸며 지내려고 합니다." 혹시라도 반려될까 봐 한 문장을 덧붙였다. "회사의 무궁한 발전을 기원합니다."

이은정

내 인생은 점심시간

학원에서 논술을 가르쳤을 때, 초등학생 수업이 가장 힘들었지만 가장 많은 걸 얻기도 했다. 어린아이들은 정말 신비로운 존재였다. 아이들의 진실한 표정과 다양한 언어, 타인의 냉소도 웃으며 넘길 수 있는 천진함. 그것은 힘들고 외로웠던 유년기의 빈칸을 경험하게 해 주었다. 울고 있는 사람에게 왜 우느냐고 무람없이 물을 줄 알고, 잘못한 사람에게 네가 잘못했다고 용기 있게 말하는 힘. 아직은 부끄러운 것 없다는 듯 먼지 없이 펄럭이는 아이들의 몸짓에서 내가 갖고 싶었던, 그러나 갖지 못한 채 지나 버린 아침을 보았다.

10년 넘게 작은 마을에서 노인들과 부대끼며 살다 보니 아이들한테 얻었던 것과는 다르게 얻은 것이 있다. 살면서 닥칠 수 있는 어떠한 고민 앞에서도 무심히 툭, 정답 같은 농담을 던지는 노인들의 입담. 죽음을 두려워하지 않거나 받아들일 준비가 되어 있는 사람의 완전한 안락 같은 것들. 계절의 변화를 바라보는 노인들의 깊은 눈빛과 지팡이를 짚는 검버섯 가득한 손등에서 나는 나의 저녁을 미리 보았다.

가지지 못했던 예쁜 아침을 보았고 아직 오지 않은 여유로운 저녁을 만난 나는 그 중간 어딘가에 있다. 내가 쥐고 태어난 명줄의 절반쯤 살았다고 가정했을 때, 절반씩이나 살아오는 동안 얼마나 많은 날을 쓸데없음과 함께했을까 곰곰 곱씹어 보았다. 곱씹은 기억들을 하나하나 나열했다가 서둘러 지워 버렸다. 살면서 내가 저지른 쓸데없는 말이나 행동은…, (실제로는 넘치고 넘쳐서 취합하기도 힘들지만) 없다고 생각하기로 했다. 지금의 나를 만드는 데 밑거름이 되지 않은 순간은 없다는 걸 알고 있기에, 모든 멍청했던 나도, 모든 아팠던 나도, 이제는 소중한 나만의 역사가 되었다. 지나 버린 언젠가를 떠올린다는 것은 내 것이라 한들 100퍼센트 믿을 것이 못 되고 특정한 기억에 대한 감정은 얼마든지 변할 수 있으므로 단정하는 순간 그런 과거로 남기 마련이다. 내 인생은 이제 겨우 점심시간인데 쓸데없는 회상으로 채우기엔 햇살이 너무 뜨겁다.

늦잠을 자고 일어난 듯 오후가 되어서야 공부라는 걸 시작했다. 과목은 부끄럽지만, '나'. 노곤한 점심시간에 무언가를 배우는 건, 심지어 나를 배우는 건 힘들고 지루하다. 어쩌면 영원히 답을 알 수 없을지도 모른다. 체할 것같이 허겁지겁 책을 읽어 대고 개떡 같은 글이나마 꾸준히 쓰는 이유도 알고 보면 나를 공부하는 과정일지 모르겠다. 책을 읽으면서 어떤 나를 발견하기도 하고 글을 쓰면서 몰랐던 나를 느끼기도 한다. 수업료를 인생 통째로 납부해도 수료할까 말까 한 이 공부를 나는 고집스럽게 할 모양이다. 내게 문외한이었던 세월이 아까워서, 내가 나를 공부해야 하는 건지 몰랐던 사실이 민망해서, 더는 쓸모없는 인생을 살고 싶지 않아서.

이 세상에서 나를 온전히 이해해 줄 사람 하나쯤은 있어야 하지 않겠나. 변명이나 해명을 하지 않아도 내 편인 사람 하나쯤은 필요하지 않겠나. 오직 나만을 위해 웃어 주고 나만을 위해 울어 주는 그런 사람 하나쯤 있으면 황홀하지 않겠나. 손만 뻗으면 나타나는 든든한 나의 조력자. 그러니까 그 사람이 나였으면 좋겠다는 말인데, 실제로 이런 얘기를 했을 때 농담처럼 듣는 사람들이 대부분이었다. 그렇게 들릴 수도 있겠지만 정말 자기를 공부해야 하는 사람도 있다. 나처럼 자신을 이해하지 못한 채 방치한 세월이 너무 오래된 사람이라면, 자신을 사랑해야 하는 건 알겠는데 사랑하는 법을 몰라서 우물쭈물해 본 적 있는 사람이라면 꼭 필요한 공부가 아닐까 싶다. 이제 겨우 연필을 들었다. 끈질긴 나는 그 연필을 놓지 않을 게 분명하다.

내 인생은 이제 겨우 점심시간이다. 나는 편의점 김밥으로 점심을 때우지도, 물에 만 밥을 후루룩 마시지도 않을 생각이다. 오직 나를 위해 신선한 생선을 굽고 유기농 나물을 무칠 것이다. 잘 익은 김치를 예쁜 접시에 덜어놓고 쓰지 않던 수저 받침대도 놓아야지. 구수한 숭늉까지 먹을 수 있다면 좋겠다. 가지런한 밥상 앞에 앉아 내게 감사하는, 마침내 아름다울 식사를 하고 싶다. 나는 지금부터 아주 길고 근사한 점심을 먹을 계획이다. 인생 후반전은 단 한 순간도 쓸데없는 장면을 만들지 않기 위해서, 든든히.

은정_'벌써' 점심시간이 아닌 '이제 겨우' 점심시간이라고 외치며, 제대로 된 식사를 한 적 없는 저는 일단 배불리 먹겠습니다. 쓸데없는 생각은 하지 않겠습니다.

정지우

그 쓸 데 없는 시간들 속으로

언젠가부터 나는 시간을 쓸모없이 쓰는 일에 일종의 강박을 갖고 있었다. 어릴 적에는 이런 종류의 강박이 없었던 걸 생각해보면, 이것은 타고난 것이라기보다는 살아오면서 언젠가 생겨난 습관에 가까울 듯하다. 나는 그 시작을 어렴풋이 짐작하고 있는데, 아마도 청소년기에 수험생 시절을 보내면서 '시간에 대한 강박'도 생겨나지 않았나 싶다. 시간은 초 단위로 째깍째깍 흘러가면서 점점 중간고사나 기말고사니 하는 게 다가오고, 고3이 다가오고, 어느덧 수능이니 입시가 다가오면서, 하루 한 시간도, 쉬는 시간도, 이동 시간도, 어느 자투리 시간도 함부로 내다버려서는 안 된다는 강박을 깊이 갖게 되지 않았나 싶다.

수험생활은 끝났지만, 그런 강박만큼은 왠지 계속 이어져서, 대학생이 되어서도 나는 시간을 어디에 어떻게 써야 하는지를 늘 고민했다. 아무 할 일 없이 하루가 주어지면, 그 하루를 어찌해야 좋을지 몰랐다. 시간을 적재적소에 써야 한다는 강박이 너무 습관화되어 있었던 나머지, 늘 나의 시간들은 어느 목표를 향해 올곧게 쓰여야 한다고 생각했고, 그렇지 못하면 불안감을 느꼈다.

그래서 대학생이 된 이후에는 내가 가진 시간을 어떻게 써야만, 이 불안을 덜 느끼고, 이 강박을 어느 정도 해소할 수 있을지가 늘 고민이라면 고민이었다. 대학교에 입학한 뒤, 첫 학기를 마치고, 어느 새벽에 동기들과 새벽까지 술을 마시고, 밝아 오는 해를 보며 기숙사로 향하던 길을 오르던 중, 나는 갑자기 주저앉아 눈물을 펑펑 쏟았다. 성인이 되고 난 뒤 첫해의 반년쯤을 어쩐지 허송세월한 느낌이었고, 앞으로 무엇을 지향해야 좋을지 몰랐고, 그렇게 이상하게 눈물이 쏟아졌고, 그 순간 당장 내일부터라도 사법고시라든지 행정고시라도 준비해야겠다고 생각했다.

그러나 그런 충동이랄지 다짐이랄지 하는 것은 그리 오래가지 못했다. 그 대신 나는 소설을 쓰는 걸 선택했다. 청소년기 때부터 매일 새벽이면, 두어 시간씩 소설을 쓰곤 했었다. 아침부터 밤까지 하루 종일 공부를 하고 돌아와서는, 나를 위한 시간을 두어 시간 정도는 준다고 생각하면서, 나만의 공상의 세계에 들어서서 글을 쓰는 걸 즐겼던 것이다. 그때만 하더라도, 나는 작가가 되겠다고 마음먹고 있었는데, 대학에 와서는 그런 꿈조차 이상하게 잊어버리고, 무엇을 하며 사는지 모를 법한 상황에 처해 있었던 것이다. 그래서 나는 다시 시간을 온전히 쓰고자 마음먹고, 그해 여름부터는 부지런히 책을 읽고, 글을 쓰는 청년 시절을 시작했다.

그 이후로 나의 시간은 거의 10여 년 동안 '글 쓰는 사람'이 되는 것을 향해 있었다. 어느 시절에는 매년 강박적일 정도로 책을 읽고, 영화를 보고, 글을 썼다. 1년에 책을 100권 넘게 읽고, 영화를 100편 넘게 보고, 글은 하루도 빠짐없이 매일 써야만 그해를 '잘 보낸' 것이라고 믿곤 했다. 그만큼 많은 작품들을 흡수하고 매일같이 글을 써야만 소설가든 에세이스트든 뭐가 되었든 '글 쓰는' 직업인 같은 것이 될 수 있다고 생각했기 때문이었다.

그렇게 내 삶은 시간에 대한 강박으로 채워졌고, 지금도 별반 다를 게 없는 듯하다. 나의 하루하루는 무언가를 해내야만 하고, 쌓아야만 한다는 강박들로 가득 차 있다. 다만, 그것이 예전의 대학입시나 작가가 되어야 한다는 식의 '단 하나'의 목표로 움직이기보다는, 내게 주어진 여러 의무들에 배분을 하고 있다는 느낌이 든다. 나는 또다시 여러 강박들을 느끼고, 시간을 잘 써야만 한다고 생각하고 있는데, 거기에는, 이를테면 오늘 하루 아이의 사랑스러운 시절을 잘 기억하고 놓치지 않는 시간이 내게 꼭 한두 시간은 있어야 한다, 이번 주에도 하루는 아내랑 아이와 함께 새로운 풍경을 보고 좋은 바람을 쐬어야 한다, 그래도 스스로 만족할 수 있는 글을 사흘에 한 편은 써야 한다, 내가 이 사회에 더 온전히 자리 잡기 위한 직업적인 노력도 게을리하지 말아야 한다, 같은 의무들이 있다.

어쩌면 시간에 대한 강박은 달라진 게 없지만, 삶의 보다 많은 측면들을 가치 있는 것으로 받아들이고, 그에 대해 충실하고자 하는 태도만큼은 길러 왔는지도 모르겠다는 생각이 든다. 나에게는 아무래도 쓸모없는 시간이란 영영 허락되지 않을는지도 모른다. 말하자면, 그 쓸데없는 시간 같은 건 아마 나는 내버려두지 못할 것이다. 다만 그 쓸 데 있는 시간들 속으로, 그만큼 더 풍요롭고, 가치 있고, 의미 있는 것들이 걸어 들어와 주었으면 좋겠다. 그렇게 내가 시간의 소중함 못지않게 더 많은 것들을 소중히 여길 수 있는 사람이 되었으면 싶다.

지우_ 이상하게 사람12사람의 <캄캄한 밤>이 생각나는 새벽이군요. 글과 달리, 쓸모없어진 사랑에 대한 노래를 남겨 봅니다.

7인 7색 연작 에세이 〈책장위고양이〉 1집

내가 너의 첫문장이었을 때

초판 1쇄 발행 2020년 7월 1일
초판 3쇄 발행 2024년 1월 2일

지은이 김민섭 김혼비 남궁인 문보영 오은 이은정 정지우
기획 북크루

발행인 이재진 **단행본사업본부장** 신동해 **편집장** 조한나
책임편집 윤지윤 **디자인** 즐거운생활
마케팅 최혜진 이은미 **홍보** 반여진 허지호 정지연 송임선
제작 정석훈

브랜드 웅진지식하우스
주소 경기도 파주시 회동길 20
문의전화 031-956-7356(편집) 02-3670-1123(마케팅)
홈페이지 www.wjbooks.co.kr
인스타그램 www.instagram.com/woongjin_readers
페이스북 www.facebook.com/woongjinreaders
블로그 blog.naver.com/wj_booking

발행처 ㈜웅진씽크빅
출판신고 1980년 3월 29일 제406-2007-000046호

ISBN 978-89-01-24328-3 04810
978-89-01-24327-6 (세트)

※ 책값은 뒤표지에 있습니다.
※ 잘못된 책은 구입하신 곳에서 바꾸어드립니다.